醫統江山

卷16

猝然行刺

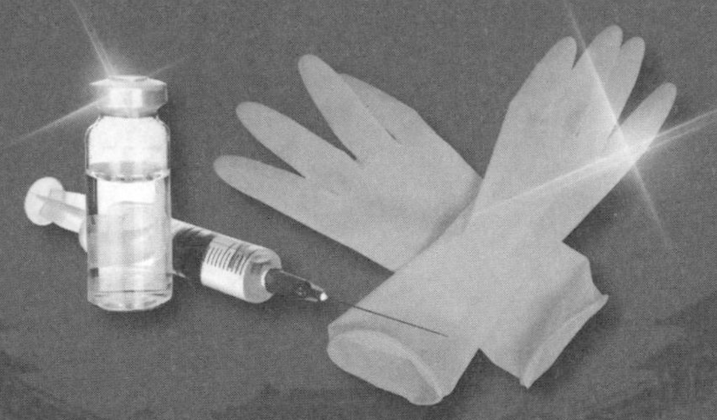

石章魚 著

痛苦其實是無法轉移的
想要忘記痛苦
就必須要努力尋找
屬於自己的幸福

目錄

第一章

演足全套戲

胡小天心中暗自冷笑，
這董淑妃母子這次真是要將戲演足全套，
安平公主活著的時候不見他們露面，
死後卻非要扮演至情至聖的角色，
這對母子也實在虛偽到了極致。

薛靈君本以為胡小天會拒絕入宮，卻想不到胡小天居然什麼話都沒說，就上了她的馬車，黯然道：「這些事必須要我親自去向皇上說清楚。」

薛靈君點了點頭，看到胡小天滿臉悲痛的表情，知道他此時的心情絕不好受。柔聲安慰他道：「小天兄弟，事情既然已經發生，你也就不必太過傷心，安平公主的後事還等著你去處理。」

胡小天歎了口氣道：「君姐放心，小天知道應該怎樣做，只是我家公主何其無辜，為何會遭此厄運？」

薛靈君默然不語，其實她隱約猜到這其中可能的原因，她輕聲道：「公主既是在雍都遇害，我們必會追查到底，一定早日將真凶找出來，以慰公主在天之靈。」

胡小天道：「我家公主溫柔嫻淑，心地善良，從未得罪過任何人，眼看大婚在即，卻又遭此厄運，不知是誰不想看到公主和皇子成親？」

薛靈君道：「小天兄弟還是節哀順變，外界捕風捉影的流言千萬不可輕信。」

胡小天道：「事到如今，別人說什麼已經不重要，反正公主無法復生了。」

胡小天抵達皇宮之前，薛勝康已經得到了安平公主去世的消息，這位大雍帝王也因為這件事而眉頭緊鎖。石寬向他稟報完自己目前掌握的情況，然後垂首站在一旁，等候著他的命令。

薛勝康沉思良久，歎了口氣道：「無論怎樣，人家都是在雍都遇刺，都是朕對不起人家。」安平公主是他未來的兒媳婦，居然就在皇城腳下，自己的眼皮底下被人給刺殺了，他的顏面自然不好看，雖然以今時今日的國力，根本不用懼怕大康報復，但是在道理上明顯是虧欠人家。

石寬抱拳道：「陛下，臣一定會將這件事調查清楚。」

薛勝康緩緩搖了搖頭道：「龍曦月都已經死了，怎麼查？即便是查清楚，結果未必是朕想看到的。」

石寬內心一怔，旋即就明白了皇上的意思，皇上顯然猜測到這件事很可能和皇族內部的權力紛爭有關，如果查到最後證明這件事和皇族中的某一位有關，那麼皇上又該如何處置？他不禁想起新近塵囂而上的傳言，都說淑妃母子對這場聯姻大為不滿，而且此前淑妃也做出了不少針對大康使團的事情，難道這件事和他們有關？

石寬低聲道：「今日淑妃娘娘已經去探望過安平公主。」

薛勝康點了點頭道：「是該過去。」

此時外面傳來通報聲，卻是長公主薛靈君和胡小天一起到了。

薛勝康讓他們進來，胡小天來到薛勝康面前，含淚跪下道：「啟稟大雍皇上陛下，我家公主遇害身亡了……還請陛下一定要為我做主……給我們公主一個公道，還我們大康一個公道啊……」說到這裡已經是泣不成聲。

薛勝康抿了抿嘴唇道：「胡小天，你先起來吧，朕已經聽說了這個噩耗，心中不勝難過，你放心，這件事朕一定會給你一個公道。」

胡小天這才擦乾眼淚站起身來。

薛勝康讓人搬了個凳子給他，對胡小天而言已經是很大的禮遇，不僅僅因為他是大康的遺婚史，更是因為他曾經救了薛勝康，為薛勝康治好了急症。

薛勝康道：「胡小天，人死不能復生，咱們再傷心也是無用，當前最重要的事情，是要將公主的喪事好好地辦了，朕準備在雍都選一處風景清幽的風水寶地為安平公主修建墳塚，以表達我大雍上下的悲慟之心。」他這樣說更是一種補償。

胡小天搖了搖頭道：「多謝陛下的好意，可是公主殿下臨終有個最大的希望，就是能夠回家鄉安葬，小天必須要尊重公主的遺願。」

薛勝康心中暗忖，落葉歸根也是人之常情，將安平公主的遺體運回大康安葬也不失為一個很好的選擇，於是點了點頭道：「公主既然有這樣的遺願，朕也就只能尊重她的意願了。」

胡小天道：「此去大康路途遙遠，加上天氣漸漸變得炎熱，想要保證公主遺容不腐，還需要向陛下借一樣東西。」

薛勝康道：「石寬，馬上去準備一口上好的寒玉棺，再去將冰魄定神珠取來，即刻送往起宸宮。」冰魄定神珠置入屍體的口中，可以確保屍體百日不腐，而寒玉棺更是用大雍冰雪城特產的千年寒玉雕琢而成，用來儲存屍體，可以歷經百年，容貌依然栩栩如生。這兩件東西無一不是價值連城的寶物，薛勝康毫不猶豫地就送給胡小天，不僅僅是出於對他解除自己病痛的感激，更是因為在安平公主遇刺一事上的歉疚。

「是！」

胡小天看到薛勝康如此痛快，不但答應贈給他們冰魄定神珠，而且還附送了一口寒玉棺，心中對這位大雍皇帝也多了幾分好感，又道：「小天還有個請求，懇請陛下早日查清真凶，將之繩之於法，這樣我家公主也可瞑目九泉……」說到這裡眼圈又是一紅，胡小天現在已經是徹底入戲，舉手抬足，拿捏的分寸都是恰到好處，以薛勝康之能也看不出他的破綻。

薛勝康道：「你不必擔心，安平公主不僅僅是大康的公主，也是朕未過門的兒媳婦，無論是誰膽敢在雍都行刺，都是跟朕作對，朕就算將雍都掘地三尺，也要將殺手找出來。」

「多謝陛下！」

「你打算何時護送公主的遺體回去？」

「當然是越快越好！」胡小天也擔心夜長夢多，按照他的打算，現在能離開雍都最好，不過現實擺在面前，必須要將一切安頓妥當才能離開，最早也要在明天清晨了。

薛勝康道：「朕會為你安排好沿途一切，還會派人專程護送你等返回大康。」

既然薛勝康答應了自己所有的要求，胡小天也不能裝傻，畢竟人家請他過來不僅僅是為了安慰他，而是為了複診，胡小天為薛勝康檢查了一下刀口，這皇帝的恢復速度也稱得上是神速，短短兩日刀口就已經完全癒合。

胡小天幫助薛勝康將縫線拆除，做完這件事最後，他並沒有在宮內逗留，即刻向薛勝康辭行，隨同石寬一起去取寒玉棺和冰魄定神珠。

薛靈君卻沒有選擇和胡小天一同離去，她還有些話需要私下對皇兄說。

薛勝康道：「朕有兩日沒有出門了，皇妹，不如陪朕去外面走走。」

薛靈君點了點頭，陪著他一起離開了勤政殿，來到後方的小花園，花園並不大，宮牆高闊，站在其中反倒有種侷促的感覺。薛勝康負手望著頭頂陰沉的蒼穹，他的心情也是一樣的壓抑，深深吸了一口氣，將兩肺盡可能地擴張開來，然後他吐出一口長長的濁氣，氣悶的感覺稍稍減輕，低聲道：「你怎麼看？」

薛靈君道：「我去起宸宮的時候，正遇到道銘將霍勝男和她的手下抓走，道銘看來非常傷心，要親自調查龍曦月被暗殺之事。」

薛勝康沒有說話，雙手在背後用力握在一起。

薛靈君道：「霍勝男畢竟是尉遲沖的乾女兒，也深得母后的喜愛。」

薛勝康道：「尉遲冲現在應該已得到消息了，你猜他會不會出面向我求情？」

薛靈君道：「應該不會，反倒是母后可能會出面干涉。」

薛勝康道：「換成是我，你會怎麼做？」

薛靈君微笑道：「我不是皇兄，所以我不知皇兄會怎麼做。」

薛勝康道：「剛才石寬在朕面前說，一定要儘快將起宸宮的事情查個水落石出，你猜猜朕是怎麼回應他的？」

薛靈君道：「其實真正查出事情的真相，未必是皇兄所願意見到的。」

薛勝康點了點頭道：「朕也是這麼想。」他走到水池旁邊，望著水池中歷歷可數的游魚，低聲道：「知不知道朕為何要同意這場聯姻？」

薛靈君搖了搖頭。

薛勝康道：「和大康聯姻乃是皇后提出，她心中究竟打什麼算盤，朕豈會不清楚？一直以來淑妃都想讓道銘迎娶項立忍的小女兒，朕之所以沒答應，乃是因為董家和項家在大雍的影響力全都非同小可，若是讓他們兩家聯姻，彼此的勢力肯定會向上攀升一個台階，朕不想看到這樣的局面。安平公主雖然是大康的公主，可是如今的大康已經氣息奄奄，她這個皇妹早已沒有了昔日的風光。淑妃認為道銘從這場聯姻中得不到任何的好處，因為這件事在朕的面前鬧過多次。」

薛靈君道：「道銘一向是她心中的驕傲，愛到了極致，難免會做出一些不理智的事情。」她這句話意有所指，明顯在暗示起宸宮的這場刺殺很可能和淑妃有關。

薛勝康微笑道：「天下間又有哪個母親不愛自己的孩子？舐犢情深！一旦情深，必然為情所困，又有誰能夠保持清醒？」

薛靈君道：「皇兄，為何不早些將太子的事情定下來？」

薛勝康點了點頭道：「本來朕也以為此事為之過早，可是這場病後，想法已經有了不少改變。」

薛靈君道：「皇兄究竟更喜歡誰多一點？」

薛勝康道：「誰能接替朕的位子和朕喜歡誰多一些根本沒有關係，朕喜歡哪個子女，那是朕心中的私情在作祟，可是這江山不是朕自己的，乃是列祖列宗流血流汗建立的功業，朕無權憑藉心中喜好將皇位傳給任何人，能擔任帝位者，必須要有統領大雍群臣的能力，更要有堅忍不拔的決心，和一統中原的雄心和壯志。」他轉向薛靈君道：「照你看，朕的這幫兒子之中，誰更有資格接替朕的位子？」

薛靈君道：「皇兄乃是人中龍鳳，恕我直言，我的這些個侄兒中，頭腦智慧大都出眾，但是若論到胸懷，他們之中沒有一個人能夠及得上皇兄。」

薛勝康點了點頭道：「最瞭解朕心思的始終都是你啊，一個成功的帝王不需要超群的頭腦，更不需要勇冠三軍的武力，真正需要的是胸懷，只有胸懷遠大，才能目光久遠，一個帝王應當知道什麼事可以寬容，什麼事不可更改，應當知道，什麼人可用，什麼人必須要遠離。君王之道實則是用人之道也，一個人的智慧再出眾，也比不過一群人的智慧，一個人的武功再強，在萬軍之中也只有束手待斃的份。」

薛靈君道：「皇兄既然這樣說，想必心中已有了自己的標準。」

薛勝康道：「其實本來朕最看好的是道銘，可是在此次聯姻的事情上，他的表現卻讓朕大失所望。一個真正能夠成就大事的皇者，怎麼可以將希望寄託在別人的身上？指望著一場聯姻，指望著依靠其他人的力量方才能成就大業，這樣的心態要不得！」

薛靈君點了點頭。

薛勝康道：「朕自從登基以來，對任何臣子的任用始終奉行著只看重他的才能，而忽視其他的事情，我和臣子之間的關係就像是在做生意，他們給我忠心，我給他們權力和富貴，要讓他們明白，我可以賜予他們，也可以隨時將他們擁有的一切拿走。」

遠方的天空中一連串沉悶的雷聲滾過，風似乎比剛才大了許多。薛勝康道：「道銘想要在聯姻的事情上壯大實力，如果他能夠娶到項立忍的女兒，那麼成為太子的可能性又增加了一分，以項立忍在朝中的影響力一定可以為他召集到更多的擁戴。可是他卻沒有想到一件事，如果一位君主過度的依賴某位臣子，只會讓這個臣子產生驕縱之心，任何人都不會例外。一個成功的君主要讓臣子覺得他們很重要，但絕不是不可或缺。」

薛靈君充滿崇拜地望著皇兄，皇兄在用人之道上不拘一格，獨樹一幟，這正是大雍在他登基之後能夠保持高速發展的根本。

薛勝康道：「道洪待人接物成熟老道，他的天分雖然比不上道銘，但是他的努力我也看得到，在朝內能夠和文武百官打成一片，大雍年輕一代中出類拔萃的人物大都成為了他的至交好友。」

薛靈君道：「道洪在用人方面已經有了皇兄的三分神髓。」

薛勝康緩緩搖了搖頭道：「君和臣之間絕不可以做朋友！」

一道宛如金蛇般的閃電扭曲著撕裂了濃重的天幕，將薛勝康此刻的面孔照得雪亮，他深邃的雙目之中迸射出森寒的反光。

薛靈君咬了咬櫻唇，想說什麼，卻終於還是沒說出口。

薛勝康歎了口氣道：「靈君，其實你應該知道，為兄的心中是如何的孤單，如何的寂寞……」

雨終於下了起來，打在水池之中，泛起一圈一圈的漣漪，然後迅速變得密集，將宮闕、草木的輪廓變得朦朧，薛勝康抬起頭，他的目光穿越層層雨絲，穿透厚重的雲層，彷彿看到天空中有一條青色巨龍正在盤旋飛舞，天將降大任於斯人也，他的抱負還未實現，他在有生之年，必將揮師南下，一統中原！

整個雍都都籠罩在密密匝匝的水線之中，完顏赤雄剛剛練完槍法，精赤著上身，挺槍站在紅山商會空曠的庭院中，一身雕塑般的肌肉輪廓被雨水衝刷拍打，在他的身體周圍形成一道迷濛的水霧，為他增添了幾分神秘莫測的味道。大漠之中很少遇到這樣的雨天，完顏赤雄宛如一棵久旱逢甘霖的大樹，傲然挺立於風雨之中，感受著這場春雨的洗滌和滋潤，雨水彷彿浸透了他的每一個細胞和骨節，讓他從心底感覺到身心舒展的快意。

扎紈扭著矮胖的身軀，雙手護著碩大的腦袋，快步向完顏赤雄跑了過來，驚呼道：「四王子殿下，您為何不去廊下避雨？」

完顏赤雄哈哈大笑，這才抓起大槍，大踏步走入風雨亭下，剛一走入亭中，拉罕就走過來為他披上棉毯。

完顏赤雄擦去身上臉上的雨水，抓起石桌上的一大碗馬奶酒，仰首一口喝了個乾乾淨淨，大吼道：「痛快！真是痛快！在咱們黑胡很少見到這樣的大雨吧？」

扎紈道：「王子殿下說笑了，咱們國家現在還是嚴冬，大雪紛飛或許可能。」

完顏赤雄歎了口氣道：「我黑胡一年之中幾乎有八個月要在苦寒中度過，同在一方天空下，為何我們胡人和漢人的待遇卻有天壤之別？」

喀嚓一個悶雷響起，連地面都為之一震，扎紈情不自禁地縮了縮粗短的脖子。

完顏赤雄道：「不久以後，我必然要讓我們胡人來到中原放牧，不再承受漠北

酷寒之苦。」

扎納道：「啟稟四王子殿下，剛剛收到了確實的消息，起宸宮昨晚被殺手潛入，安平公主中毒身亡。」

完顏赤雄乍聽到這個消息也是吃了一驚，安平公主死了？豈不是意味著大雍和大康之間的聯姻已經徹底破滅？兩國因此而反目成仇也有可能，這對黑胡來說可是一個大大的好消息。

完顏赤雄道：「知不知道是什麼人做的？」

扎納道：「聽說參與刺殺的三人全都來自斑斕門，是北澤老怪十大弟子中的三個，他們勾結娘子軍的楊璇製造了這一齣事件。」

完顏赤雄呵呵笑了起來：「好！好！好！」一連說了三個好字，他想到了一個極其關鍵的問題：「那楊璇豈不是霍勝男的部下？」

扎納眉開眼笑地點了點頭道：「正是，據我得到的消息，這次參與刺殺的不僅僅有楊璇，還有十多名其他的部下，在刺殺之後，楊璇逃走，和她一起失蹤的還有八名女兵，這些人全都是霍勝男過去最為忠誠的部下。」

完顏赤雄笑道：「這麼說她豈不是麻煩大了？」

扎納點了點頭道：「七皇子薛道銘因為龍曦月的死悲痛欲絕，當眾發誓要將此事查個水落石出，據悉他已經將霍勝男和她的那群手下從起宸宮抓走了。」

完顏赤雄道：「這倒是一個好消息。」

扎納道：「看來這幾天雍都要風聲鶴唳了，殿下，咱們也應當小心從事。」

完顏赤雄有些不滿地瞪了他一眼：「我要小心什麼？」

扎納道：「安平公主遇刺絕非小事，大雍方面不可能不給大康一個交代。」

完顏赤雄冷笑道：「跟咱們沒有關係，只需看戲就是。」

扎納心中卻沒有完顏赤雄這般樂觀，雖然刺殺安平公主的事和他們無關，但是此次事件對黑胡有利是無可否認的事實，只要有利，別人就會懷疑到他們的頭上。

完顏赤雄也不是傻子，他當然知道扎納在擔心什麼，微笑道：「放心吧，咱們沒做過的事情，誰也不可能賴在我們的身上，對了，幫本王準備準備，於情於理我都應該登門去弔唁一下。」

胡小天和石寬取了冰魄定神珠和寒玉棺兩樣東西返回了起宸宮，到了地方已經是夜深人靜。

起宸宮內燈光清冷，安平公主已經去世，自然沒有了嚴密戒備的必要，霍勝男和她的手下全都被帶走，目前負責這裡警戒任務的乃是十二名金鱗衛。向濟民帶了不少人過來幫忙，大雍禮部尚書孫維轅在這裡待了一整天，剛剛才回去休息，又從禮部抽調了一些人手幫忙，臨時在外苑搭起了一座靈堂，以供來人弔唁之用，只不過前來弔唁者寥寥無幾，大康今時今日的地位大不如前是一個重要的原因。

眾人將寒玉棺先行抬到內苑，暫時擱置在長廊之下。胡小天只說按照大康的規矩，公主現在不能入殮，必須要滿一天一夜之後方才可以將遺體送入棺槨，真正的原因卻是他看到這寒玉棺嚴絲合縫，擔心將夕顏放入其中，若是放上一整夜，恐怕要將她活生生憋死在裡面了。

一切安頓停當之後，胡小天獨自一人來到公主的房間內，兩名小宮女也是一身素縞，跪在公主窗前嚶嚶哭個不停，其實她們和這位大康公主根本談不上什麼感情，跪在這兒哭根本就是她們的職責所在，也是好不辛苦。

胡小天擺了擺手道：「你們先出去吧！」

兩位小宮女心底如釋重負，一邊抹淚一邊退了出去，其實兩人哪有什麼眼淚。

胡小天獨自一人來到夕顏身邊，先傾耳聽了聽，隨著無相神功修為的加深，他的感知力也是越來越強，房間周圍三丈範圍內的任何細微動靜都逃不過他的耳朵，確信無人窺視，這才從懷中取出了那個放著冰魄定神珠的錦盒，以傳音入密對夕顏道：「冰魄定神珠我要來了，大雍皇帝還送了一副好棺槨給你，寒玉棺。」

夕顏美眸睜開一條細縫，小聲道：「你倒是逍遙自在，知不知道人家躺在這裡裝死人多麼辛苦？」

胡小天笑道：「逍遙自在？我忙了一天到現在連口水都沒顧得上喝呢，丫頭，你且聽我說正事，大雍皇帝已經答應了我們明日返程的要求。」

夕顏道：「你想明日就走？」

胡小天道：「還不是為了你考慮，總不能讓你始終躺在這裡裝死人？」

夕顏道：「你別忘了答應過我的事情。」

「我答應過你什麼？」

「幫我殺了完顏赤雄！」

胡小天只覺得頭皮一緊，自己何時答應過她？此前夕顏的確提過這個要求，可當時他並沒有答應，後來夕顏也沒再提起，胡小天本以為這件事已經不了了之，卻想不到這妮子到現在仍然沒有放棄這個想法。

胡小天道：「識時務者為俊傑，眼前這種局面下，咱們還是儘早離開大雍為妙，不然……」

「不然怎樣？」

胡小天陪著笑道：「丫頭，拜託你理智一些。」

「胡小天，難道你不知道女人往往都是沒有理智的？我恰恰是最沒有理智的那一個，一旦認定要做什麼事就一定會做完。」

胡小天道：「你不要害人害己！」

夕顏道：「你也不用害怕，既然你沒有這個膽子，我也不會勉強你，總之你走你的陽關道，我過我的獨木橋。」

「你到底想怎樣？」

夕顏道：「將冰魄定神珠給我就是！」

胡小天打開錦盒，裡面還有一個樸實無華的玉盒，打開盒子，看到其中放著一顆淡藍色的明珠，龍眼般大小，散發出淡淡光暈，剛一打開玉盒就感覺到一股森然的寒氣撲面而來，胡小天忍不住扭過臉去，接連打了兩個噴嚏，等他再回過頭來，發現盒中的冰魄定神珠已經不見，再看夕顏躺在那裡一動不動，又開始裝死人了。

胡小天真是哭笑不得，料定那顆冰魄定神珠一定是他在打噴嚏的時候，被夕顏趁機拿走了。他附在夕顏耳邊低聲道：「你究竟想怎樣做？」

夕顏懶得理他。

胡小天一連問了幾聲，她始終都沒有回應，也覺得索然無味。胡小天歎了口氣道：「你既然不願說話，那我只好讓人將你放入寒玉棺裡了。」

這次的恐嚇居然奏效，夕顏道：「你敢！」

「這世上還真沒有我胡小天不敢做的事情。」

夕顏道：「既然你這麼好奇，我就透露給你一些消息。」

胡小天道：「什麼消息？」

夕顏道：「今晚子時三刻會有大事發生。」

胡小天內心一震，夕顏果然要有所行動了，卻不知她究竟想要做什麼，低聲道：「說具體點。」

夕顏懶洋洋道：「你不必管那麼多，只要保護好你自己的性命，明兒一早你就能離開雍都返回大康。」

胡小天道：「你這麼說就太不夠意思了，於公咱們兩人是合作關係，於私咱們拜過天地，你想做什麼是不是應該先給我透個底兒，讓我心裡有所準備。」

夕顏道：「我想殺掉完顏赤雄，你又不願陪我一起冒險，多說無益，總之你那個時間不要留在這裡就是。」

胡小天知道她性情古怪，喜怒無常，若是拿定主意的事情很難輕易讓她改變，更何況現在這種時候，並不是勸說她的時機，既然她說得那麼有把握，說不定還會有人為她接應。這件事必須要做好最壞的準備，好不容易才營造出今日之局面，可千萬不能因為一步出錯，而導致全盤皆輸。

胡小天心情沉重地離開了宮室，金鱗衛統領石寬出現在他的面前，向他告辭，安平公主已經死了，起宸宮已經沒有了重兵佈防的必要，石寬連同那幫金鱗衛也完成了自己的使命。接替他們駐防的居然是虎標營統領董天將，他乃是奉命前來，明日清晨率領一支五百人的隊伍護送安平公主的靈柩返回大康。

胡小天此前和董天將打過交道，不過那時董家兄弟是主動殺上門來，想方設法尋找他們的晦氣，而現在大雍皇帝偏偏派他過來護送自己一行，真可謂不是冤家不聚頭，胡小天暗叫不妙，如果夕顏繼續裝死下去，這一路恐怕要麻煩不斷了，想起夕顏剛剛說過的子時三刻會有大事發生，心中不禁有些期待了，希望夕顏能夠借此脫身，從而徹底消除這個隱患。

董天將雖然多次和胡小天作對，但是今天登門卻做足禮節，公事公辦，並沒有表現得太過狂傲。在石寬的引領下來到胡小天的面前，抱了抱拳：「胡大人，在下奉了皇上的旨意，前來護送安平公主靈柩返回大康。」

胡小天也抱了抱拳道：「此去大康山高水長，只怕要辛苦董將軍了。」

石寬道：「兩位大人此前既然見過面，就不用我多做介紹了。在下還要回宮覆命，這就告辭了！」

胡小天和董天將兩人將石寬送到大門外，董天將這次帶來了一百名虎標營的士兵，這些人過來是為了做臨行前的準備工作，剩餘四百人會在明天一早到來。按照大雍方面的安排，明日一早，董淑妃和七皇子薛道銘會親自前來相送。

胡小天心中暗自冷笑，這董淑妃母子這次真是要將戲演足全套，安平公主活著的時候不見他們露面，死後卻非要扮演至情至聖的角色，這對母子也實在虛偽到了極致。

其實董天將過來護送靈柩前往大康，也是董淑妃的意思，安平公主遇刺之事外界已經有了不少傳言，這其中有很多都是懷疑和他們母子有關，正因為此，董淑妃才急於證明自己問心無愧，不但母子二人在龍曦月臨終前過來探望，還會親自護送靈柩出城，更讓自己的親侄子護送安平公主的靈柩返回康都，把事情做到這種地步，可謂是仁至義盡，定然可以堵住不少人的口舌。

胡小天裝模作樣地跟董天將商量了一下返回康都的路線，以及明日出發的時間，初步將事情定下來之後，已經是午夜時分，胡小天故意打了個哈欠。

董天將看在眼裡道：「時候不早了，胡大人還是早些回去安歇吧，明日咱們還要趕路。」

胡小天點了點頭，他起身向董天將抱拳道：「那在下就先回去休息一會兒，過一個時辰再來接替董將軍。」

董天將道：「胡大人只管去休息，這邊有我在，不會有任何的事情。」

胡小天回到自己居住的院落，周默和熊天霸兩人也都沒睡，看到胡小天回來，兩人慌忙迎了上去，胡小天低聲道：「進屋再說。」

回到房間，熊天霸將房門關上，嚷嚷道：「聽說那個董天將來了，說是由他護送公主的靈柩返回大康？」

胡小天點了點頭道：「不錯！」

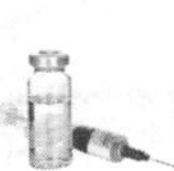

熊天霸咬牙切齒道：「他奶奶的，這次我必然要跟他大戰八百回合，看看究竟是他的方天畫戟厲害，還是俺的雙錘更厲害！」自從上次在南風客棧被董天將擊敗，熊天霸就引以為恨，最近他新得了這對大錘，又從上面學到了一套精妙的錘法，加上戰勝了黑胡猛士拉罕，正在信心爆棚之際。

周默瞪了他一眼，斥道：「你這小子再敢胡鬧，信不信我打斷你的腿，危急關頭不得衝動壞事！」

熊天霸道：「我就是說說，師父不讓我出手，我絕不動手。」他對師父周默的話還是言聽計從。

胡小天道：「回頭內苑很可能有大事發生。」

周默驚聲道：「什麼事情？」

胡小天道：「我也不清楚，總之一定會有事情發生，咱們要見機行事。」

周默道：「公主都已經死了，還會有什麼事情？」其實胡小天已經私下將夕顏詐死的事情告訴了他，周默擔心的是夕顏再行風浪，如果她詐死的事情一旦暴露，只怕他們幾人的麻煩就大了。

胡小天道：「天霸，你一定要記住，從現在起，不管發生了什麼事情你都要緊跟你的師父，決不可擅自行動。」

熊天霸鄭重點了點頭。

周默道：「天霸，你去房間準備一下，我和你三叔有話要單獨說。」

熊天霸應了一聲，轉身出門，隨手將房門從外面掩上。

周默等到熊天霸走後，低聲向胡小天道：「她還想做什麼？」

胡小天苦笑道：「不肯告訴我，不過董天將和我們同行，她若是不想辦法脫身，恐怕這一路之上麻煩會不少。」

周默道：「但願不要再有什麼麻煩了。」他心中卻明白，沒有事情發生的可能微乎其微，以夕顏這妖女的秉性，定然是唯恐天下不亂。

胡小天道：「船到橋頭自然直，車到山前必有路，大哥不用擔心，咱們一路風風雨雨不是一樣闖過來了，天塌下來，咱們只當被蓋！」

周默拍了拍他的肩頭，對胡小天豁達的心態大為欣賞，卻不知胡小天也是沒有其他的辦法方才這樣說，他儘管智慧出眾，可是在面對夕顏的歪攪胡纏的時候實在沒有太好的辦法。

就在此時忽然聽到熊天霸大聲呼救，熊天霸向來膽大包天，能讓他害怕的事情還真是不多，兩人慌忙出門，卻見熊天霸沒命地朝他們這邊跑來，從院中的井口處，一片密密麻麻的黑蠍子潮水般向這邊包圍而來。

三人都被眼前的景象嚇住，望著那片黑壓壓如同潮水般的蠍子軍團，胡小天頓時明白這件事必然和夕顏有關，這妮子不是說子時三刻才有事情發生嗎？怎麼現在就已經開始。

周默率先反應過來，一把抓起火把，大聲道：「退到前院！」此時那群黑蠍子還沒有來到他們面前，應該有足夠的時間可以退到前院。

此時隔壁的馬廄發出駿馬的嘶鳴聲，胡小天臉色一變，小灰還在那裡，他向周默和熊天霸道：「你們先出去，我放了小灰，馬上過來和你們會合。」

周默想要阻止他的時候，胡小天已經衝向馬廄，周默有些無奈地搖了搖頭，他對這位三弟的特殊體質多少還是瞭解一些，不知胡小天有了什麼神奇遭遇，他的體質似乎變得百毒不侵，否則昨晚也不會在面對斑爛門三大高手的夾擊之下而毫髮無傷。而且幾次切磋，胡小天的武功都在一日千里的突飛猛進，現在的胡小天在任何情況下自保應該沒有問題，不用他做過多擔心。

胡小天足尖點地兔起鶻落，轉瞬之間已經來到馬廄。

小灰在馬廄內蹦跳嘶鳴，原來不少的蠍子已經向牠包圍而來。還好胡小天來得夠快，抽出大劍藏鋒，只一劍就將馬韁劈斷，小灰得獲自由，揚起脖子發出一聲長嘶，抬起前蹄狠狠踏落下去，將兩隻率先爬到身邊的黑蠍子踏成肉泥。

小灰衝出馬廄來到主人的身邊，胡小天翻身上馬，此時聽到頭頂發出撲啦啦的聲音，抬頭望去，但見一片無邊無際的黑雲向他的頭頂籠罩而來，卻是蝙蝠群飛臨到起宸宮的上方。

胡小天縱馬向前院奔去。

小灰神駿非常，奔行在佈滿黑蠍子的地面上，往往是四蹄剛一著地，馬上就騰空而起，然後重重落在地面上。這樣牠騰躍的距離很遠，而且避免了被黑蠍子叮咬的危險。

胡小天手擎大劍左右劈斬，接連發出了幾道劍氣，往往一道劍氣就能擊殺一大片黑蠍子，任何生物都有靈性，黑蠍子很快就領教到了胡小天的厲害，竟然紛紛向兩旁閃避，從中閃出一條道路。

胡小天縱馬衝入前院，卻看到幾十名弓箭手正在董天將的指揮下瞄準夜空，伴隨著董天將的一聲大喝：「放！」數十支火箭向夜空中飛速射去，密集的箭雨沒入頭頂的那片黑雲，火箭射中蝙蝠炸裂燃燒開來，火焰在蝙蝠形成的黑雲中蔓延。這是虎標營特製的火雲箭，只要命中目標就會發生爆炸，爆炸可以波及方圓一丈左右的範圍，範圍內的任何物體都會被點燃。

幾十名弓箭手臨危不懼，進退有度，隨著董天將的號令，箭無虛發。那蝙蝠群遭遇阻擊，顯然不敢輕易降落下來，而是向上高飛而起，提升高度，逃過虎標君的射殺範圍。

眼看著頭頂的蝙蝠群向內苑而去，胡小天想起夕顏就在內苑，眼前發生的一切必然和他有關，他以傳音入密向周默道：「按兵不動！」既然這場混亂因夕顏而起，他們按兵不動就是在配合夕顏的計畫。

董天將大呼道：「伍正方，保護好公主的遺體！」

拋開胡小天對董天將的個人印象不言，此人在用兵調度方面的確有他的一套，一百名手下被他分成了兩部分，一部分隨同他出來迎擊蝙蝠群，而另外有三十名士兵在他的副將伍正方的統領下，牢牢守護存放安平公主遺體的宮室，無論外面發生如何的動靜，那幫士兵仍然寸步不離，以免中了敵人調虎離山的計策。

第二章

挑起對立

胡小天已經完全明白了夕顏的整個計畫，
她的目的就是要將董天將和虎標營的將士引到這裡，
挑起他們和黑胡使團之間的矛盾對立。
胡小天心中暗忖，夕顏一直大門不出二門不邁，
她究竟是如何知道完顏赤雄等人住在紅山會館？

蝙蝠群飛抵內苑上方，伍正方率領三十名士兵向上方施射。蝙蝠群因為有了此前的經歷，已經有了應對之法，牠們飛行的高度超出了虎標營士兵的射程，蝙蝠群越聚越多，聚集成的黑雲，在內苑的上空不斷盤旋增大。

胡小天翻身下馬，將小灰交給熊天霸照顧，讓周默和他繼續留在外苑駐守，自己則來到內苑觀看情況進展，董天將率領士兵也來到內苑和其他人會合，望著天空中的蝙蝠群，董天將也是濃眉緊鎖，大聲道：「不惜一切代價保護公主的遺體！」

此時空中的蝙蝠群終於開始發動了進攻，黑雲從中心向下方墜落下來，遠遠望去如同一支巨大的黑色箭頭，以驚人的速度衝向安平公主遺體所在的宮室內。

董天將大吼一聲道：「火雲箭伺候！」頃刻間近百支火雲箭射向空中，火雲箭大都命中了蝙蝠群，巨大的黑色箭頭處燃燒了起來，火勢迅速向上蔓延，在虛空之中形成了一套衝天火柱，那道火柱下墜的勢頭非但不見緩慢，反而開始加速，有如彗星般直墜而下。

胡小天暗叫不妙，這火柱若是墜入宮室之中那還了得，夕顏的屍體豈不是要被炸上個灰飛湮滅？雖然明知眼前一幕很可能是夕顏一手策劃，但內心中仍然有些擔心她的安危。

董天將臉色為之一變，腳步已經率先啟動，身軀如同一頭獵豹般，箭一般竄了出去，胡小天隨後啟動，董天將是想在那火柱落在宮室內之前，將安平公主的遺體從中搶救出來，胡小天跟上去的目的卻是害怕董天將發現其中的秘密，必要之時需要出手干擾他的行動。

兩人一前一後衝入宮室之中，雖然他們的動作都是極其神速，可是比起那直墜而下的火柱仍然慢上了一步，火柱擊中宮室的屋頂，發出驚天動地的巨響，一個足有一丈直徑的巨大火球穿透屋頂落入宮室內。

董天將和胡小天兩人被火光刺激得雙目一閃，雖然如此，他們也看清那火球正擊中了安放安平公主遺體的床上，火球落地後爆裂開來，震耳欲聾的爆炸聲中，火光飛焰四處迸射，胡小天和董天將兩人看到那火球砸破屋頂墜入宮室內，兩人就知道不妙，第一時間向外撤退。雖然退得及時，仍然被爆炸強烈的衝擊波震得倒飛了出去。

守在宮室外面的士兵有不少人也被氣浪震得橫飛而起，橫七豎八地摔倒一片，哀嚎陣陣，現場陷入一片混亂之中。

胡小天和董天將兩人剛剛摔落在地上，就看到一根足有兩丈長度合抱粗細的斷柱旋轉著向兩人砸落過來，他們根本來不及從地上爬起，董天將怒吼一聲，揚起右拳照著那斷柱狠狠一拳迎了上去，蓬的一拳，煙塵四起，木屑亂飛，董天將霸道的力量硬生生將那斷裂的木柱打得橫飛了出去。胡小天長舒了一口氣，無論他承認與否，董天將在危急關頭都為他化解了一難，胡小天從地上撿起剛剛墜地時候失落的大劍藏鋒，迅速爬起身來。

此時煙塵漸漸散去，聽到周圍受傷士兵的哀嚎聲。胡小天心中暗歎，難怪夕顏提醒他不要靠近這裡，想不到這妮子的手段如此毒辣，再看存放她屍體的宮室已經燃起了熊熊火光。

董天將此時也是灰頭土臉，望著爆炸後燃燒的宮室，雙目呆呆出神，他剛剛接手保護安平公主靈柩返回大康的任務，這就遭遇了麻煩，等於是被人給了當頭一棒。董天將大聲道：「救火！快搶救公主的遺體……」

他的話音未落，卻看到燃燒的宮室之中，一隻巨大的黑影衝天而起。

眾人舉目望去，卻見一名藍衣人戴著金色面具，傲立於一隻黑色巨鷹的背上，他的手中抱著一個白衣少女，那少女躺在他的臂彎之中。胡小天目力強勁，一眼就看出那少女就是夕顏，內心不由得一震，我靠，這究竟是要玩哪一齣？夕顏啊夕顏，今天你可把我給整糊塗了。

董天將的手下已經有人開始彎弓搭箭，胡小天擔心夕顏受到傷害，慌忙阻止道：「不得傷害公主遺體。」董天將做了一個停止射擊的手勢。

此時天空中的蝙蝠紛紛向那藍衣人聚攏而來，將黑色巨鷹和藍衣人籠罩在其中，重新形成的黑雲向雍都城的西北方向緩緩移動。

董天將怒吼道：「混帳東西，將公主遺體留下！」他讓人去取馬匹，縱馬出了起宸宮，追逐天空中那黑壓壓的蝙蝠雲團。

胡小天也取了小灰，縱馬向空中雲團追逐而去。

此前馬廄已經被毒蟲攻陷，馬匹中毒死傷大半，可供馳騁的馬匹算起來不過十多匹，董天將已經徹底被激怒，催動胯下駿馬，宛如疾風般馳騁在雍都的街道之上，轉瞬之間已經將他的那幫手下甩出很遠。

跑出沒多遠，就只剩下胡小天和他並駕齊驅了，董天將心中暗暗稱奇，想不到胡小天胯下的這頭騾子還真是寶物，竟然可以和自己的寶馬良駒千里追風跑個不相上下。

胡小天抬頭仰望，卻見頭頂的那蝙蝠群飛行的速度不緊不慢，始終無法將他們擺脫開來，胡小天心中暗忖，難道夕顏故意如此安排，是想將他們引到什麼地方？胡小天提醒董天將道：「董將軍，可能有詐！」

董天將道：「龍潭虎穴也要闖上一遭，總不能讓那賊子就這樣將公主的遺體搶走。」

胡小天是想讓董天將打消繼續追逐的念頭，卻想不到董天將如此執著。胡小天無奈只能隨著他一起繼續追逐下去，心中卻是充滿迷惑，夕顏到底在計畫什麼？兩人追逐那團黑雲跑了大半個雍都城，眼看就快追到蝙蝠群下方，突然一道白影從空中直墜而下，董天將和胡小天兩人慌忙勒住馬韁，那白影就墜落在他們前方十丈左右的地方，雖然沒有看清那白影是誰，他們心中卻已經猜到必然是安平公主的遺體無疑。

從數十丈的高空中摔落下來，結果如何可想而知，只聽到蓬的一聲，白影在前方炸裂開來，硬生生摔成了一灘肉泥。

董天將和胡小天第一時間來到那灘肉泥前方，想要從這堆血肉中辨認出是否是安平公主，沒有現代的ＤＮＡ檢測技術還真不能夠，董天將認定了這灘血肉是安平公主的遺體無疑，一時間悲憤交加，目眥欲裂。

胡小天當然知道這堆血肉肯定不可能是夕顏，百分百是她用別人的屍體過來偽裝，以瞞天過海之計悄然脫身。胡小天趁機停下追趕，翻身下馬，衝著那堆血肉哀嚎道：「公主殿下……哎呀呀……公主殿下……你怎麼成了這個樣子……」說實話，望著這灘肉泥實在是有些噁心，夕顏這妖女做事果然不循常理。

胡小天在這兒衝著那灘血肉假意哀嚎痛哭之時，董天將卻沒有放棄追逐，空中蝙蝠群散去，黑色巨鷹載著那藍衣人繼續向前方飛去，董天將怒吼道：「哪裡走！賊子，今日我不殺你誓不甘休！哇呀呀呀……」

胡小天望著那灘血肉搖了搖頭，總之這堆肉肯定不是夕顏，他也沒必要浪費感情，料定空中那個藍衣人十有八九才是夕顏的真身，慌忙又翻身上馬朝董天將追逐而去，他倒不是擔心董天將，而是害怕夕顏被董天將追上。

董天將一邊縱馬狂奔，一邊從身後取出弓箭，彎弓搭箭，瞄準空中的巨鷹施射，兩箭全都落空，第三箭射出之後，卻聽到空中傳來一聲慘呼，然後看到那黑色巨鷹向前方的建築物內俯衝下去，再度爬升起來的時候黑色巨鷹的背上已經沒有了藍衣人的蹤影，振翅向空中爬升轉瞬之間消失在夜空之中。

董天將的目力頗為強勁，他清楚看到那黑鷹背上並沒有藍衣人的身影，鬆開手中弓弦。此時胡小天也催馬來到他的身邊，氣喘吁吁道：「董將軍，別追了，公主的遺體找到了……」

董天將指向前方門頭高大的府邸道：「我看到黑鷹俯衝到了這裡面，再出來的時候藍衣人已經不見了。」

胡小天心中暗歎，想不到董天將竟然是如此執著的一個人物，根據他剛才所見，夕顏有無數機會可以順利脫身，但是她一直將他們引到這裡，根本是有意為之，卻不知這又是什麼地方？

董天將從箭囊中抽出一支穿雲箭，搭在弓弦之上，瞄準上方的夜空，弓如滿月，咻的一聲射了出去。

穿雲箭飛升到夜空的盡頭，然後蓬的炸裂開來，在夜空中形成一朵絢爛無比的紅色煙花。

一支穿雲箭，千軍萬馬來相見。

只要看到他的信號，虎標營的將士就會在最短的時間內來到這裡。

董天將和胡小天兩人縱馬來到門前，兩人翻身下馬，抬頭望去，卻見門前匾額上用胡漢兩種文字書寫著紅山會館幾個大字。

胡小天這時候才知道這裡是紅山會館，此前他曾經讓人調查過，紅山會館乃是黑胡在雍都的商會，是黑胡人在雍都的據點，黑胡四皇子完顏赤雄抵達雍都之後，留在這裡居住的時間甚至多過驛站，因為這裡大都是他們本族人，還有專門的黑胡廚師，生活方面更為適應一些。想起夕顏提出要讓自己幫忙剷除完顏赤雄的要求，胡小天頓時明白了她今晚的大致計畫。

這妮子根本就是在有目的地將他們引到這裡，接下來還不知要籌謀什麼事情？這種被人牽著鼻子走的感覺非常不爽，胡小天向董天將道：「董將軍，這裡好像是黑胡人的會館，咱們現在進去只怕有些不妥吧？」他並不想按照夕顏的計畫一步步行事，所以才提醒董天將謹慎從事。

董天將早已被憤怒衝昏了頭腦，怒道：「黑胡人的會館又怎樣？今天就算掘地三尺，我也要將那藍衣人找出來。」

胡小天又不能對董天將明言，心中暗暗叫苦，完了！千防萬防終究還是被這妖女奸計得逞，她要利用的應該是董天將和虎標營的人馬。不過轉念一想，對自己也沒什麼損失，既來之則安之，大不了作壁上觀，權當看個熱鬧。

董天將上前握緊拳頭，在大門上咚咚敲了兩下，夜深人靜，他擂得如此用力，整個紅山會館都聽得到外面的動靜。

董天將大吼道：「虎標營統領董天將奉命夜巡！」他的聲音遠遠送了出去，在夜空中鼓蕩開來。

完顏赤雄猛然驚醒，懷中的兩個黑胡女奴火燙的身軀偎緊了他，黑暗中發出嚶嚀之聲。完顏赤雄將貼向自己的兩個誘人身軀推開，然後坐起身來，聽到外面的呼喝聲。

他離開了臥榻，迅速穿上衣服，拉開大門，正看到一名武士匆匆向前過來通報：「啟稟殿下，外面有虎標營的人過來夜巡。」

完顏赤雄臉色一沉，冷哼了一聲道：「虎標營？什麼東西？紅山會館豈是他隨便巡查的地方？」

那武士道：「拉罕將軍已經前去查探情況了，殿下回去歇息就是。」

完顏赤雄皺了皺眉頭道：「我去看看！」

紅山會館的大門緩緩打開，從裡面出來了五名黑胡大漢，為首一人身軀魁偉，正是完顏赤雄手下的勇士拉罕。

拉罕一出門就怒吼道：「什麼人在此間吵鬧？知不知道這裡是什麼地方？」當

他借著火光看清來人只有兩個，而且兩人他都認識，一個是大雍猛將董天將，另外一個卻是大康使臣胡小天。拉罕曾經被熊天霸所擒，而且用他當人質換回了唐鐵漢，這件事被他引以為奇恥大辱，見到胡小天新仇舊恨頓時勾起，一雙虎目之中幾乎就要噴出火來。

胡小天看到事情已經鬧到了這種地步，樂得看個熱鬧，反正凡事都有董天將撐著。他只當沒有看到拉罕，四處張望，搜尋那藍衣人的蹤影。

董天將抱了抱拳道：「在下大雍虎標營統領董天將，剛剛追逐嫌犯來到此地，親眼目睹嫌犯進入紅山會館之中，還請這位兄台行個方便，放我們進去仔細搜查一番。」

拉罕雖然知道董天將是大雍數一數二的猛將，可是他卻沒有絲毫退縮的意思，冷冷道：「董將軍可能不知道我們紅山會館是什麼地方？我家四王子殿下還在裡面休息，若是驚擾到他，只怕你們擔待不起吧？」

董天將道：「四王子殿下？那好得很，就請四王子殿下出來，我當面跟他說。」來此之前董天將也不知道黑胡四王子完顏赤雄住在紅山會館。

拉罕道：「殿下已經休息了，有什麼事情明天再說！」他轉身欲走。

董天將怒道：「站住！我親眼看到疑犯進入你們紅山會館豈會有錯，你速速去通知四皇子。」

拉罕也不是什麼好脾氣，明顯有些動怒了：「董將軍，都已經跟你說過了，殿下已經歇息了，我紅山會館素來警戒嚴密，不可能有什麼疑犯進入。」

胡小天唯恐天下不亂地煽風點火道：「我們親眼看到的還會有錯？難道你們和嫌犯有所勾結？不然為何害怕我們搜查？」

拉罕怒道：「放屁！」

胡小天冷笑道：「你說什麼？混帳東西，你敢再說一遍？」

拉罕心頭對胡小天始終都窩著一口氣，怒道：「小南蠻，識相的話，馬上給我從這裡滾出去，不然我就將爾等丟出去。」他也屬於那種沒腦子的莽貨，一生氣什麼話都往外說，雖然火是衝著胡小天而發，但是董天將和胡小天同來，等於他是捎帶著將董天將也罵了。在黑胡人的眼中，黑胡疆域以南全都是南蠻。

董天將一張黑臉變得鐵青，不等胡小天煽風點火，已經冷冷向拉罕逼迫過去：「你說誰是南蠻？」

拉罕是個寧折不彎的主兒，怒視董天將道：「說你們，又怎樣？」

董天將呵呵冷笑了一聲：「怎樣？也不看看你在誰的地盤上說話？我倒要掂量一下你的份量！」話音剛落，一拳已經向拉罕當胸打去。

拉罕看到董天將出手，也是一拳迎了上去，對這些猛將來說，武力是解決矛盾最直接有效的方式，誰的拳頭硬誰就有發言權。

拉罕曾經兩度敗在熊天霸的手下，而熊天霸此前卻在董天將的手中連一個回合都招架不了，拉罕和董天將根本不是一個級數的對手，雙拳還未相撞，對方渾厚霸道的拳風已經如同驚濤駭浪般先行壓迫而至，拉罕的呼吸不由得為之一窒。他爆發出一聲怒吼，全身的力量凝聚於右臂之上，碩大的拳頭宛如流星般奔向董天將。

董天將的臉上表情漠然，出拳的時候，手臂有一個微妙的內旋，這不起眼的內旋動作，讓他的拳風形成了一道旋轉擴展的螺旋勁，拉罕的拳頭乃是直衝而至，進入董天將拳風的漩渦之中，如同石沉大海，力量在前進中迅速衰減。雙拳對衝在一起，拉罕卻有種力量沒有使出的感覺，這是因為他的拳頭被對方的螺旋勁所牽制。

董天將在雙拳接觸的剎那，力量陡然爆發，對拳力的掌握已經到了細緻入微的境地，力量沿著拉罕的手臂傳遞了過去，勁力的爆發點卻是在他的前胸，拉罕魁梧的身軀猛然一震，雙足竟然無法站穩，宛如一隻無形的巨手將他抓起，然後狠狠向院落中扔了出去。

身後四名黑胡武士看到拉罕被一拳震飛，慌忙上前想要將他抱住，剛一沾到拉罕的身體，就被強大的勁力震飛，董天將的這一拳竟然將五名黑胡武士盡數擊倒在地。

胡小天就在一旁，將剛才的交手過程看了個清清楚楚，心中不禁暗歎，這董天將難怪有大雍第一猛將之稱，如此年輕竟然擁有如此霸道的力量，只怕和周默的武力也在伯仲之間。

此時四面八方傳來急促的馬蹄聲，卻是董天將手下虎標營的弟兄接到訊號之後及時趕到了這裡。

周默和熊天霸也隨之趕來，他們擔心的只是胡小天的安危。

董天將看到眾人趕到，馬上傳令道：「將紅山會館給我圍起來，封鎖各個出口，任何人不得隨意出入。」

拉罕灰頭土臉地從地上爬了起來，熊天霸見到這廝的狼狽模樣，禁不住哈哈大笑起來。

拉罕聽到笑聲，向他望來，雖然剛才他那一跤摔得難看，但是董天將並沒有用全力傷他，董天將畢竟明白他是黑胡使團的人，如果將他打成重傷，恐怕不好交代。

拉罕被董天將一拳打飛，就已經知道自己和董天將實力懸殊，心中又羞又怒，可再惱火也不敢找董天將的晦氣，誰都不是傻子，明知必然被虐，何必自取其辱。可能天霸不一樣，拉罕始終認為熊天霸上次在山莊廢墟戰勝自己純屬偶然，這傻小子無非是力量比自己大了一些，談到格鬥技巧，自己要勝過他許多。柿子揀軟的捏，是人都會有這樣的心理。

雖然事實證明熊天霸不是一個軟柿子，可比起董天將來說他畢竟還是弱了一些，拉罕惱羞成怒，一門心思想找回顏面，怒吼道：「小南蠻，你敢笑我！」這廝也算有種，爬起來第一時間就向熊孩子衝了過去。

熊天霸是個有熱鬧唯恐錯過的主兒，如果不是周默管著他，他不知道要招惹多少是非，他不惹別人就是好的了，現在看到老冤家拉罕又衝上來找自己的晦氣，心中非但沒有憤怒，反而樂得後槽牙都露出來：「傻大個，你還敢找死！」他一個箭步就竄了出去，猶如猛虎出閘。

熊天霸可使不出董天將那樣的螺旋勁，他也和拉罕一樣是直來直去，硬碰硬地拚力量熊孩子還真沒有怕過誰來。

雙拳撞擊在一起，拉罕蹬蹬蹬後退了三步，他的力量畢竟要比熊天霸遜色一籌，雖然搶佔先機，卻仍然被熊天霸一拳擊退，熊天霸屬於超級好鬥的人物，只要開打，不分出勝負這貨斷無收手的意思，跟上去又是蓬蓬蓬連出三拳。

這場打鬥根本就是拉罕主動挑起，遇到熊天霸這個不依不饒的角色，也活該他倒楣，熊天霸第一拳已經震得他氣血翻騰，更何況拉罕此前就和董天將交手，損耗了不少的力量。熊天霸卻是一拳猛似一拳，根本沒有氣力衰減的徵象，這三拳都是和拉罕硬碰硬的撞擊。拉罕被他震得連連後退，硬撐著接了最後一拳的時候，感覺喉頭一熱，噗！又是一口鮮血噴了出來。

熊天霸看到這廝吐血，也不再進擊了，叉腰站在原地，咧著大嘴望著拉罕道：

「娘的，以為老子好欺負？這次揍到你吐血，下次把你腦袋給揪下來當尿壺。」拉罕又羞又怒，一邊吐血一邊怪叫道：「哇呀呀……氣死我也……」他從腰間抽出彎刀，準備不顧一切地衝上去拚命。卻聽身後一個陰沉的聲音喝道：「拉罕！給我退下！」卻是完顏赤雄及時趕到了。

完顏赤雄率領一群武士龍行虎步走了過來，一雙虎目灼灼生光，臉上充滿怒色，當真是威風八面，氣派非凡。

胡小天以傳音入密讓熊天霸退下，他和周默交遞了一個眼神，彼此都明白今晚他們還是低調最好。

胡小天已經完全明白了夕顏的整個計畫，她的目的就是要將董天將和虎標營的將士引到這裡，挑起他們和黑胡使團之間的矛盾對立。胡小天心中暗忖，夕顏一直大門不出二門不邁，她究竟是如何知道完顏赤雄等人住在紅山會館？看來一定有人在為她通報消息，起宸宮內有她的內應也未必可知。五仙教勢力分佈大江南北，想不到在雍都也遍佈他們的勢力。

完顏赤雄來到董天將面前，冷冷望著他，其實他們之間過去並無矛盾，雖然董天將曾經隨同大帥尉遲冲征戰北疆，殺死不少黑胡將士，但是完顏赤雄和董天將之間並沒有過直接的衝突，他實在有些想不通，為何董天將會率兵圍困紅山會館，公然登門挑釁。

完顏赤雄強壓怒火道：「董將軍，你深夜率兵圍困我紅山會館，打傷我的手下，究竟是何用意？我等此次前來乃是受了大雍皇帝的邀請，你這樣做，不怕貴上怪罪嗎？」

董天將向他抱了抱拳道：「四王子殿下，我等之所以深夜打擾是有不得已的緣故，皆因有一名刺客點燃起宸宮，一路逃跑到了這裡。」來紅山會館之前董天將並不知道完顏赤雄住在這裡，大雍為黑胡使團安排的住處乃是松濤會館。董天將雖然知道完顏赤雄在此，卻沒有退縮的念頭，一來今晚事態嚴重，如果不找到那名藍衣人，恐怕他也會被問責，二來，他對這位黑胡四王子也沒什麼好敬畏的，畢竟他們董家也是大雍的名門望族，他的親姑姑還是皇上的貴妃，他也是貨真價實的皇親國戚。

完顏赤雄道：「董將軍什麼意思？難道懷疑本王窩藏嫌犯？」

董天將道：「在下並無這個意思，搜查紅山會館也是為了四王子的安全著想。」

完顏赤雄呵呵冷笑道：「多謝董將軍，本王的安全就不勞你們操心了。」

董天將寸步不讓道：「這裡是在大雍，四王子殿下的安全我們當然要負責。」

完顏赤雄不屑道：「聽說大康安平公主的安全也是由你們負責，可她現在又怎樣？還不是不明不白地死在了起宸宮？」

「你？」董天將終於被完顏赤雄激起了怒氣，他既沒有想到完顏赤雄身在紅山會館，以他的本意也不想和完顏赤雄做無畏的衝突，但是今晚起宸宮發生的事情非同小可，安平公主遺體被人從他的眼皮底下盜走，而且還從高空拋下摔成肉泥，他從石寬手中接過起宸的警戒任務，此後發生的任何事他都要承擔責任的。董天將不是傻子，他之所以堅持搜查紅山會館，目的就是要找到罪魁禍首，縱然找不到那個藍衣人，也要尋找一個可以推脫責任的下家。

一直沒有說話的胡小天忽然道：「四王子這話是什麼意思？我家公主不明不白地被人害死，今晚又有人潛入起宸宮盜走她的遺體，那人就進入了紅山會館！」

完顏赤雄冷哼一聲道：「混帳！你是說本王和安平公主遇害之事有關了？」

胡小天道：「我沒說，是你自己說的。」

完顏赤雄道：「這紅山會館乃是黑胡商會，不是你們想搜就搜的地方，誰敢踏入紅山會館半步，等同於侵擾我黑胡國境！」

董天將怒道：「四王子，你不要忘了腳下的每一寸土地都是我大雍之國土，你們黑胡使團本該在松濤會館居住，卻為何會在紅山會館出現？」

完顏赤雄冷笑道：「本王沒必要向你解釋，我想住在什麼地方也無需你來指手畫腳。想搜查我紅山會館，好！拿出你們大雍皇帝的聖旨，我自當敞開大門歡迎各位入內，如果沒有，馬上給我離開這裡！誰敢擅入我紅山會館，格殺勿論！」他的這番話說得斬釘截鐵，霸氣無比。

董天將雖然親眼目睹那藍衣人進入了紅山會館，可是他畢竟還是有所顧忌，不敢硬來，想了想，反正自己虎標營的手下大都已經趕來，只要將紅山會館團團圍困起來，料想那藍衣人插翅難飛。董天將正想傳令之時，遠方隱約傳來一陣胡笳之聲，那樂曲吹得淒婉悲愴，隨著夜風送入眾人的耳中，原本對峙的雙方突然都停住說話，不由自主去聽那胡笳聲。

胡小天初聽還沒有什麼，可是仔細一聽卻感覺那樂曲如同有魔力一般，在自己的耳膜深處迴響，悲愴的旋律響徹在夜空中，百轉千迴，如泣如訴，猶如一個女子悲切訴說平生不幸的命運，竟然讓自己氣血翻騰，胡小天暗叫不妙，意識到這胡笳聲有些古怪，慌忙凝神靜氣，悄然運行無相神功，強迫自己不去聽那古怪的聲音。

胡小天尚且如此，更何況那些普通的士兵。

周默也和胡小天同時意識到這聲音古怪，低聲提醒道：「別聽這聲音。」

就在此時自黑胡人的隊伍之中，忽然咻地飛出了一支冷箭，那冷箭正中一名虎標營士兵的咽喉，鏃尖從那士兵的頸後鑽了出來，可憐那士兵連吭都沒吭出一聲，仰頭便倒，已然氣絕身亡。卻是一名黑胡武士率先發動了進攻，他雙目血紅死死盯住對面的虎標營將士，喉頭發出野獸般的嘶吼聲：「殺！」

虎標營的那幫將士迅速反應了過來，慌忙摘下弓箭，不等他們排列好陣型，又是一支冷箭射入他們的陣營內，傳來一聲慘呼，又一名士兵被羽箭當胸貫入，也是一命嗚呼了。此時虎標營陣營中有人充滿悲憤的大吼道：「兄弟們，黑胡人殺了咱們的兄弟，咱們跟他們拚了！」

董天將還沒有搞清怎麼回事，己方陣營已經倒下了兩名士兵，心中狂怒，再加上那古怪的胡笳聲不停傳來，激起他胸中悲憤，恍惚間如同身處疆場之上，目睹部下被殺，心頭的憤怒讓血液為之沸騰，他爆發出一聲怒吼。

完顏赤雄也是一頭霧水，他並沒有下令射箭，不知是哪個混帳竟然擅自出手？咻！一支冷箭再度飛起，這次是從虎標營的陣營之中射向黑胡人，完顏赤雄看到那支羽箭射向自己，慌忙向一旁閃躲，他躲過去，身後的一名隨從卻沒有躲過去，噗的一聲悶響，羽箭從那隨從的小腹中射了進去。

現場頓時混亂起來，因為夜色黑暗，誰也沒看清楚到底是哪一個在射箭。此時人群中不知是誰喊射箭，雙方弓箭手紛紛彎弓搭箭向對方射去，這一輪箭雨過後，雙方又有幾人傷亡。

董天將雙目赤紅，宛如魔神附體，從一名部下手中抓起自己的方天畫戟，發出一聲狂吼，一個箭步已經竄了出去，面對迎向自己的十多名黑胡武士，手中方天畫戟宛如風車般掄起，刃芒如同水銀瀉地，方天畫戟所到之處無堅不摧，頃刻之間，血肉殘肢到處紛飛，哀嚎之聲不斷。十多名意圖阻止他的黑胡武士竟然全都死在了他的戟下。

胡小天始終都站在一旁，有道是旁觀者清，當局者迷，他將雙方的動作看得清清楚楚，肯定是那胡笳聲有古怪，可以迷惑心智，所以黑胡人才會主動發起攻擊，而虎標營士兵被射殺之後，他那幫戰友的仇恨和血性徹底被激起。

胡笳之聲的節奏越來越急，此時旋律變得如同鬼哭神嚎，數百名虎標營將士爭先恐後地向紅山會館內衝殺而去。黑胡人雖然強悍，可畢竟人數處於劣勢，再加上他們本身就在大雍的地盤上，底氣還是有些不足。

虎標營的這幫將士對黑胡人本就仇視，看到弟兄們無緣無故被黑胡人射殺，新仇舊恨全都湧上心頭，不顧一切地向紅山會館內衝去。

完顏赤雄見到勢頭不妙，在眾人的保護下倉惶向紅山會館中逃去。一名黑胡武士轉身也想跟著逃走，董天將已經大踏步衝了過去，方天畫戟狠狠刺入此人的後心，內力在對方的體內爆裂，將黑胡武士炸了個血肉橫飛。

黑胡武士掩護著完顏赤雄向裡面倉惶逃竄，兩名武士想要關上大門，可是憤怒的虎標營將士已經衝了進去。

此時紅山會館之中湧出數十名全副武裝的黑胡武士，他們上前攔住虎標營將士的去。一場血戰一觸即發。

熊天霸也被胡笳聲所困擾，紅著眼睛跟隨那幫黑胡武士向前方衝了過去。

胡小天和周默內力渾厚，他們及時察覺到胡笳聲有古怪，馬上凝神靜氣抱守元一，避免受到胡笳聲的干擾，也沒有跟上去湊這個熱鬧，刀劍無眼，亂戰之中根本分不清敵我，他們何苦蹚這個渾水。可是熊天霸卻已經迷失在胡笳聲中，不顧一切的往前衝，他們卻不能坐視不理。

周默一個箭步上前，猛然扣住熊天霸的手腕，熊天霸卻如同不認識他一般，怒吼一聲道：「放開我！」一拳照著周默當胸打去。

胡小天看到熊天霸突然向周默出手，不由得有些心急，大吼道：「熊孩子，住手！」就在此時，一道雪亮的閃電劃過夜空，隨之一個震徹天地的落地雷炸響。

沉溺在屠殺興奮之中的董天將被這聲炸雷驚醒，他愣了一下，接著就聽到胡小天呼喚熊天霸的聲音，望著眼前倒下的十多具鮮血淋漓的屍體，董天將血紅的雙目漸漸變得清明，他的頭腦突然清醒了過來，自己怎麼會突然出手殺人？剛剛如同被迷失心性一樣，此時遠處的胡笳聲變得越發淒婉。這聲音有種直達內心的魔力，董天將心中殺意又起。

董天將用力皺了皺眉頭，攥起左拳狠狠在額頭處捶打了兩下，猛然大吼道：「全都給我住手……」他的話尚未說完，就看到一支羽箭倏然射向自己的面門，董天將手中畫戟一抖，將羽箭撥飛，這會兒功夫，又有幾名黑胡人被砍殺當場。

董天將此時方才意識到眼前的狀況絕不正常，不但是他的部下，甚至連他自己也被這古怪的胡笳聲所控制，所以才會喪失理智造成眼前的殺戮，他此時因為胡小天剛才的那聲大吼而清醒過來，可是虎標營的不少將士仍然在瘋狂進攻著。

董天將雖然出身官宦之家，但是他之所以能有今日之地位，全都是靠自己征戰沙場的赫赫戰功，可以說什麼樣的凶險場面他都經歷過，眼前的狀況實在是有些詭異，這種狀況如果無法制止，必然會演變成一場不可收拾的慘劇。想到這裡，董天將鼓足中氣，爆發出一聲狂吼，他運用全身內力的狂吼如同一個炸雷閃過天空，正在交戰的雙方士兵，剛剛因為那聲落地驚雷有不少人趁機從胡笳聲的困擾中解脫出來，現在經董天將這聲大吼，又有不少人清醒了過來，一個個臉上都充滿了茫然之色，望著這遍地的死屍，一時間竟不知剛才為何會那樣做？

胡小天和周默兩人合力將熊天霸控制住，忽然聽到耳邊傳來一個熟悉的聲音：「沒良心的臭小子，你就那麼眼睜睜看著我摔成肉泥，連一滴眼淚都不掉？現在還居然壞我好事！」

胡小天聽出那聲音正是夕顏，轉身向周圍尋找，卻沒有發現她的影蹤。

周默察覺胡小天的舉動有些反常，低聲道：「怎麼了？」

胡小天搖了搖頭道：「沒什麼？」心中卻已經斷定，今晚利用胡笳聲挑起爭鬥的必然是夕顏無疑，說不定她還有同黨在附近。這妖女果然心狠手辣，為了達到目的，不惜大開殺戒，只是今晚自己倒是沒有壞她的事情，乃是天公不作美，在雙方殘殺最為激烈的時候，平地一聲雷將這幫被胡笳聲控制的將士全都解脫了出來。

天空中接二連三的驚雷聲響起，黃豆大小的雨點從空中落下，冰冷的雨水當頭澆下，幫助殘殺的雙方迅速冷靜了下來，一個個迷惘地望著眼前狼藉一片的場面，多數人竟然回憶不起剛才究竟發生了什麼。董天將好不容易才制止住那幫情緒激動的手下，此時完顏赤雄已經逃入了紅山會館的內府。雙方衝突的時間雖然不長，卻已經有三十一人送命，虎標營死了十二個，黑胡方面損失更大，足足有十九名武士被殺。

近三十名黑胡武士被虎標營的將士包圍在垓心，若非董天將及時制止，恐怕他那幫憤怒的手下已經衝上去將這些黑胡武士剁成肉醬了。

董天將道：「大家務必冷靜！千萬不可衝動壞事。」現在說這句話已經太晚，幾十條性命糊裡糊塗就這麼沒了。

此時內府之中傳來喊話聲，卻是完顏赤雄逃入內府之後也覺得剛才的事情不對，沒有他的命令，他的這些手下是不可能擅自放箭的，肯定是有人暗中作怪，想要挑起雙方亂戰。冷靜下來，完顏赤雄想起剛剛的胡笳聲，一定是那胡笳聲有古怪，迷失了雙方武士的心性，所以才造成了剛才的那場火併。

完顏赤雄道：「董將軍！你最好還是先冷靜下來，千萬不要受了小人的挑唆。」他傾耳聽去，胡笳聲早已消失。

董天將大聲道：「完顏赤雄，今天你不將兇手交出來，我絕不會善罷甘休。」雖然他也知道事情必有古怪，可是也不願在眾人面前失了這個面子。

「那又如何？以為我還怕你不成？」

雙方雖然口舌不斷，可是誰也沒有主動發起攻擊，其實心中都明白，今晚十有八九是中了別人的圈套，自己的隊伍之中八成有內奸，可一時間誰也不可能將內奸找出來。

胡小天看到雙方居然在即將火併的剎那冷靜了下來，心中暗自鬆了口氣，雖然他也期望看到雙方拚個你死我活，但是仔細一想還是不拚為妙，真要是拚個兩敗俱傷，別人肯定會懷疑到自己的頭上，畢竟只有他這個協力廠商，用腳趾頭想想也會懷疑到自己的身上。夕顏打得一手的如意算盤，可這妮子似乎沒有考慮自己的處境，分分鐘要把自己坑進去的節奏。別的不說，剛才在起宸宮，先是毒蠍如潮水，然後又在宮室中放了顆等同於炸彈威力的大火球，如果自己逃得稍稍晚上一步，可能就會被炸個粉身碎骨，這妮子也夠狠心的。昔日的那番柔情話語也只能聽聽算了，如果當真，恐怕自己早晚會被她害死。

遠方又有一隊人馬朝著紅山會館的方向而來，這隊人馬約有百人，竟然是七皇子薛道銘親自率隊前來。

胡小天看到薛道銘前來，就知道今天的這一仗打不起來了，夕顏的計畫註定要落空。

聽聞薛道銘前來，董天將慌忙過來相見，他們兩人是表兄弟，素來關係極好。

薛道銘見到董天將就劈頭蓋臉的呵斥道：「你胡鬧什麼？豈可率兵將紅山會館包圍起來？」董天將雖然是他表弟，他當著眾人也沒留什麼情面。望著這遍地的屍首，薛道銘知道董天將今晚闖下了大禍，表面上是呵斥他，內心中卻在想著如何幫他從這件事中解脫出來。

董天將也是一肚子的委屈，他將今晚發生的事情說了一遍，薛道銘聽說安平公主的遺體被盜，也是大吃一驚，他抿了抿嘴唇道：「其他的事情先放一放，先把安平公主的遺體找到再說。」

胡小天帶著薛道銘來到安平公主遺體所在的地方，現在只剩下一灘肉泥，因為剛才沒顧得上收拾，又被馬隊經過踏得到處都是，不知哪兒來了兩隻野狗，正趴在那兒吃個不停。

薛道銘看到眼前一幕，眼睛都紅了，抽出腰間佩劍衝了上去，手起劍落，將兩隻野狗砍得身首異處。

胡小天雖然覺得這景象很慘，但是他清楚那灘肉泥根本就沒有夕顏半個細胞，悲傷更是無從談起，臉上拿捏出悲痛欲絕的表情，那是裝給外人看的。他本以為薛道銘也只是演給其他人看，可從薛道銘的種種表現又不太像。

薛道銘雙目通紅，眼泛淚光，默默收拾著地上的血肉，安平公主的屍體已經摔得四分五裂，湊成一個完整的人實在是不容易，有人想過去幫忙，卻被薛道銘喝走，他竟然親手將安平公主的屍身收拾起來。

胡小天心中大奇，難不成薛道銘見了夕顏一面就喜歡上了她？這事兒實在是有些不科學啊！難道夕顏在他前往起宸宮探望的時候，在他的身上動了什麼手腳？弄得這廝跟個癡情種子一樣對她一往情深。

薛道銘收拾好夕顏的遺體，胡小天找他將遺體討回，先行回起宸宮安置，薛道銘這才重新率眾回到了紅山會館。

完顏赤雄聽說七皇子薛道銘到了，也率眾出來相見，他和董天將再次相見，彼此之間自然都不會有什麼好臉色，可誰都沒搞清楚剛才的狀況，稀裡糊塗雙方就發生了衝突，白白犧牲了三十一條性命，雙方在這場衝突之中誰也沒有占到便宜，完顏赤雄一方死的人更多，而且今晚是董天將登門挑釁，他自然要個公道。

董天將堅持認為那藍衣人進入了紅山會館，不但如此，他還認為那引起雙方殘殺的胡笳聲也來自紅山會館內部。完顏赤雄看到事情鬧大，也不再像剛才那般堅持，終於同意敞開大門讓大雍方面搜查紅山會館，其實他心中也迷惑不解，那胡笳聲究竟是何人奏起，相比較而言，虎標營受到胡笳聲的影響更大，他們陣營之中雖然有人也被胡笳聲控制，但是並沒有像虎標營那般廣泛。

董天將暗罵完顏赤雄混帳，倘若一開始他就配合，又豈會造成那麼大的死傷，可恨今晚糊裡糊塗地損失了十名手下。造成了那麼多的死傷，回頭不知應該如何向朝廷交代。

董天將率人前往紅山會館搜查之時，胡小天並沒有前往去湊這個熱鬧，既然找到了安平公主的遺體，他們的使命就算完成，還是早一刻返回起宸宮收殮為妙，更何況夕顏那妮子有數不完的陰謀詭計，留在這裡萬一再鬧出什麼事情，牽連到自己豈不是麻煩？

董天將在紅山會館足足搜查了兩個時辰，幾乎搜遍了會館的每一個角落，最終還是一無所獲，別說是藍衣人，就算是一個可疑人物也沒有找到，胡笳倒是找到了不少，畢竟這東西是黑胡最常見不過的樂器，縱然如此，也無法認定，吹奏胡笳之人一定來自紅山會館內部。

董天將堅信自己沒有看錯，他明明看到那黑鷹帶著藍衣人進入了紅山會館，離開之時黑鷹的背上卻空無一人。但是懷疑歸懷疑，事實擺在眼前，總由不得他否認。

完顏赤雄見到董天將搜查無果，頓時占盡了道理，氣勢頓時囂張起來，冷哼了一聲道：「董天將，你平白無故率人包圍紅山會館，擾我清淨，殺我手下，敢問你們大雍就是如此對待別國使臣的嗎？」他向薛道銘拱了拱手道：「七皇子殿下，你給我做個見證，今晚之事，就算是鬧到貴上那裡，我也一定要討還這個公道。」

薛道銘瞪了董天將一眼，顯然責怪他沒有確實證據的情況下就挑起了這場鬧劇，現在好了，非但沒有找到所謂的藍衣人，還被完顏赤雄倒打一耙，搞得連他都有些被動了。

薛道銘歉然道：「王子殿下，今晚之事實在是不好意思，可董將軍也是公事公辦，按章辦事，事情鬧到這種地步，其實誰也不想。」雖然他當眾呵斥了董天將，但是在心底深處對這位表弟還是回護的。

完顏赤雄道：「皇子殿下，我完顏赤雄不遠萬里而來，為的是黑胡和大雍之間的兩國友好，如今不但被人誣陷清白，還殘殺我的兄弟，此事我若是就此作罷，如何對得起我那些死去的弟兄，不是我不給你面子，而是今日之事必然要有個交代！」

董天將怒道：「你弟兄死了，我何嘗不是死了那麼多的兄弟？如果不是你們黑胡人率先放箭，怎麼會發生剛才的那場衝突。」

兩人都是寸步不讓，剛剛緩和的氣氛又變得劍拔弩張。

薛道銘來到中間分開兩人，他歎了口氣道：「今晚發生的事實在是有些詭異，根據我所瞭解到的情況，應是有人從中挑唆。兩位不妨冷靜一下，先將死去的兄弟收殮，至於今晚的衝突到底因何而起，我會親自調查，務必會給雙方一個交代。」

完顏赤雄冷哼一聲：「好！我就給你七皇子這個面子，三天之內，希望你們能夠將一切解釋清楚，不然休怪我不講情面。」

董天將聽他話說得如此蠻橫霸道，不禁勃然大怒，正想反唇相譏，卻被薛道銘凌厲的眼神制止，只能硬生生吞下這口惡氣。

黎明到來，昔日精巧別致的起宸宮如今已經變得一片狼藉，胡小天將盛有安平公主遺體的包裹放在寒玉棺內。周默和熊天霸合力將寒玉棺蓋上，想起昨晚在紅山會館門外發生的一幕，三人都是心有餘悸。很多時候決定勝負的未必是武功，董天將武功雖然很強，但是他當時意識被胡笳聲所控制，一樣還是迷失了本性。

熊天霸道：「那笛聲實在是古怪，我本來還沒有什麼，可是聽著聽著，就感覺到心裡特別難受，好像眼前全都是我不共戴天的仇人，我恨不能將他們全部殺死，如果不是師父和三叔及時制止我，還不知道我要做出什麼混帳事情來。」

周默歎了口氣道：「熊孩子，你守著公主的棺槨，我和你三叔去裡面看看。」

胡小天和周默兩人走入殘缺不堪的宮室，這間安平公主住過的華麗宮室如今只剩下斷壁殘垣，胡小天抬起頭，看到屋頂上的大洞，想起昨晚那群蝙蝠形成的火柱俯衝而下的驚人情景，心中暗歎，夕顏的能量比起自己預想中還要大上許多。

周默道：「如果昨晚不是咱們制止熊孩子，或許完顏赤雄現在已經死了。」

胡小天搖了搖頭道：「有些事情是上天註定的，咱們制止熊孩子的時候，剛好響起一聲平地驚雷，是雷聲幫助董天將擺脫了胡笳聲的控制。」雖然胡小天也明白，他阻止熊孩子的時候，或多或少對董天將造成了影響，不然夕顏也不會用傳音入密指責自己壞了他的大事。夕顏的易容術已臻化境，當時她應該就在自己的附近，或許就混雜在虎標營的將士之中，自己並沒有能力將她認出。如果說夕顏在附近，那麼吹奏胡笳者一定另有其人，當時那胡笳聲距離對峙現場尚有一段距離。

「全都是她一手策劃的？」周默望著前方道，他目光所及的地方曾經是公主的瑤床所在，如今已經空無一物。

胡小天淡然一笑，當然明白周默所說的她必然是夕顏無疑。

胡小天道：「無論怎樣，咱們目前並沒有損失，經歷昨晚的事情，完顏赤雄又多了一個敵人。」

周默道：「我心中總有不祥的預感，三弟，咱們必須儘快離開雍都，以免橫生枝節，夜長夢多。」

胡小天道：「是該走了……」

此時外面傳來動靜，胡小天和周默同時走了出去，卻是七皇子薛道銘和董天將一起回到了起宸宮。眾人的臉色都很不好看，薛道銘徑直走向寒玉棺，滿面悲愴，手撫棺蓋，黯然神傷，董天將本想過去勸他，方才朝他走近了一步，薛道銘擺了擺手道：「你不必管我，讓我一個人靜一靜。」

七皇子一發話，眾人都明白他這是想單獨和公主的棺槨待在一起的意思，緬懷這位命運多舛的公主。

胡小天也隨同眾人退了出去，想想這棺槨內不知盛著誰的屍骨，七皇子薛道銘就算再傷心也是白費，夕顏這妖女好一招金蟬脫殼之計。

來到外面，董天將徑直走到胡小天的面前，向他抱了抱拳道：「胡大人，昨晚之事多虧了你！」

胡小天道：「董將軍何出此言，我並沒有做過什麼。」

董天將道：「不瞞胡大人，混戰之時我被胡笳之聲所迷，如果不是你當時大吼住手，我只怕還會繼續迷失下去，無法恢復本性。」他心中還是有些奇怪，論武功自己應該強過胡小天，何以他沒有被胡笳聲控制？反倒是自己迷失了本性。看來那吹奏胡笳之人，當時的重點目標就在自己和虎標營將士的身上。

胡小天這才確信董天將的確是因為自己的那一聲大吼清醒過來，不過當時他的目的是想制止熊天霸，卻想不到誤打誤撞將董天將喚醒，難怪夕顏會責怪自己壞了她的大事。

胡小天道：「昨晚之事的確古怪，那胡笳聲居然可以讓人迷失本性。」

董天將冷冷道：「這件事必然和黑胡人有關，胡大人有所不知，黑胡有一群神秘的巫士，最擅長用各種方法讓人迷失本性，昔日我在沙場之上就曾經領教過他們的卑鄙手段，昨天只是我一時大意，不然也不會被那聲音控制住。」

胡小天黯然歎了一口氣道：「不知什麼人會這樣歹毒，公主都已經去世了，為何還要對她的遺體下此毒手。」胡小天當然明白背後真正的罪魁禍首就是夕顏。

提起這件事，董天將心頭也不禁一黯，他在戰場上戰無不勝攻無不取，可這次姑母委派給他這麼簡單的一個任務，居然落到如此下場，這跟頭栽得不可謂不重。他低聲道：「胡大人放心，就算搜遍雍都，我也要將罪魁禍首找出來。」

此時外面傳來通報聲，卻是淑妃娘娘和長公主薛靈君到了，和她們一起過來的還有禮部尚書孫維轅。本來安平公主遇刺之事已經搞得大雍方面灰頭土臉，因為這件事已經將負責警戒的霍勝男暫時下獄，卻想不到董天將和他的虎標營剛剛接管這邊的事情，就發生了公主遺體被搶的事情，雖然最終找回了公主的遺體，卻已經摔成肉醬，大雍在禮節上可謂是輸盡了道理。

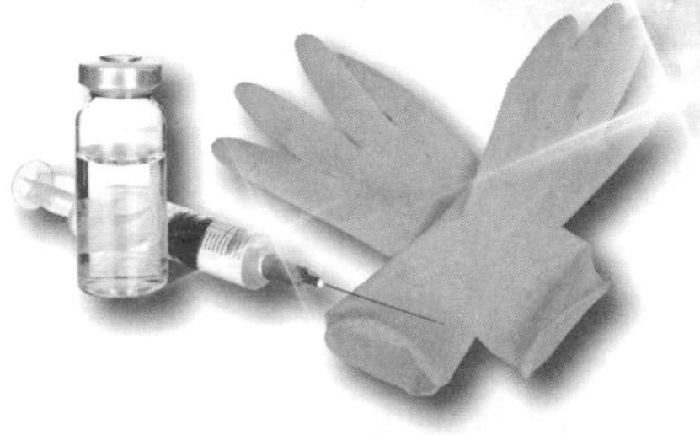

第三章

深情皇子

七皇子薛道銘從那天起就留在起宸宮為安平公主守靈，
他府上的武士也就徹底接管了起宸宮的警戒。
董天將和虎標營也被調走，
據說上頭已經開始調查那晚在紅山會館發生的事情。

董淑妃前來是為了演戲，長公主薛靈君卻是奉了皇上的命令，前來安撫大康使團方面的情緒，至於禮部尚書孫維轅他過來是為了處理所有的善後事宜，雖然現在彌補過失已經太晚，但是晚做總比不做要強。

董淑妃和孫維轅和胡小天打了個照面，說了幾句滿懷歉意的面子話，然後董淑妃就去內苑看兒子去了。

孫維轅帶了不少人過來，負責安排安平公主的身後事。

眾人離去之後，長公主薛靈君的目光落在胡小天黯然神傷的面孔之上，輕聲歎了口氣道：「小天兄弟，我此次前來乃是帶了陛下的口諭而來，陛下讓我替他轉呈歉意，安平公主的事情是非大雍所願，我們也不想這樣的事情發生，陛下讓你放心，大雍必然會在最短的時間內找出兇手，將所有涉及此事者嚴懲不貸。」

胡小天淡然道：「公主都已經死了，就算是將所有涉案之人都殺了，我家公主也不會復生。」

長公主薛靈君咬了咬櫻唇道：「小天兄弟，我能夠理解你此刻的心情，你有什麼想法和要求只管對我明言，只要我能夠做到，必然會盡力而為。」其實她的皇兄薛勝康也是這個意思，準備在這件事上對大康使團做出一些補償，對大康方面也需拿出一個具體的交代。雖然薛勝康早有吞併大康的野心，但是在沒有行動之前，有些面子上的事情還是要做的，在天下人面前，他們並不想失掉禮數。

胡小天道：「我只想帶著公主的遺骸儘快返回大康，讓她能夠魂歸故里，是我現在唯一能做的事情了。」

薛靈君道：「小天兄弟，公主之事我們深表遺憾，在我們心中何嘗不將公主當成了我們的家人，她出了事情，我們和你一樣傷心。陛下有一個請求，希望兄弟能夠遲幾日再走，等公主過了頭七，你再帶著她的遺骸返回大康。」按照民間的習俗，認為人死後魂魄會到處飄蕩，到了頭七當天的子時回家，家人應該在家中燒一個梯子形狀的東西，讓魂魄順著這趟天梯到天上。

胡小天明白薛靈君之所以提出這樣的挽留，很可能是大雍政治的需要，他們可以利用這段時間做足功夫，為安平公主的亡魂進行超度，在另一方面等於是對安平公主在雍都遇刺的補償。

薛靈君看出胡小天表情猶豫，她輕聲道：「陛下有意在頭七這天親自前來起宸宮弔唁，送安平公主一程。」

話說到這種地步，就由不得胡小天拒絕了，大雍皇帝如能願意親臨，等於給足了大康面子，安平公主雖是大康公主，但是對大康來說她的性命根本無足輕重，絕不會因為安平公主遇刺就和大雍反目為仇，以目前大康的狀況，也缺少那樣的底氣。胡小天可以斷定，這七天大雍方面必然會隆重安排安平公主的身後事，給足大康面子，自己如果拒絕，那就是擅作主張了，看來想要即刻離開雍都已沒有可能。

想到這裡，胡小天向薛靈君道：「承蒙皇上如此厚愛公主，事到如今，小天也只能接受了。」

薛靈君見他終於答應，臉上流露出欣慰之色：「小天兄弟趁著這幾日也可以好好休息一下了。」

胡小天苦笑道：「公主屍骨未寒，小天豈敢妄想。」他低聲道：「君姐，小天還有個不情之請。」

薛靈君道：「你說就是。」

胡小天的意思是將安平公主的遺體就地火化了，原本是想帶著安平公主的遺體返回大康，可現在都摔成了肉醬，總不能帶著一包碎肉千里迢迢地趕回去。

薛靈君道：「其實我也是這個意思，你放心吧，這件事我來安排。」

董淑妃也不明白兒子為何會如此傷心，本來她還以為兒子只是在人前做戲，可是看到薛道銘的模樣，一夜之間竟然變得面容憔悴，雙目赤紅，眼中的悲痛之色是無論如何都偽裝不來的。

薛道銘道：「母妃，孩兒打算這幾日留在起宸宮。」

「什麼？」董淑妃幾乎不能相信自己的耳朵。

薛道銘道：「曦月雖然沒有和我成親，可畢竟我們已經訂下婚約，孩兒理當以亡妻之禮相待。」

董淑妃看了看周圍，確信無人在場，方才伸出手去摸了摸他的額頭，驚聲道：「你這孩子莫不是魔障了？」

薛道銘道：「母妃，孩兒心意已決！」

董淑妃壓低聲音道：「無非是做做樣子堵住他人口舌，你又何苦為難自己？」

薛道銘抿了抿嘴唇道：「母妃，孩兒和曦月訣別之時忽然發現，我竟然和她在夢中見過……」說到這裡，他的雙目之中淚光閃爍，顯然動了真情。

董淑妃才不相信這樣的荒唐事，如果能夠提前知道兒子在見到安平公主之後會對她念念不忘，自己才不會讓他過來演戲，見她最後一面。董淑妃提醒他道：「道銘，你和她素昧平生，此前從未見過面，根本不可能有什麼感情，你現在之所以如此難過，無非是因為你同情心使然。」

董淑妃暗忖，兒子或許是因為龍曦月之死產生的內疚，其實她也是一樣，雖然反對聯姻之事，卻並非是出於對龍曦月的反感，龍曦月下場如此之慘，連董淑妃心中也感到有些淒然，甚至還有那麼一些內疚。

薛道銘道：「母妃，若是我當初早一點來見她，或許曦月就不會死。」

董淑妃真正有些害怕了，她伸手捉住兒子的雙肩道：「道銘，你要清醒一些，她的死和我們沒有任何的關係，有些事情是上天註定的，並不是我們能夠改變。」

薛道銘黯然搖了搖頭道：「母妃，您回去吧。」

董淑妃顫聲道：「你這孩子，怎麼可以如此消沉，難道你忘了自己的志向？豈可沉溺於兒女情長！」

薛道銘道望著寒玉棺道：「母妃，你讓我好好冷靜一下，孩兒不會忘記自己的志向和職責。」

董淑妃看到兒子這番模樣，心中又是著急又是擔心，可是她也不敢多說，只能等兒子的情緒平復之後再行勸說。

胡小天現在總算領教到什麼叫計畫不如變化，雖然他恨不能現在就拍屁股走人，可現實卻讓他不得不多留幾天。

周默聽聞還要在雍都待上七天才能離開，也有些頭疼了，真正讓他頭疼的還是那個妖女夕顏，昨晚在紅山會館鬧出的動靜或許只是開始，很難說她不會採取其他的行動。

胡小天道：「大哥，我想你和熊孩子先走。」

周默愣了一下：「為什麼？」

胡小天道：「昨晚的事情你也看到了，我擔心還會有事情發生，所以想大哥先趕到海陵郡。」

周默明白胡小天的意思，胡小天心中最為放心不下的還是龍曦月，不過龍曦月早已先行在海陵郡等待，而且展鵬和高遠都在她的身邊保護，應該不會有什麼紕漏：「如果我們走了，你身邊就沒有人照應了。」

胡小天淡然笑道：「公主都已經死了，誰還會在意我這個大康遣婚史？更何況大雍連續失了禮數，必然會想盡辦法進行補償，大哥不用擔心我的安危。」

周默道：「你是不是擔心那個妖女會對我們下手，以此來脅迫你幫她做事？」

胡小天抬起頭望著陰沉沉的天空，唇角露出一絲笑意，夕顏雖然做事不擇手段，可是她好像還從未真正坑害過自己，即便是昨晚遇到了一些凶險，那也是因為自己沒有聽她的事先勸告，冒險深入宮室的緣故，胡小天低聲道：「大哥放心，我自有對付她的方法。」

周默望著胡小天，臉上卻是充滿了懷疑。他不是懷疑胡小天的智慧，只是懷疑胡小天的這句話，自從妖女冒充安平公主混入遣婚使團中，胡小天和她明裡暗裡的交鋒應該有無數次，可似乎自己的這位兄弟並沒有占到什麼便宜呢。

胡小天從周默一臉的懷疑已經猜到他心中所想，微微笑道：「大哥武功雖然比我厲害，可是在這方面我要比你強上那麼一點，男女之間沒必要一定分出個勝負，你要是跟女人認真，那麼你就必輸無疑了。」

周默有些迷惘地眨了眨眼睛道：「好男不與女鬥？」

胡小天點了點頭道：「有那麼點意思，越是好勝的女人，越不要跟她計較，小便宜隨便她占，讓她以為吃定了你，總有讓她吃大虧的時候。」

周默嘴巴張得老大：「三弟，你好像很在行呢。」

胡小天道：「馬馬虎虎，大哥以後有感情方面的困擾只管找我，兄弟不才，還可以為大哥答疑解惑。」

周默壓低聲音道：「你跟那妖女……」

胡小天皺了皺眉頭道：「八卦，我說你何時也變得那麼八卦？我的個人感情問題是我的隱私。」

周默笑著搖了搖頭道：「你不要忘了，還有人在等你呢。」他所說的這個人自然是龍曦月，周默親眼見證龍曦月對胡小天的一往情深，在他心中已然將龍曦月和胡小天視為一對，提醒胡小天這件事當然還另有深意，他擔心胡小天被妖女夕顏魅惑。在他看來，論人品論心地論樣貌，夕顏沒有一樣能夠和龍曦月相提並論。更何況這夕顏是五仙教的聖女，真要是和胡小天糾扯不清，以後少不了麻煩事。

胡小天道：「大哥，孰輕孰重我分得清楚，你和熊孩子先去和展鵬他們會合，不必等我，直接走海路返回大康。」

周默道：「你何時離開？」

胡小天道：「如無意外，七日之後我會帶著公主的骨灰從陸路返回，因為最近發生的這些事，大雍方面很可能會在禮節上做足功夫，肯定會派人沿途護送。」

周默道：「董天將？」

胡小天道：「無論是誰，總之這一路之上安全不必操心。」

周默微笑道：「就算你一個人回去，也不用擔心，你現在的武功雖然沒有大成，可是逃命的功夫就算我也比不上你。」

胡小天笑道：「我怎麼覺得你好像是在挖苦我呢？」

「不是挖苦，我從來都是實話實說。」

起宸宮雖然愁雲慘澹，可是胡小天心中卻陽光燦爛，從康都一路走來，其間經歷無數曲折，至今方才算是將麻煩基本解決，在庸江除掉文博遠，順利完成了姬飛花交給他的任務，又利用李代桃僵之計，讓龍曦月從容逃離，現在最後的問題也解決掉了，夕顏再次用裝死大法瞞天過海。胡小天最開心的就是，事情發生在雍都，自己無需承擔太多的責任。

自從紅山會館的那場血戰之後，夕顏就沒有再出現過。周默按照胡小天的意思和熊天霸一起提前離開了雍都，這樣一來，胡小天就徹底成了孤家寡人。

七皇子薛道銘從那天起就留在起宸宮為安平公主守靈，他府上的武士也就徹底接管了起宸宮的警戒。董天將和虎標營也被調走，據說上頭已經開始調查那晚在紅

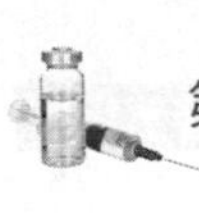

山會館發生的事情。

薛道銘的至情至聖短時間內就已經傳遍了整個雍都，因為他親自為安平公主守靈，這兩天前來拜祭者絡繹不絕，起宸宮搞得門庭若市。禮部尚書孫維轅也留在起宸宮沒走，每天負責迎來送往，處理安平公主的身後事。

董淑妃又特地從大雍寶覺寺請了十八名高僧日夜誦經，為安平公主龍曦月超度亡靈。可以說公主的喪事辦得轟轟烈烈，比起一般的皇室成員甚至都要隆重得多。

本該負責主持喪事的胡小天卻變得無所事事了，開始的時候，他還在靈堂周圍找找存在感，可沒多久就發現，這次雖然是安平公主的喪事，可誰也沒留意他的存在，幾乎所有人登門弔唁都是衝著七皇子薛道銘來的。自己的存在，無非是增添了一個佈景而已。

一來二去，胡小天自然感到無趣，索性回到自己居住的小院落得清閒，寧願睡覺也不願去前面湊那個熱鬧。

大康使臣向濟民這幾天也都在起宸宮幫忙沒走，他大概也遇到了和胡小天同樣的狀況，不過他沒有胡小天這般瀟灑，在外面陪著跪了大半天，好不容易才瞅了個空子來到胡小天居住的院子裡。

看到胡小天正坐在躺椅上，赤裸著上身曬太陽。

向濟民愕然道：「胡大人，您這是做什麼？」

胡小天道：「一連下了幾天雨，總算出了太陽，這麼好的陽光不曬曬實在是太可惜了。」

向濟民道：「大人還是找個陰涼地方待著，千萬莫曬脫了皮，就算曬黑了也不好。」

胡小天道：「我故意曬的，曬黑了才好，大老爺們，曬出一身的小麥色，那看起來才有陽剛之氣，這就叫日光浴。」

向濟民不懂什麼日光浴，可是聽到胡小天這番話心底暗暗發笑，大老爺們？一個太監也敢自稱大老爺們？少了那根東西，只怕你這輩子也不可能成為爺們了。

向濟民搬了個小板凳在胡小天身邊坐下，伸直了兩條腿道：「這兩天始終跪著，真是累死我了。」

胡小天笑道：「你就多辛苦一些，咱們大康方面總得有人出面不是。」

向濟民抱怨道：「其實安平公主去世，咱們出面本來就是應該的，可是現在根本就是他們在操辦，所有的事情咱們根本插不上手。」

胡小天道：「大雍方面這次也算盡心盡力，算是拿出了前所未有的禮遇了。」

向濟民低聲道：「還不是因為他們心中愧疚，覺得對不起咱們大康，所以才用這種方式進行補救。」

胡小天道：「看透別說透，說透了也沒意思。」

向濟民道：「人死不能復生，公主活著的時候對她好一點，比死後惺惺作態要好得多。」身處在大康的立場上，看這些雍人的表演，心中實在是有些氣不順。

胡小天道：「忍忍就是，他們圖個心安，咱們圖個排場，人家好不容易給了咱們這個天大的面子，咱們總不能不要，有了這一齣，咱家回去也好交差。」

向濟民道：「可是兇手仍然沒找到呢。」

胡小天道：「謀害公主的三人已經伏誅，至於這背後的策劃者，想要找出來恐怕沒那麼容易，你最近都聽到什麼消息了？」

向濟民道：「聽說霍勝男被免去了娘子軍統領之職，如今已經被大理寺收監，據傳出的風聲，可能要將她重辦呢。」

胡小天道：「不可能吧，她畢竟是尉遲大帥的乾女兒，又深得太后寵幸，誰敢動她？更何況起宸宮的事情最多算她一個怠忽職守，她對楊璇等人的計畫又不知情？」

向濟民道：「胡大人何必為她說話，她是死是活跟咱們沒有關係，大雍方面怎麼都要給咱們大康一個交代，肯定會推出一個人來承擔罪責，我看霍勝男十有八九就是這個倒楣鬼了。」

胡小天將信將疑，畢竟他親眼見到太后對霍勝男的恩寵，尉遲沖又為大雍立下不世之功，薛勝康再怎麼絕情也不會做得太過分。想起霍勝男曾經對自己的好處，胡小天心中不由得有些內疚了，如果霍勝男此次因為起宸宮的事情受到重責，自己也難辭其咎。吸了口氣，從躺椅上坐起身來，懶洋洋岔開話題道：「康都那邊有什麼消息？」

向濟民道：「公主的事情已經讓人前去通報了，估計大康那邊很快就會得到消息，可即便是得到又能怎樣？陛下現在神志不清，還有誰顧得上公主的事情。」身為常駐在雍都的使節，向濟民對兩國的狀況看得比多數人都要清楚，一個日薄西山，一個欣欣向榮，在他內心深處，早已看透大康的國運，敗亡是早晚的事情。

胡小天道：「人生就是一場戲，你方唱罷我登場，咱們這些做臣子的也改變不了什麼，陪著別人演戲，看別人的表演就是！」

向濟民心中一震，望著胡小天的目光中流露出欣賞之色，想不到胡小天如此年輕竟然會有如此見識。

此時有人進來通報，卻是燕王薛勝景前來弔唁，他是胡小天的結拜大哥，胡小天只當應該前往招呼一下，胡小天把孝袍穿上，和向濟民一起來到靈堂處。

燕王薛勝景正在上香，在牌位前上香之後又安慰了七皇子薛道銘幾句。這兩天，薛道銘完全以死者家屬身分自居，對安平公主以亡妻之禮相待，搞得胡小天在靈堂內都沒了位置。

燕王薛勝景前來起宸宮弔唁也是為了侄兒的面子，他和安平公主根本沒有任何交集，如果硬要說有也就是他的這位結拜兄弟胡小天。在薛勝景看來，薛道銘這兩天情深義重的表現無非是在人前演戲，從這件事可以看出，這小子的城府比自己想像中要深得多，可越是如此越是讓薛勝景感到奇怪，既然能夠演出今日的一幕，當初又為何處處刁難大康使團？難道薛道銘對此前的事情並不知情？全都是董淑妃一個人的主意？

薛勝景離開靈堂，方才看到胡小天就在院子裡站著，穿著一身孝袍，苦著臉站在陽光下。

薛勝景大踏步走了過去，握住胡小天的雙手，胡小天雖然沒有啥潔癖，可是對這位資深性病患者握住自己的手還是蠻抗拒的，當著眾人的面也不好意思拒絕，扁著嘴，一副悲痛莫名的模樣：「大哥來了……」

薛勝景佯裝關心道：「小天兄弟，你一定要節哀順變。」

胡小天道：「事情反正都已經這樣了，再傷心又有什麼用處。」

薛勝景點了點頭：「其實為兄早就想過來探望兄弟，可是因為府上有些事情走不開，所以才拖延到今日，兄弟不會怪我吧？」

胡小天道：「怎麼會，大哥能來，兄弟我心中已經是百感交集了。」

此時有不少大雍官員絡繹前來，看到燕王趕緊過來打招呼，薛勝景敷衍了兩句，向胡小天低聲道：「兄弟，我有些話想單獨跟你說呢。」

胡小天將他帶到了自己所住的院子裡，兩人就在涼亭內坐下。

薛勝景道：「這兩天兄弟一定相當的辛苦吧？」

胡小天搖了搖頭道：「不辛苦，反正都有咱們侄子在那兒頂著呢，我非但不辛苦，反倒沒什麼事情可做，簡直就是悠閒自在，無所事事。」

薛勝景不由得一愣，隨即才明白過來，胡小天口中的咱們侄子是薛道銘，這小子倒是會佔便宜，堂堂大雍國七皇子居然要稱他長輩，不過說起來這件事的始作俑者還是薛勝景，如果不是薛勝景跟他拜了把子，他也不會有這麼高的輩分。薛勝景真是有些哭笑不得，可胡小天說的也沒錯，衝著他們之間的關係，薛道銘的確應該稱胡小天一聲叔叔。

薛勝景道：「小天兄弟，我拆線也有幾日了，最近感覺傷口已經完全癒合了，是不是可以……」這種私密事情說出來的確有些窘迫，雖然薛勝景這張臉皮早已修煉得風雨不透，可他的身分地位畢竟擺在那裡，而且他的醜事胡小天一清二楚。

胡小天一聽就知道這廝想幹什麼？好了傷疤忘了疼，但凡一個正常男人肯定會有這方面的需求，其實薛勝景現在的情況完全可以恢復那方面的正常生活了。胡小天道：「當然可以，大哥只管放心大膽地用就是。」

薛勝景咬了咬嘴唇，心想這廝說話真是直白，怎麼也要說得婉轉一點嘛，老臉臊得有點發熱，咳嗽了一聲道：「不瞞兄弟，我昨晚試了一次。」

胡小天道：「你都試過了何必要問？」他嬉皮笑臉道：「大哥感覺如何？」

薛勝景看了看周圍，低聲道：「感覺比過去敏感了許多。」

胡小天心想廢話，老子把你的包皮割掉了，不敏感才怪。

薛勝景又道：「可是……可是……」

「大哥不用吞吞吐吐，有什麼話只管說。」

薛勝景道：「只是……只是這時間比不上過去持久。」

胡小天道：「多久？」

薛勝景老臉通紅，有點羞於啟齒。

胡小天道：「一二三四五還是一二三？」

薛勝景的大胖臉紅得跟猴屁股似的，這小子說話也太直接了，這讓本王如何啟齒嘛，硬著頭皮道：「一二三……」說完薛勝景恨不能找個地縫鑽進去

胡小天心中大樂，麻痹的薛勝景，讓你借我黑冥冰蛤你都跟我推三阻四，弄了瓶什麼百草回春丸來糊弄我，現在又有事求我了？胡小天道：「正常啊，比兄弟我強多了。」

薛勝景一雙小眼睛瞪得老大，心中把胡小天的十八代祖宗問候了一遍，還把我跟誰比？你就是個太監。

胡小天道：「飽漢不知餓漢饑，兄弟可是連一都沒有。」

薛勝景貌似同情地歎了口氣，心中卻道，你是一點沒有才對。反正話都說出來了，也不怕丟人，他低聲道：「兄弟，我變成這樣，該不是因為開刀的緣故吧？」

胡小天頓時面露不悅之色，敢情你薛勝景找我後賬來了，什麼意思？要跟我打醫療官司？

薛勝景看出胡小天不高興了，慌忙道：「兄弟，你千萬別誤會，我沒其他的意思，就是說自己突然變得敏感了。」

胡小天暗歎，還是這個時代行醫容易，連王爺也那麼好說話，如果換成過去的時候，搞不好真有患者要跟自己打醫療官司呢，想想自己的行醫生涯中，什麼樣的奇葩貨色都遇到過，醫療糾紛更是比比皆是。

胡小天道：「敏感是好事，小弟說句不敬的話，大哥此前根本沒有體會到什麼叫真正的快感，雖然開刀之後時間有所縮短，但是那種爽感，大哥過去應該是沒有感受過的。」

薛勝景也不否認，點了點頭道：「爽則爽矣，只可惜時間太短，還沒有感受到什麼，倏然就結束了，男人必須要持久一點才好。」

胡小天臉色又變得不好看了：「大哥是在挖苦兄弟我嗎？」

薛勝景道：「沒有，沒有，我絕對沒有挖苦兄弟的意思。」

胡小天笑道：「跟你開玩笑的，其實兄弟我早就對男女之事沒有半分的興趣，你就是挖苦我，我也感覺不到難堪。」

薛勝景道：「天地良心，我是你大哥，怎麼可能挖苦你呢？」

胡小天道：「告訴你一個秘密，其實我看男人比看女人還要順眼點。」這廝說話的時候向薛勝景拋了個媚眼，薛勝景感覺一股冷氣從後尾椎沿著脊樑骨一直躥升到脖子，真是有些不寒而慄，這廝不會有龍陽之癖，看上本王了吧？

胡小天拍了拍薛勝景的肩膀，薛勝景雞皮疙瘩都起來了，肩頭沒來由抖了一下。

胡小天道：「大哥，其實你這不是毛病，只是恢復正常了，想要解決也很容易。」

燕王聽他這樣說不禁打心底鬆了口氣，笑顏逐開道：「還望兄弟為我解決這個麻煩，事成之後，為兄必有重謝。」

胡小天道：「你等等啊！」這廝轉身走進房內。

燕王在院子裡等著他，心中充滿好奇，不知他要怎樣幫助自己解決這個難題？不一會兒工夫，胡小天已經從房內出來，他手中拿了一小包東西，從中抽出一隻，在燕王的面前晃了晃。

燕王定睛望去，卻是一個白生生半透明的套裝物，他不知這是什麼，愕然道：

「這是？」

胡小天道：「此物乃是我委託能工巧匠重金訂做的無敵金剛套！」

燕王聽到這個拉風的名字，馬上意識到眼前可能是一件寶物：「何謂無敵金剛套？」

胡小天笑道：「大哥請看！」這貨將燀魚鰾做成的保險套用兩手拉扯了一下，足足拉伸出一尺多長，然後又對著開口處噗地吹了一大口氣，將之吹成了一個氣球。

薛勝景道：「這是……」

胡小天道：「大哥下次行房之前，將這件東西套在你那裡，這東西可大可小，可長可短，戴上之後不但可以延長你的時間，還可以預防各種暗病，最厲害的是，這東西還可以避孕！」

薛勝景聽到胡小天的介紹，雙目灼灼生光，當真是好東西啊！他伸手就想去拿。

胡小天卻將手縮了回去：「大哥，這可是世間罕有的寶物，兄弟我好不容易才請人做了幾件，本來是想拿去作為禮物送給皇上，哄皇上開心，兄弟我也好謀個一官半職……」他口中的皇上乃是大康皇上而非大雍。

薛勝景何其世故，焉能聽不出這廝是在趁機敲自己的竹杠，他笑道：「兄弟，我這個當哥哥的豈會虧待了你。」

胡小天正色道：「大哥，兄弟我可不是想敲你竹杠，只是想大哥幫兄弟一點小忙，這些東西就算再珍貴，又怎麼比得上咱們兄弟之間的感情。」

薛勝景暗罵，你說得比唱得還好聽，說到最後還不是想我幫你辦事，他也不敢隨便答應，且聽聽胡小天究竟有什麼事情讓自己幫忙，他低聲道：「兄弟請說。」

胡小天道：「我聽說霍勝男現在被大理寺下獄，霍勝男曾經給我幫過忙，我這幾天就要離開雍都，臨行之前，我想去看看她，大家畢竟是朋友一場，我若是對她的境遇不聞不問，總顯得不夠義氣。」

薛勝景還以為是什麼為難的事情，他一聽就點了點頭道：「此事好辦，兄弟若是想去，我這就帶你去見她。」

胡小天笑道：「這當然最好不過。」他說完又道：「還有一件事……」其實他本來就只有這件事求薛勝景幫忙，可看到薛勝景答應得如此痛快，感覺自己的這個條件未免太容易了，於是心中有些後悔，索性厚著臉皮再提一個條件。

薛勝景心中這個鬱悶啊，早知道老子別答應得那麼痛快，為難為難你，也省得你得寸進尺。

胡小天道：「大哥應該知道，我爹我娘如今還是戴罪之身，這些無敵金剛套我本來是想回去送給陛下的，只要能讓陛下高興，我也好求陛下赦免我們胡氏一門昔日的罪過，讓我爹我娘重獲自由。可既然大哥需要，我只能先送給大哥了。」目光卻盯著薛勝景腰間懸掛著的碧玉貔貅。

薛勝景一看這廝的目光就明白了，這貨是惦記上了自己的碧玉貔貅，要說自己的這件玉佩那可是價值連城的寶物，他心中暗歎，今天是被這廝給坑了，與其等胡小天開口討要，不如自己主動給他。於是他解下那碧玉貔貅遞給了胡小天：「這玉佩送給你了，你拿去送給你們的皇上，說不定也可討得他的歡心。」

胡小天眉開眼笑：「那怎麼好意思。」嘴上客氣著，手上卻沒閑著，將那包燀魚鰾遞給了薛勝景，自己直接就將碧玉貔貅掛在了身上。

薛勝景打開那包燀魚鰾，點了點，裡面一共有十二隻無敵金剛套。

胡小天道：「大哥，這無敵金剛套你省著點用，用完洗乾淨曬曬，可以重複使用，這裡面的應該夠你用一年的了。」

薛勝景怎麼想都是自己吃虧，還不知效果如何，居然就被他坑了一件寶物過去。薛勝景道：「那碧玉貔貅並非尋常之物，它可以預知天氣，下雨之前，貔貅體內會出現一個個的白色小點，等到雨過天晴，又變得晶瑩剔透。」

胡小天聽到這碧玉貔貅還有這個用處，更覺得自己做了筆划算的買賣，樂呵呵拿起貔貅看了看：「多謝大哥了。對了，我還沒教給你怎樣使用無敵金剛套呢。」

薛勝景道：「這還不簡單。」

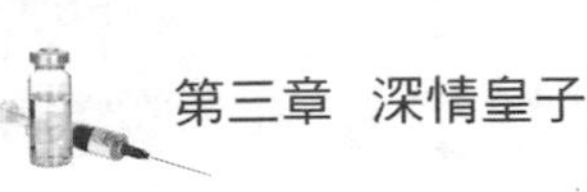

胡小天道：「說簡單，其實不簡單，我跟你說說。」

薛勝景因為被他狠坑了一次，心中自然不爽，搖了搖頭道：「不用講，我知道戴在什麼地方。」

胡小天道：「大哥每次用的時候，最好先吹一下，確保沒有漏氣。」

薛勝景道：「明白了，兄弟，沒什麼事情我先走了。」

胡小天道：「大哥，您真是貴人多忘事，剛剛不是答應帶我去大理寺探望霍將軍嗎？」

薛勝景勉強笑了一聲道：「看本王這記性，居然忘了！」胡小天看出薛勝景心情不爽，知道他一定是因為被自己坑了這塊貔貅而肉疼，胡小天才不在乎他的感受，越是讓這廝肉疼越好，誰讓你不借給我黑冥冰蛤來著，想想自己用十二隻無敵金剛套換了這麼一件寶物，真是心情大好，他回到房中換了身衣服，跟著薛勝景一起出門。

登上燕王薛勝景的馬車，薛勝景忽然問道：「兄弟，你不在這裡守靈，是不是有些欠妥？」

胡小天道：「其實守靈只是做樣子給別人看，代表不了真正的感情，公主生前我對她忠心耿耿，她就算在天有靈也應該明白我對她的好處，再者說，頭七過後，我還要帶著公主的骨灰返回大康，日日夜夜都為她守靈，又不急於這一時，更何況現在七皇子殿下在靈堂裡面待著，我就算留下也插不上手。」

燕王薛勝景啞然失笑，胡小天的這番話的確是事實，由此可見自己的這位結拜兄弟是個明白人，應該看出薛道銘根本是在這裡做戲。

薛勝景道：「兄弟何時離開雍都？」

胡小天道：「等過完頭七就走。」

薛勝景點了點頭道：「這兩日如果兄弟能夠抽得出時間，我會在王府設宴為兄弟送行。」

胡小天婉言謝絕道：「公主屍骨未寒，這些事情還是能免則免，大哥對小天的好處我一定會牢牢記在心底，咱們兄弟日後必有重逢之日，等他日相見，咱們再好好痛飲一番。」

薛勝景提出要為他送行之時已經知道胡小天不可能答應，說出來只不過是象徵性的客氣一下罷了，聽胡小天這樣回應，剛好順著台階往下走：「那好，咱們以後再喝。」

霍勝男雖然被關押在大理寺，但是她的待遇並沒有像其他普通囚徒一樣，因為她的背景和在宮中的關係，大理寺方面對她也是相當的客氣，特地為她準備了一個

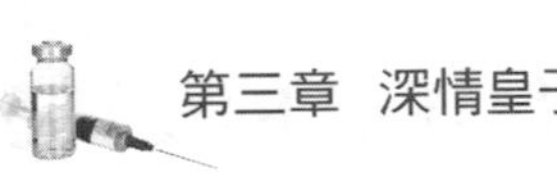

單獨的小院，也沒有給她上任何的刑具。

午後的陽光溫暖，可是霍勝男的心底卻是一片灰暗，這兩日她沒有一刻能夠安靜下來，腦海中始終浮現著那晚起宸宮的血腥一幕。

房門被人從外面推開，這兩日除了一日三餐之外，並沒有人過來探訪，霍勝男舉目望去，卻見義父尉遲冲緩步走了進來。

霍勝男慌忙起身，不等來到尉遲冲面前就屈膝跪了下去：「義父！」

尉遲冲三步並作兩行，快步來到她的面前，將她攙扶起來：「勝男，你何須如此？」

霍勝男道：「勝男愧對義父大人。」

尉遲冲道：「快快起來，你又沒做錯什麼！」

霍勝男站起身來，尉遲冲拉著她的手腕來到院中的石桌旁坐下，望著變得憔悴的義女，尉遲冲不由得歎了口氣道：「瘦了！他們有沒有為難你？」

霍勝男搖了搖頭，淡然笑道：「他們倒是沒有為難我，大理寺上下對我也客氣得很。」

尉遲冲道：「勝男，真是委屈你了。」

「義父，勝男不委屈，如今的一切是我罪有應得，如果不是因為我擅離職守，或許可以避免起宸宮的那場慘劇。」

尉遲冲搖了搖頭道：「我也瞭解了當晚的一些事情，這場刺殺應該籌畫已久，還有一人扮成宮女早已潛伏在安平公主身邊，至於那個楊璇，她一直都是你最為信任的手下，和你情同姐妹，你又怎能想到她會背叛你？」

霍勝男道：「義父，勝男不想推脫責任，這次的事情就算朝廷怎樣處置我，勝男也不會有一句怨言。」

尉遲冲道：「當晚是太后將你叫去了慈恩園，太后的命令你又豈能違抗。」

霍勝男道：「還是勝男自己的緣故，和太后無關。」

尉遲冲撫了撫頷下的鬍鬚，深邃的雙目流露出複雜至極的光芒，他低聲道：「我本想求見陛下，可是陛下卻藉故不肯見我。」

霍勝男道：「義父，何必為了勝男的事情去求陛下，勝男不想義父為難。」

尉遲冲道：「今日上午我去了慈恩園。」

霍勝男咬了咬櫻唇，芳心中百感交集，既為義父如此關心自己而感動，又因為自己的事情使得一向寧折不彎的義父不得不拉下顏面去求人而內疚。

尉遲冲道：「太后乃是我的乾娘，那天晚上又是太后將你叫去了慈恩園，我本以為太后會同意出面找皇上求情，可是……」

從尉遲冲臉上的表情，霍勝男就已經猜到了結果並不如意，她安慰尉遲冲道：「義父，太后在這件事上必然為難，安平公主遇刺那麼大的事情，讓大雍在天下人面前失了面子，國有國法，家有家規，若是不追究我的責任，以後還拿什麼去服眾？相信皇上在這件事上也是糾結無比。」

尉遲冲歎了口氣道：「你這孩子始終都是在為別人著想。」他慢慢站起身來，向前方走了幾步，低聲道：「皇上的心思又豈是那麼容易揣摩的，我雖然是太后的義子，可是在她心中我始終都是一個臣子罷了。」

霍勝男聽到義父如此說話，心中不由得一怔，卻不知發生了什麼，才會讓義父感到如此頹廢，她站起身來走到尉遲冲身後，低聲道：「義父大人，是不是勝男的事情連累到您了？」

尉遲冲搖了搖頭道：「怎麼會啊，是義父連累到了你才是。」

霍勝男越聽越是心驚，顫聲道：「義父，到底發生了什麼？」

尉遲冲回過神來，充滿感傷地望著霍勝男道：「我至今方才發現，陛下心中自始至終都對我這個康人充滿了提防，陛下想要揮兵南下，曾經針對這件事問過我的意思，還提出讓我親自領軍南征。」

霍勝男眨了眨雙眸，這件事義父從未對她說過。

尉遲冲道：「我回絕了陛下，其實陛下根本就沒有讓我領兵南下之心，他對我只是試探罷了。」

霍勝男道：「義父收復北方七鎮，將黑胡人趕出長城之外，為大雍立下不世之功，對陛下之忠心蒼天可鑒，日月可表，陛下有什麼好懷疑的？」

尉遲冲道：「怪不得陛下，不管是誰坐在那個位子上，都會變得謹慎，將兵馬大權交給一個異國將領的手裡，這會是多麼冒險的一件事情啊！」

霍勝男咬了咬櫻唇，義父的話她已經完全明白了，尉遲冲的黯然落寞，是因為他看透了整件事。不說當晚是太后將自己叫去了慈恩宮，單單是尉遲冲為大雍立下的不世之功，皇上對他的乾女兒也不至於做得太過絕情，怎麼都要給他這位老帥一些情面，可是皇上卻擺出了一副公事公辦的架勢，而且放話出來要嚴懲不貸，看來是要借著自己的事情狠狠敲打一下義父。

尉遲冲早已將整件事看透，只是讓他最為痛心的還不是皇上，皇上因為自己手中的兵權太重而產生了防範之心，自己為大雍立下不世之功，就算是自己的敵人也不會否認這一點，皇上應該是早有削弱自己兵權的意思，但是又恐怕這樣做會讓軍中將領心寒，難以服眾，於是才借著這件事讓自己知難而退，尉遲冲已經做好了主動請求皇上削減自己兵權的準備。然而太后曖昧莫名的表情讓他更加難過，太后對霍勝男的事情比任何人都要清楚，當天她曾經親自去起宸宮探望安平公主，也是她主動提出讓霍勝男去慈恩園陪她聊天。

可是在起宸宮事發之後太后的態度卻讓尉遲冲心寒，他甚至想過，太后出現的契機實在有些巧合，不過這些事只能埋在心裡，除了他自己以外，不能向任何人去說，甚至霍勝男也不能夠。

霍勝男道：「義父大人，您就不必為勝男的事情操心了，勝男的確犯了大錯，也做好了承受任何責罰的準備。」

尉遲冲道：「勝男，這雍都不是咱們待的地方。」他的心早已飛回了北疆，就算是戰死沙場，也好過留在雍都承受諸般猜忌。

霍勝男道：「義父，勝男只有一個請求，您決不可為了勝男的事情而做出讓步，更不要去做自己不情願的事情。」

尉遲冲望著霍勝男用力抿了抿嘴唇，緩緩點了點頭，此時聽到外面傳來一個又尖又細的聲音道：「霍將軍在嗎？」

第四章

宮中的陰謀

霍勝男當然明白胡小天在暗示什麼，
可是她心底有個聲音向自己強調道，太后不會害我，
她待我如同親生孫女一樣，又怎麼可能害我？
如果她存有害我之心，為何當初要推薦我去起宸宮……
她越想心中越亂，事情實在有太多解釋不通的地方。

胡小天是隨同燕王一起過來的，燕王薛勝景雖然把他帶進了門，卻不願意和他一同前往探望霍勝男，燕王和霍勝男之間似乎不那麼和睦，抵達暫時軟禁霍勝男的地方，為他安排好一切，薛勝景就走了。

胡小天來到門前故意捏著嗓子叫了一聲，在宮中久了，模仿太監的腔調早已是輕車熟路順手拈來。

霍勝男絕想不到胡小天會來探望她，心中大感好奇。

尉遲沖向門口處望去，卻見胡小天將腦袋從門縫中探了進來，一張面孔笑得是陽光燦爛。

尉遲沖得悉這小子的身分之時實在是有些糊塗了，他主子安平公主死了好像沒幾天吧，他居然笑得如此燦爛，沒事人一樣，這小子難道沒心沒肺嗎？還是天生就感情寡淡？

胡小天走入院中，看到除了霍勝男之外居然還有一位老者，心中頓時一怔，馬上將臉上的笑容給收斂了。

霍勝男迎了上去，輕聲道：「胡大人怎麼來了？」

胡小天道：「擔心霍將軍有事所以過來看看，順便找他們把那天晚上的具體情況說說，希望對霍將軍能有些幫助。」

霍勝男聽他這樣說心中不由得一暖，雖然胡小天此人表面上玩世不恭，可是真正和此人相處會發現他做事還非常仗義，起宸宮出事之後，他並沒有落井下石，自己被囚之後，他居然還不忘過來探望。

尉遲冲道：「你就是大康過來的遣婚史胡小天胡大人吧？」

胡小天沒有見過尉遲冲，望著這位老者，心中暗自揣摩著他的身分，霍勝男小聲提醒他道：「這位是我的義父，大雍兵馬大元帥尉遲大人。」

胡小天慌忙走上前去，抱拳鞠躬，一揖到地：「晚生胡小天參見尉遲大人！」

尉遲冲微笑道：「不必多禮，你不是大雍臣子，我也不是大康的將領，咱們在這裡相見自然不用拘泥禮節，權當是同鄉相見。」

胡小天道：「不瞞大帥，您一直都是小天心中的偶像，小天對您的為人一直欽佩得很呢。」

尉遲冲淡然笑道：「欽佩？老夫一介武夫，又有什麼好佩服的。」他向霍勝男道：「勝男，你們聊吧，我還有事，先走一步。」

霍勝男明白，義父顯然不想和胡小天這位小老鄉多聊，這些年來他對大康的一切始終都很抵觸，於是點了點頭。

胡小天道：「恭送大帥！」

尉遲冲微笑向胡小天點了點頭道：「年輕人，聽說過你的一些事，的確有些膽色。」說完他舉步離開。

等到尉遲沖離開之後，霍勝男有些好奇道：「胡大人，你不在起宸宮為公主守靈，來這裡做什麼？」

胡小天歎了口氣道：「靈堂都被你們的七皇子殿下給占了，裡面連插腳的空都沒有，我就是哭都找不到地方。」

霍勝男被關在這裡之後，對起宸宮發生的事情並不清楚，聽胡小天這樣說不由得一怔：「怎麼？七皇子親自前去起宸宮守靈？」

「若非如此，怎麼能夠顯得他重情重義呢？」胡小天的話裡充滿了嘲諷的味道。

霍勝男道：「胡大人好大的怨氣呢。」

胡小天道：「霍將軍大概不知道這兩天發生了什麼事情。」他於是將霍勝男被帶走之後發生的事情簡單對她說了一遍，霍勝男這才知道，在她離開之後，起宸宮的事情並未告一段落，安平公主的命運竟然如此悲慘，到最後竟然連一個全屍都未落下，想想還真是讓人同情，霍勝男黯然歎了口氣道：「此事全都因我而起，如果不是那晚我擅離職守，或許一切就不會是這樣。」

胡小天道：「霍將軍有沒有想過，整件事可能是一個陰謀呢？」

霍勝男望著胡小天眨了眨眼睛，不明白他是什麼意思。

胡小天道：「在霍將軍的心中，有沒有當小天是朋友呢？」

霍勝男凝望胡小天真摯的面龐，輕輕點了點頭道：「從胡大人上次幫我應付那些黑胡刺客的時候，咱們就已經是朋友了。」

胡小天道：「在我心中早已將你當成了朋友，本來我早就該離開雍都，可是皇上委託長公主過來轉告我，希望能夠讓安平公主的遺體留在雍都過完頭七再走，人都已經死了，早七天跟晚七天走也沒什麼分別，尤其是對我而言，可是對大雍來說，這七天卻是要做足功夫找回顏面的七天。」胡小天笑了笑道：「可能我這麼說你會覺得很不入耳。」

霍勝男道：「也是事實。」明眼人都能夠看出大雍之所以要求安平公主的遺體在頭七之後再離開雍都，無非是想做一些表面文章，補償一下己方此前的虧欠，對大康方面也好有個交代。

胡小天道：「我在宮裡面待的時間較長，什麼樣的事情都見了不少，本來我等公主的頭七之後就走了，可想來想去，還是要來跟你見上一面，有些話必須要當面對你說了才放心。」

霍勝男道：「既然咱們都是朋友，你只管說就是。」

胡小天道：「公主遇刺的事情應該不是黑胡所為，在我看來策劃這場刺殺的人很可能來自大雍內部。」

霍勝男皺了皺眉頭，卻沒有反駁，其實她心中也這麼懷疑過。

胡小天道：「我是個外人，就算想查出真凶也沒有那個能力，如果一味堅持，到最後說不定會把自己的小命也搭進去，我死不足惜，可還得護送公主的遺骸返回康都安葬。」

霍勝男道：「你想說什麼就說吧，不必拐彎抹角。」

胡小天道：「霍將軍難道認為，那天太后將你叫到慈恩園只是一個巧合嗎？」

霍勝男當然明白胡小天在暗示什麼，可是她心底有個聲音向自己強調道，太后不會害我，她待我如同親生孫女一樣，又怎麼可能害我？如果她存有害我之心，為何當初要推薦我去起宸宮……她越想心中卻越是混亂，這段時間發生的事情實在有太多解釋不通的地方。

胡小天道：「霍將軍能不能答應我一件事？」

霍勝男靜靜望著胡小天。

胡小天道：「起宸宮的事情沒必要追查下去。」

霍勝男道：「這你就不必擔心，我現在就算想查也沒有那個機會。」

胡小天道：「關於那天晚上發生的事情，我會實話實說，縱然不能為霍將軍開罪，至少能夠證明那件事和霍將軍無關。」

霍勝男搖了搖頭道：「謝謝你的好意，如果你真心想幫我，就為我在公主的靈前上一炷香，表達一下我的歉意。」她對當前的形勢已經看清，大雍需要推出一個人對安平公主之死負責，淑妃母子為了扭轉輿論對他們的不利局面，也需要將矛盾從他們的身上轉移，而皇上又因為自身統治的需要，借著自己的事情敲打一下義父，趁機削弱他的兵權，就算這次的事情不至於被判死罪，可想要逃脫罪責應該是不可能的。

胡小天望著霍勝男憔悴的面容，心中不禁生出無限同情，任她武功超群，在這場政治鬥爭中也只能接受成為犧牲品的命運。

胡小天離開大理寺，因為燕王已經提前走了，並沒有留下車馬送他回去，估計也不是有意忽略，而是故意這麼做，以此來表達一下對胡小天訛詐自己的不滿。胡小天低頭看了看那只碧玉貔貅，伸手摩挲了一下，溫潤細膩，感覺真是舒爽，今天總算是報了薛勝景上次不借給自己黑冥冰蛤的一箭之仇。

從大理寺到起宸宮還有相當一段距離，胡小天四處張望，準備雇一輛馬車回去，剛巧有一輛烏蓬馬車緩緩朝他的方向而來，駕車的是一個面黃肌瘦的漢子。胡小天向他招了招手：「這位兄台，送我一程可好？」

那漢子勒住馬韁在胡小天的身邊停下：「去哪兒？」

「起宸宮！」

「十兩銀子！」

胡小天被嚇了一跳，從這裡到起宸宮也就是五里路程，這要價也忒黑了一些。他雖然不差錢，可也不想被人當冤大頭給坑了。胡小天道：「你走吧！」心想我再叫輛車就是，省得被你坑。

那漢子又道：「我叫價，你可以還價啊。」

胡小天笑道：「一文錢你拉嗎？」

那漢子笑道：「不給錢都拉你，上來吧！」

胡小天本來是故意刁難一下這漢子，卻想不到他居然一口應承下來，心中暗自奇怪，看到那車夫的眼神有些古怪，再看他笑起的時候，居然露出一口潔白整齊的牙齒，心中頓時一亮，胡小天道：「是你？」雖然他無法確定這車夫是夕顏所扮，可從車夫臉上熟悉的笑意，還是能夠找到幾分相似之處。

車夫的聲音突然變得嬌柔軟糯：「你可真是摳門，趕緊滾上來！」

胡小天雖然知道夕顏的詭計層出不窮，可是真正和她見面之時心中仍然感到一暖，拉開車簾坐了上去。

夕顏又變成了那男子的聲音：「大爺，您這是要去哪裡？」

胡小天道：「明知故問，起宸宮！」

夕顏道：「大爺，我聽說雍都有家臻味坊，味道相當不錯。」

胡小天道：「那就去嘗嘗唄！」

「好！」夕顏甩了一記響鞭，馬車向臻味坊的方向行去。

臻味坊距離起宸宮並不遠，坐在臻味坊的三層雅間內，透過東側的窗戶可以看到位於西南方向的起宸宮，直線距離也就是一里左右。剛一走入這間古色古香的雅間，胡小天就已經明白，夕顏早已做好了準備。

八仙桌上已經擺好了四樣冷碟，酒也放在溫酒器中溫好，一股馥郁的酒香慢慢浸潤室內的空氣，融化在上空之中，胡小天用力吸了吸鼻子，這酒香真是好聞。

夕顏道：「坐！」

胡小天也不跟她客氣，坐下之後，目光上下打量著她，夕顏瞪圓了雙目：「你看夠了沒有？」

「看夠了，為了我的食欲考慮，你可不可以換個樣子陪我吃飯？」

夕顏笑道：「你想我變成什麼樣子？不如我扮成龍曦月的樣子好不好？」

胡小天道：「好啊！」

「呵！」夕顏雙手叉腰，一副要將胡小天生吞活剝的惡毒表情。胡小天卻見怪不怪，不以為然。

夕顏道：「你果然無時無刻不在想著她！」

胡小天道：「是你自己提起的，我只是順從你的意思。」

夕顏似乎生氣了，一扭身走到屏風之後，頃刻間又從屏風後走了出來，宛如變魔法一般已經從剛才那個面黃肌瘦的漢子，恢復了她千嬌百媚的本來面貌。一襲紅色長裙，走起路來婷婷嫋嫋婀娜多姿。

可胡小天面對這麼一位傾國傾城的美少女居然不為所動，雙目盯著桌上的冷碟道：「看起來這裡的菜不錯。」拿起筷子去夾河蝦，筷子還沒行到地方，手背上就被夕顏重重打了一巴掌：「我說你！」

「我怎麼了？」胡小天總算將目光投向夕顏，不得不承認，這妖女長得真是美麗絕倫，但看這外表，絕想不到她內心的複雜和毒辣。

夕顏雙手托腮，一副天真無邪的模樣：「你有沒有想過我？」

胡小天笑道：「想，無時無刻不在想，想得都快想不起來了。」

夕顏發現胡小天簡直就是為了氣自己而生，抬起腳照著他的小腿踢去。胡小天卻將雙腿張開，夕顏踢了個空，收腳不及，已經被這廝用雙腿夾住了玉足，夕顏用力一抽，這廝夾得太緊，居然沒能成功將腿拔出來。她咬了咬櫻唇道：「你別夾著我。」

胡小天笑道：「明明是你主動插進來，怎麼反倒怪我夾著你？」

夕顏道：「不開黃腔就不會說話是不是？」

胡小天道：「我就是一純潔得不能再純潔的一太監，是你自己想多了。」他還是將夕顏的腳鬆開，可剛一鬆開，夕顏就狠狠在他右腿的迎面骨上踢了一腳。

胡小天痛得呲牙咧嘴：「最毒婦人心！」

「活該你！」

夕顏拿起酒壺，為他面前的酒杯斟滿酒，酒色碧綠，看起來賞心悅目，卻不知裡面究竟添加了什麼東西。

胡小天端起酒杯聞了聞：「毒酒？」

夕顏點了點頭道：「聰明！」

胡小天卻仰首一飲而盡，砸了砸嘴巴道：「好酒！」

夕顏眨動了一下明澈的美眸道：「明知道是毒酒你還喝？不怕我毒死你啊？」

胡小天道：「昨晚天生異象，我掐指一算，早晚都會死在你手裡，既然上天註定，我也就無所畏懼了，心中已經做好了將命交在你手裡的準備。」

夕顏道：「油嘴滑舌，信你才怪。」

胡小天夾了一隻蝦塞入口中，舌尖轉動，將蝦肉吃掉，吐出來仍然是一個完整的蝦殼。

夕顏美眸生光：「厲害啊，你是怎麼做到的？」

胡小天道：「沒什麼特別，只要你勤加練習，終有一日，你的嘴上功夫也能達到我的程度。」望著夕顏飽滿的櫻桃小口，這廝不禁開始想入非非。

夕顏嗤之以鼻道：「無非是嘴皮子俐落罷了，有什麼稀奇。」

胡小天道：「你可千萬別小看這嘴上的功夫，只要修煉到了一定的境界，這輩子受用無窮。」

夕顏道：「那就是說誰要是嫁給了你，這輩子受用無窮了？」

胡小天嘿嘿笑道：「不好說，誰用誰知道。」

夕顏皺了皺鼻子，顯然沒有領悟到這廝話中隱藏的邪惡。

胡小天道：「今天好酒好菜的招待我，究竟是想答謝我呢？還是對我另有企圖？」

夕顏冷笑道：「謝你？我恨不能找把刀在你身上戳出千百個透明窟窿，你壞我大事，居然還厚顏無恥地說這種話。」

胡小天道：「我可沒壞你大事，你差點沒把我給炸死，現在還敢倒打一耙！」

夕顏道：「是你自己找死，當初我跟你說過什麼？是不是讓你躲得遠遠的？你非但不聽我話，還跟著董天將一起去湊這個熱鬧。」

胡小天道：「還不是擔心你？如果不是擔心你被活活燒死在裡面，我會不顧一切地衝進去救你？我說，你這人怎麼好壞不分？不知好歹！恩將仇報呢？」

夕顏道：「你覺得咱們兩個究竟誰更沒腦子？」

胡小天愣了一下，端起酒杯抿了一口道：「我！」

「那就是了，你以為我會蠢到將自己燒死？董天將不知情，他往裡衝就算了，你居然也傻乎乎地跟著往裡面衝，是不是沒腦子？」

胡小天凝望夕顏的雙眸道：「其實就算事情重來一次，我還是會往裡面衝。」他的目光真摯而誠懇，夕顏接觸到他的目光忽然芳心一顫，頓時明白了胡小天是什麼意思。

胡小天道：「雖然明知你會沒事，可我仍然忍不住會擔心你。」

夕顏咬了咬櫻唇：「胡小天，你混蛋，故意說這種話哄我是不是？」嘴上雖然罵著胡小天，可心中卻的確有些被他感動了。

胡小天道：「我心中始終都有個疑問，如果我當時被炸死或是燒死，你會不會為我傷心？「

夕顏搖了搖頭道：「不會，因為你是蠢死的，不過你若是當真死了，我絕不獨活！拿我的這條命賠你夠不夠？」

胡小天愣了一下，發現夕顏此時的目光中並沒有半分的戲謔，她應該是認真的，胡小天道：「可我還活著。」

夕顏道：「所以啊，你還不算太蠢。」

胡小天笑道：「藍衣人是誰？是你？」

夕顏搖了搖頭。

胡小天道：「這雍都之中究竟埋伏了你的多少同黨？」

夕顏道：「成千上萬！」

胡小天笑道：「那是將蝙蝠蛇蟲都算上。」

夕顏道：「你總算聰明了一次。」她端起酒杯跟胡小天碰了碰，柔聲道：「其實這次我請你過來，是有件事情想求你呢。」

胡小天一聽，馬上將湊到唇邊的酒杯放了下來：「這飯我還是不吃了。」

夕顏道：「你這人好沒良心，你捫心自問，如果不是我幫你，龍曦月會那麼容易脫身？如果不是我來冒名頂替，恐怕你們這幫人早就被李沉舟人扔到庸江裡面餵了王八，為了你，我不遠千里來到了雍都，陪著你演了那麼多天的戲，為了你，我連原本要做的事情都放棄了。」她原本是想殺薛道銘來著。

胡小天道：「我說你能不能別這麼說話，搞得我跟欠你什麼似的。」

夕顏道：「你當然欠我的，就算這輩子都還不清！」

胡小天道：「有什麼了不起，大不了我用肉償。」

夕顏瞪圓了雙眸：「胡小天，你這身肉臭得連狗都不吃。」

胡小天嘿嘿笑道：「你倒是香噴噴的，狗肯定會對你這身肉感興趣。」

夕顏道：「還沒聽我說什麼事情你就拒絕！」

胡小天道：「你找我能有什麼好事？不是坑我就是蒙我，就拿上次的事情來說，你之前連點提示都不給我，還說什麼合作，有這麼坑合作夥伴的嗎？」

夕顏道：「我要是真心坑你，就直接一封密函送到大雍朝廷，告訴他們海陵郡有位大美女在癡癡等著她的大英雄呢。」

胡小天因夕顏的這句話而出了一身的冷汗，臉上的表情瞬間僵硬了，夕顏這妖女果然神通廣大，她怎麼會對龍曦月的下落如此清楚？看來她來到雍都之後雖然足不出戶，卻仍然掌握了己方人員的動向，幸虧夕顏目前還不是自己的敵人，如果她站在自己敵對的立場上，那麼後果不堪設想。胡小天臉上的嚴肅馬上煙消雲散，重新化為一臉陽光燦爛的溫暖笑意：「我忽然對你的事情有些興趣了，不如說來聽聽？」

夕顏冷冷看著他道：「我卻沒興趣了，你知不知道，女人嫉妒起來可以不惜一切代價？」

胡小天道：「真看不出我對你那麼重要。」

夕顏格格笑了起來：「你還算有些自知之明，其實我找你也不是幫什麼大忙，就是想你幫我取一件東西。」

「什麼東西？」

夕顏向前湊近了一些，低聲道：「黑冥冰蛤！」

胡小天感覺頭皮一緊，黑冥冰蛤豈不是燕王薛勝景的東西？上次自己找他去

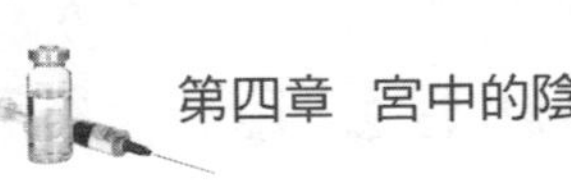

借，結果被他拒絕，而且他當時就表明東西已經被人偷走了，自己如果再次登門去借，他肯定不會自打耳光，胡小天苦笑道：「這事兒我幫不了你。」

夕顏笑道：「你能幫我，又不是讓你去借，是想你跟我一起去盜！」

胡小天頭搖得跟撥浪鼓似的：「這事兒你千萬別找我，不是我不想幫你，可偷雞摸狗絕非我的長項，要說坑蒙拐騙我還湊合。」

夕顏道：「又不是讓你親自動手，就是想讓你陪我，人家一個女孩子做這種事有些害怕。」

胡小天信她才怪，她會害怕？天下間好像沒有她不敢做的事情。自己好不容易才經營到今日的局面，夕顏現在居然要拉他一起去做賊，順利得手了還好，萬一被人發現，又或者被抓了個現形，自己豈不是麻煩大了。

夕顏道：「你怕什麼？逃命的功夫你可是天下第一。」

胡小天知道她給自己戴高帽的目的就是想把自己給坑進去，笑道：「我不是害怕，是害怕拖累你。」

夕顏道：「如果我一定逼你去，你也沒有辦法。」

胡小天心中暗歎，周默說得不錯，自己在她面前始終占不了什麼便宜，這妖女太狡詐，似乎吃定了自己。

夕顏道：「可是我又不是不講道理的人，還是咱們談個條件。」

胡小天道：「這話我愛聽。」

「你幫我做成這件事，我就告訴你一個秘密。」

胡小天道：「空口無憑，不如你先告訴我，看看有沒有這個價值。」

夕顏道：「知不知道是誰想安平公主死？」

胡小天頓時來了精神，向夕顏湊近了一些：「說來聽聽！」

夕顏道：「不是薛道銘！」

胡小天道：「你怎麼知道？」

夕顏道：「我在薛道銘身上動了一些手腳。」

胡小天恍然大悟，難怪薛道銘表現得一反常態，自從探望夕顏之後就突然變成了一個癡情種子，安平公主遇刺之後，他的悲痛絕不是偽裝，搞了半天居然是夕顏動了手腳，胡小天壓低聲音道：「你是不是在他身上下了毒？」

夕顏道：「一些小手段罷了，你不讓我殺他，所以我只能對他略施懲戒。」

胡小天皺了皺眉頭，究竟是什麼手段這麼厲害？忽然想起傳說中的情蠱，據說種了情蠱之後，就會對種蠱之人情根深種死心塌地，於是道：「是不是情蠱？」

夕顏笑靨如花道：「差不太多。」

胡小天倒吸了一口冷氣。

夕顏道：「你害怕啊？」

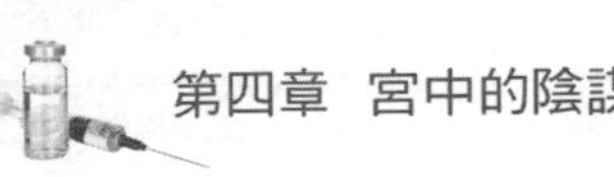

胡小天佯裝鎮定道：「我怕什麼？」

夕顏道：「你難道不怕惹火了我，我也給你來那麼一下，以後你就再也不會跟我作對。」

胡小天道：「真要是用這種方法對付我，那跟行屍走肉還有什麼區別？」

「害怕了？那就乖乖聽話。」

胡小天道：「我要是變成了那個樣子還有什麼意思？就算對你言聽計從，你也只會感覺到索然無味，丫頭，其實你心裡未嘗沒有想過，或許你心中已經經歷了一番激烈的鬥爭，思來想去還是現在的我最有情趣。」

夕顏啐道：「馬不知臉長。」

胡小天道：「那天晚上的胡笳是你吹奏的？」他搖了搖頭道：「不像，好像另有其人吧？」

夕顏道：「算你聰明！」

「只是當時的情形我有些想不通，為何董天將會被你們控制，按理說他的武功比我要厲害不少。」

夕顏道：「本來也沒打算能夠將他控制住，只是他不知死活，居然主動闖入我的宮室之中，火起爆炸之時，煙塵瀰漫，他不免會吸入了不少的塵埃，若是在其中下一些藥粉，他也不會產生懷疑。」

胡小天道：「我也吸了！」

夕顏道：「所以你才是個不折不扣的怪物，那些控制心神的藥物居然對你沒用，連失魂蕩魄曲對你也沒有任何的效用。」

胡小天心中明白，自己之所以能夠接連躲過暗算，一來是因為自己修煉了無相神功，二來是跟自己吃了風雲果有著必然的聯繫。難怪董天將當時會被胡笳聲所迷惑，失去理智和那些虎標營的將士一起向黑胡人發起進攻。他低聲道：「那吹奏胡笳的人究竟是誰？」

夕顏微笑道：「你好奇心真是很大，我只能告訴你，他是我同門。」

胡小天道：「男人還是女人？」

夕顏格格笑道：「比你英俊，比你聰明！」

胡小天一口將杯中酒喝乾了：「老子吃醋了！」

夕顏俏臉一紅，看似嬌羞難耐，嫵媚嬌俏的模樣越發惹人愛憐，她嬌滴滴道：「人家就是喜歡看你吃醋的樣子。」

胡小天指了指那壺酒道：「麻煩給我換一壺醋過來，我這就喝給你看。」

夕顏格格笑了起來，笑得花枝亂顫，跟胡小天在一起，這廝總能逗自己開心。

胡小天道：「說真的，你打算什麼時候動手？」

夕顏道：「今天晚上王府夜宴，咱們兩個混進去。」

胡小天道：「什麼？」他沒想到夕顏居然這麼快就要動手。

夕顏道：「別一驚一乍的，不就是個小小的燕王府，又不是什麼龍潭虎穴，你至於嚇成這個樣子嗎？」

胡小天道：「說說你的計畫，如何混進去？」

夕顏道：「這不用你操心，我自有辦法。」

胡小天道：「咱們醜話說在前頭，你再跟我保密，這事兒我絕不參與。」

夕顏瞪了他一眼道：「脾氣不小，其實也沒什麼好保密的，咱們堂而皇之地走進去。」

胡小天道：「那豈不是露餡了？」

夕顏道：「怕什麼？又不是沒有請柬，今晚王府宴客，請的都是大雍收藏界的名人，這其中魚龍混雜，什麼人物都有，王府那幫武士不可能每個人都認識，只要有請柬，咱們就能順利進入燕王府。」

胡小天道：「請柬呢？」

夕顏笑著從袖中抽出一張請柬，果然是今晚王府夜宴的請柬。

胡小天皺了皺眉頭，這個薛勝景剛才送自己去大理寺的時候根本沒有提起這件事，還說要專程為自己送行，現成的晚宴都沒有邀請自己。不過自己今天狠宰了薛勝景一刀，估計他到現在還肉疼不已呢。胡小天習慣性地摸了摸剛剛得來的碧玉貔貅。

夕顏目光落在那貔貅之上，美眸生光道：「這貔貅不錯嗯。」

胡小天道：「聚財之物，圖個吉利，薛勝景送給我的禮物，你要是喜歡，我就轉贈給你。」

夕顏甜甜一笑，俏臉之上泛起兩個可愛的梨渦，她居然當真伸出手去。

胡小天毫不猶豫地解下了那碧玉貔貅放在夕顏晶瑩如玉的手中，夕顏掌心托著那碧玉貔貅看了看，看到這晶瑩剔透的碧玉貔貅裡面有不少的點狀雲絮，輕聲道：「要下雨了！」

胡小天微微一怔，向窗外看了一眼，外面仍然是豔陽高照。

夕顏道：「這碧玉貔貅又稱避雨貔貅，可以預知天氣的陰晴冷暖，乃是不可多得的一件寶物，說它價值連城也不為過。」

胡小天這才想起此前薛勝景對自己說的那番話，難道這碧玉貔貅果然有預測天氣的功能？

夕顏道：「這麼貴重的東西送給我，你當真不心疼？」

胡小天道：「寶劍贈壯士，紅粉送佳人，千金難買美人一笑，只要你開心，區區一塊石頭算什麼。」

夕顏笑靨如花，可突然卻將俏臉一板，把碧玉貔貅扔給了胡小天：「你才是賣笑的呢，當我聽不出來你在嘲諷我？」

胡小天真是哭笑不得，自己拿起那貔貅看了看，果然看到裡面的點狀混濁，此時一片烏雲遮住了烈日，天空轉瞬之間就黯淡了下來，一場春雨又要來臨。想不到這碧玉貔貅果然是寶物，既然夕顏不願意要，胡小天就重新懸掛在身上。

夕顏道：「你若是真想送我禮物，改天給我畫一幅畫像可好？」

胡小天道：「好！」

夕顏道：「走，趁著雨還沒落下來，咱們去準備準備。」

「去哪裡準備？」

「自有地方。」

望著鏡中的自己，胡小天幾乎不敢相信現在的樣子，看起來根本就是一個中年男子，膚色白皙，面如滿月，看起來顯得有些市儈。胡小天摸了摸臉皮，畢竟是人皮面具，摸起來有些麻木，他對著鏡子呲牙咧嘴的笑了笑，鏡中人的表情非常自然，看不出任何破綻。

夕顏從裡面的房間走了出來，她已經換裝完畢，仍然是青春少女，雖然不如她本來面目美得驚世駭俗，倒也青春動人俏皮可愛，原本的瓜子臉也變成了小圓臉，紅撲撲的蘋果一樣。

胡小天對夕顏的易容術佩服得五體投地，留意到她的手中還拿著東西：「什麼？」

夕顏笑道：「肚子！」

胡小天這才知道夕顏讓自己裝扮的是個胖子，這胖子的身分乃是大雍海陵郡的首富海大生，夕顏裝扮的是他的女兒海曉紅。

胡小天脫了上衣，露出一身精壯的肌肉，這廝對自己的健美體型頗為自得，不忘擺兩個造型讓夕顏好好看看。

夕顏將那個大肚子扣在他的身上，胡小天摸了摸肚子，感覺柔軟跟真實的肌膚沒有多大分別，不過非常沉重，愕然道：「你在這裡面究竟裝了什麼？」

夕顏笑道：「進入王府會有盤查，想要帶一些必要的工具進去，就得靠這個大肚子了。」她將大肚子固定在胡小天的身上，胡小天初步估計，這肚子至少有三十斤，夕顏倒是不怕他累著。

肚子裝好了，胡小天重新將長袍穿上，來到鏡子前轉了個圈兒，看到鏡中大腹便便的中年男子，根本找不到自己過去的樣子了。

夕顏走過來主動挽住他的手臂，柔聲道：「你要記住，從現在起，你就是海大生，我是你的女兒海曉紅。」

胡小天清了清嗓子道：「女兒！」

「嗳！」

「叫聲爹來聽聽！」

夕顏惡狠狠的目光如同兩把尖刀，恨不能要將胡小天的大肚子戳出兩個血洞。

雨下得很大，車夫早已在門外等候，拉車的兩匹白馬被雨水洗刷得白的耀眼，白的醒目。車夫頭戴斗笠，身披蓑衣，沒有被蓑衣遮擋住的地方，露出裡面藍色的衣衫。

胡小天舉著傘先護著夕顏進入馬車，自己進入馬車之前，有些好奇地向車夫看了一眼，那車夫在此時也轉過身來，那是一張冷峻而英武的面孔，劍眉朗目，寒氣逼人，雙目漠然望著胡小天，根本沒有任何的感情波動。

胡小天心中咯噔一下，不知為何，他忽然聯想到那日他和董天將追蹤的藍衣人。

進入車廂內，忍不住向夕顏道：「他是誰？」

夕顏道：「每個人都有自己的秘密。」

一聲響亮的甩鞭，兩匹白馬拉著馬車向燕王府的方向行去。

抵達燕王府的時候，雨剛好停歇，不過天色仍然陰鬱得很，看來老天只是短暫的歇口氣，用不了多久就會捲土重來，通往燕王府兩旁的道路上紅燈高懸，一派喜氣洋洋的氣氛，王府門前的空地上車水馬龍，都是前來參加燕王府夜宴的嘉賓，每個人臉上都是笑顏逐開喜氣洋洋。和起宸宮那邊愁雲慘澹的狀況簡直是鮮明對比，看來安平公主去世並沒有在大雍的上層社會中引起真正的震動，誰也不會因為這位他國公主的身故改變自己的生活。

夕顏挑開車簾向外面張望著，輕聲道：「你可記住了？」

胡小天道：「記住了，我叫海大生，你是我閨女海曉紅，我是海陵郡的首富，我發財的原因是手下有一群人，專門從事海底沉船打撈，所以我手中積累了無數的奇珍異寶。」

夕顏遞給胡小天一顆藥丸。

胡小天道：「什麼東西？」

「變聲丸，你吃了之後可以防止別人從聲音中分辨出你的身分。」

胡小天滿臉狐疑地望著她。

夕顏撅起櫻唇道：「怎麼？不信任我？以為我會害你嗎？」

胡小天嘿嘿道：「女人能夠靠住，母豬能上樹！」

「你說什麼？」

胡小天接過藥丸直接塞到嘴裡。

夕顏道：「別咽下去，嚼碎讓藥丸在嘴裡化開。」

胡小天咬碎變聲丸，感覺一股子薄荷糖的味道，雖然不好吃，但是也不難吃。

夕顏打開隨身帶來的一個木盒，從中取出一對翡翠手鐲，戴在手上，胡小天雖然對玉石鑒賞沒多少研究，可一眼也能夠看出這對玉鐲是罕有的玻璃種，更為難得的是正綠色，翠色鮮豔欲滴。

夕顏又拿出一串翡翠項鍊戴上，然後遞給胡小天一個羊脂玉扳指，一串羊脂玉手串。她輕聲道：「海大生最喜歡翡翠玉石，搜集各類奇珍異寶，此人出手豪闊，喜歡在各種各樣的場合出風頭，燕王和他並不熟悉，海大生定居海陵郡不過一年，這次是他第一次來到雍都，所以雍都的達官顯貴多數都不認識他。」

胡小天道：「就是個暴發戶咯？」

「可以這麼說，海大生對外宣稱他和海外進行船運生意賺錢，實際上他的主要營生就是打撈沉船，從中搜刮各類寶藏，這次來到雍都目的之一就是為了攀龍附鳳，所以自然要帶禮物過來。」夕顏遞給胡小天一個木盒。

胡小天打開木盒，卻見其中放著一顆足有鵝蛋大小的夜明珠，比起當初在大康皇宮七七用來水底照明的那顆還要大上一圈，不由得為之咋舌：「好大的一顆蛋。」

夕顏白了他一眼道：「沒見識，這是夜明珠，今晚的夜宴表面上是燕王宴請眾人，實則是讓眾人鬥寶，他好趁機從中挑選心愛之物，薛勝景這個人極其貪婪，只要是看到喜歡的東西，必然要據為己有。」

胡小天道：「你是讓我將這顆東西送給薛勝景嗎？」

夕顏道：「盜取黑冥冰蛤不用你親自出手，你的任務就是在現場製造話題，將眾人的注意力全都吸引在你的身上，這顆夜明珠乃是無價之寶，若是丟失了，必然會引起混亂。」

胡小天點了點頭，心中仍然不免有些擔心：「可是……他萬一要是認出我該怎麼辦？」

夕顏道：「你放心吧，他絕對認不出你，就算你親爹親娘過來也不可能認出你。」

大腹便便的胡小天緩步走下了馬車，車夫居然主動走過來扶他下了馬車，雖然對方的手臂並沒有使用太大的力量，胡小天卻從他的身上感覺到一股強大無比的氣勢，咧嘴向那藍衣人道：「我記住你了！」

藍衣人道：「秦烈風！」他居然主動將自己的名字告訴了胡小天。

胡小天點了點頭，又看了看秦烈風的面孔，此時夕顏走了過來挽住他的手臂，嬌聲道：「爹！這裡就是王府了？」

胡小天被她這聲爹叫得雞皮疙瘩起了一身，一時間還真有些不適應這種角色的轉換，嗯了一聲道：「女兒，這裡就是王府了！」

夕顏笑盈盈望著他，圓乎乎的小臉略帶一些嬰兒肥，跟此前的樣子完全是兩種風格，胡小天暗歎她易容手法之高妙，卻不知在這方面她和秦雨瞳究竟誰更厲害。

兩人來到王府門前，胡小天將請柬遞了過去，負責在門前接待的依然是總管鐵錚，進入王府之前例行還要進行搜身檢查，確保這些客人沒有攜帶兵器，當然真正有身分的熟客不會在搜身之列，至於海大生這種剛剛暴富的商賈，顯然在燕王府沒有太多的存在感，有人過來對胡小天進行搜身，特地在他肚子上摸了摸，雖然是假肚子，可手感非常逼真，胡小天生怕露餡，不由得有些心驚肉跳，可好在對方根本沒有察覺任何的破綻。

燕王府考慮得非常周到，對女客也是專門派了兩個婆子檢查。

胡小天帶來的那顆夜明珠也打開查驗之後方才放行，兩人進入燕王府之後，有專人為他們引路，前往王府今晚設宴的聚寶宮。

燕王薛勝景對收藏早已到了癡迷的地步，他身為當今皇上的胞弟卻遠離政事，他的多數時間都用來搜集各類奇珍異寶，他開辦的聚寶齋乃是天下間最大的古玩鑒寶之所。此人廣納門客，號稱門客三千，其中卻又良莠不齊，大都是憑藉著奇珍異寶作為敲門磚得以和他攀上關係。

大雍皇帝薛勝康就因為燕王的這個愛好多次當眾訓斥過他，說他玩物喪志，說他不懂為自己分憂，不過薛勝景根本不管這位皇帝哥哥說什麼，依然我行我素。

胡小天和夕顏來到聚寶宮前，此時夜幕降臨，華燈初上，諾大的宮室內被各色燈燭照耀得亮如白晝，已經先行到達的賓客正三五成群地寒暄說話。

按照夕顏此前的交代，海大生在雍都沒什麼相熟的朋友，自然也不會有人過來跟他寒暄，胡小天舉目四望，居然看到大皇子薛道洪正在眾人的簇擁之中侃侃而談，真是想不到他也來這裡湊熱鬧，想想也不足為奇，畢竟燕王薛勝景是他的親叔叔。

夕顏扯了扯胡小天的衣袖，向屬於他們的位置走去。走過去的時候，一人和他擦肩而過，胡小天認出是熟人，卻是上次在凝香樓一起赴宴的昝不留。此人乃是興隆行的老闆，為人雖然低調，但是在大雍也是數得上的富賈。他並沒有注意到已經改變形容的胡小天，微笑走向大皇子薛道洪前去打聲招呼。

胡小天和夕顏坐下之後，有人送上香茗和茶點。

夕顏向那僕人道：「請問王爺何時出來？」

那僕人道：「就快來了！」因為大皇子薛道洪已經到來，所以有人已經去通報了燕王薛勝景。

就在此時聽到殿外傳來一聲大笑聲，眾人循聲望去，卻見燕王薛勝景在兩位豐腴美女的陪伴下緩步走入聚寶宮中，薛勝景應該是剛剛沐浴之後，頭髮顯得有些潮濕，肌膚洗得白裡透紅，更顯得白白胖胖，整個人給人的感覺容光煥發，身邊的兩女也是粉面桃腮，眉眼含春。燕王之所以情緒大好，還多虧了胡小天的無敵金剛套，本來和胡小天分手之時心情極度鬱悶，認為被這廝擺了一道，可是剛才回府之後，抱著試試看的態度嘗試了一下無敵金剛套，卻給了他一個天大的驚喜，雄風又在，更勝往昔。

正因為此，薛勝景才感覺到物有所值，碧玉貔貅送出去還可以再弄一隻回來，要是身體出了毛病，是多少錢都無法彌補的。尤其是這方面，那可關乎到一個男人的尊嚴。

薛勝景一到，眾人全都迎上來跟他打招呼，薛勝景只是微微頷首示意，徑直走向大皇子薛道洪。薛道洪笑著向他行禮道：「皇叔！幾日不見精神更勝往昔，真是龍精虎猛。」

薛勝景哈哈大笑，走上前去握住薛道洪的手臂：「道洪，你真給我面子，來這麼早。」

薛道洪道：「不瞞皇叔，最近侄兒氣悶得很，所以想早點來皇叔這裡湊個熱鬧開開眼界。」

第五章

稀世夜明珠

夜明珠懸於橫樑之上，散發出宛如明月般皎潔的光芒，
眾人舉目望著這顆夜明珠，一個個目眩神迷，
在場人不少像燕王這種幾乎到了癡迷的境地，看到寶物，
心中只有一個念頭，若是這顆夜明珠屬於我該多好？

薛勝景向周圍看了看道：「李沉舟呢？你們不是從來秤不離砣砣不離秤的？」

薛道洪笑道：「本來我是邀請他的，可是他說晚上要陪夫人下棋。」

薛勝景呵呵笑道：「這位李將軍可真是一個情種。」

薛道洪道：「無情豈是真豪傑，我對沉舟夫婦也是羨慕得很呢。」他壓低聲音對叔叔道：「叔叔身邊的這兩位侍婢都是尤物啊。」臉上充滿了豔慕的表情。

薛勝景笑道：「若是你喜歡，叔叔便送給你了。」在當今這個男權社會，貴族之間相互贈送婢女的事情見怪不怪，已經成為一種拉攏關係的手段。

薛道洪笑道：「侄兒可沒那個意思。」

薛勝景道：「回頭我讓人送兩個更好的去你府裡。」

叔侄兩人相視而笑，正準備攜手入席之時，卻聽到門外又有人通報，卻是長公主薛靈君到了。

聽聞薛靈君到來，不但胡小天感到詫異，連薛勝景也頗為詫異，他今晚夜宴，這位皇妹並不在邀請之列，卻不知她為何不請自來？

薛靈君的出場光彩照人，一身精工細作的金色長裙凸顯出她曲線玲瓏的身材，熟女的嫵媚風範一覽無遺，剛一進入聚寶宮就已經成功捕獲了所有男子的眼神。

胡小天也是男人，自然也被薛靈君的美豔出場所吸引，感歎她實在是一代尤物之時，心中又不免有些不平，看來大雍皇族誰也沒把安平公主的死放在心上，當面一套背後一套，別看他們在起宸宮裝得悲痛莫名，可一轉眼馬上就笑顏逐開，聚在這裡飲酒作樂風光快活。

夕顏看到胡小天一雙眼睛望定了薛靈君，心中忽然泛酸，在桌下伸出手去，在胡小天的右大腿上狠狠掐了一把。胡小天腿上的肉卻是貨真價實，痛得大胖臉都哆嗦起來，充滿委屈地看了夕顏一眼。

夕顏以傳音入密道：「瞧你那色授魂與的樣子，只差眼珠子都掉在地上了，噁心，口水都流出來了。」

胡小天道：「愛美之心人皆有之，人家長得漂亮，看看有罪嗎？」

夕顏咬牙切齒道：「怎麼不見你這麼看我？」

胡小天以傳音入密道：「我是你爹，要是當爹的這麼看女兒，豈不是要遭天譴。」

夕顏道：「我才不管什麼天譴不天譴，你不許看她，只能看我。」

胡小天心中這個天雷滾滾，這哪兒跟哪兒啊！大庭廣眾之下，讓當爹的色瞇瞇地看著親生女兒，老子沒那麼變態。

此時眾賓客紛紛就坐，大皇子薛道洪跟叔叔、姑姑兩人在首座坐下。燕王薛勝景笑道：「今晚本王在王府設宴，誠邀各位新朋舊友，本著以寶會友的目的，相互切磋藏寶之心得體會，也算得上是文人雅趣。」

眾人齊聲道：「多謝王爺盛情！」

薛勝景道：「既然請大家來，就一定不會讓大家空手而返，今日本王給各位準備了三大驚喜！」

眾人都凝神屏氣，且聽這位燕王究竟有什麼驚喜留給大家。

薛勝景道：「這第一件驚喜，本王這些年走遍天南海北，將我所見到，所聽聞的奇珍異寶一一記錄下來，並親手繪製出圖譜，交給印局，裝印成冊，一共是三大本，今晚來赴宴的賓客人手一冊！」

眾人齊聲歡呼，薛勝景雖然長得肥胖蠢笨，但是其人卻是聰明絕頂的人物，在藏寶鑑寶方面更是天下間屈指可數的大家，他的這本寶物圖冊肯定有相當的收藏價值。

薛道洪舉杯道：「來！咱們一起敬我的皇叔，祝皇叔身體安康，富貴延年！」

所有人同聲回應。

薛勝景哈哈大笑，端起面前酒杯，長公主薛靈君雙手舉杯道：「皇兄我敬您一杯！」

薛勝景愉快地將這杯酒飲盡，低聲道：「皇妹好像有心思呢？」

長公主薛靈君幽然歎了一口氣道：「不瞞皇兄，最近發生了不少的事情，我的心情就像這天氣一樣，鬱悶得很。」

薛勝景笑道：「煩惱全都是自己找來的，皇妹不妨學學我，放鬆心情，與世無爭，享受人生不亦快哉。」

薛道洪一旁道：「皇族之中能像皇叔這般豁達的，沒有其他人了。」

薛勝景道：「還是要多虧了你的父皇，如果不是因為本王有那麼一位好哥哥，我還不知要有多少事情要去頭疼。」三人都笑了起來。

薛道洪道：「皇叔，您剛剛說有三大驚喜，這第二大驚喜是什麼？」

其實眾人也都在期待著燕王的第二大驚喜。

燕王道：「這第二大驚喜就是，我請來了天下聞名的舞者霍小如，今晚由她的樂舞團為大家演出一曲《九天凌波舞》。」

大廳之內頓時掌聲雷動，天下間誰人不知霍小如的大名，霍小如乃是大康名伶，由皇后親自出面請來大雍教習宮廷歌舞，為太后的壽辰慶典做準備。大雍的王孫貴族都以能夠見到霍小如一面為榮，更不用說請到她表演歌舞，霍小如在大雍的這段時間，她的樂舞團除了在皇宮內表演過，根本沒有在其他場合露過面，可越是如此，越是增添了樂舞團的神秘。

燕王薛勝景居然能夠請來霍小如的樂舞團在王府晚宴上表演，足見他的面子之大。

大皇子薛道洪也是頗為羨慕，此前他也曾經嘗試邀請過霍小如前往自己的府邸進行表演，可是卻被霍小如婉言謝絕，想不到皇叔居然可以將她請到，羨慕之餘，心中又有些不是滋味，他並不認為皇叔的身分地位強過自己，自己才是最可能繼承大雍江山的人，霍小如一個伶人居然不給他面子。

眾人翹首企盼，期望看到霍小如和她的樂舞團登場之時，燕王薛勝景又朗聲道：「在精彩的歌舞表演之前，本王先拿出幾樣寶物給諸位鑒賞助興！」

眾人齊聲叫好。

燕王薛勝景擊了擊，沒過多久，一群王府武士在總管鐵錚的引領下魚貫而入，隨同他們一起帶來的就是王府藏寶樓中的幾件寶物。

首先展示在人前的是一座熏爐，鎏金銀竹節銅熏爐，熏爐雖然常見，可是這座熏爐卻是大有來頭，乃是大雍開國皇帝薛久讓曾經用過的，形制頗為特殊，通高兩尺左右，底座透雕昂首張口的蟠龍，龍口中銜有五節竹枝形狀的長柄，柄上端向外伸出三條曲體昂首之龍，穩穩將爐身托起。爐身呈博山形，下部雕飾蟠龍紋，底色鎏銀，龍身鎏金。爐蓋口外側刻有銘文一周，這熏爐真正的價值就在這一周的銘文，這銘文乃是直接取自開國皇帝薛久讓的一首小詩。

兩名武士將這熏爐呈現之後，然後按照薛勝景的吩咐環場一周示於眾人。

眾人望著這做工精美的熏爐無不嘖嘖稱奇，讚歎不已。熏爐本身已經足夠珍貴，再加上又是開國皇帝御用之物，意義非比尋常。

這只是開始，隨後兩名武士揭開蒙在第二件寶物上的紅布，裡面卻是一株足有五尺高度的紅色珊瑚樹，珊瑚樹層層疊疊，在燈光之下異彩紛呈，眾人一個個看得目瞪口呆，他們此前見過的珊瑚樹兩尺餘高就已經是價值連城的寶物，卻想不到燕王薛勝景竟然收藏了這麼大一棵。連大皇子薛道洪都忍不住走下去，近距離觀察那株珊瑚樹，不由得嘖嘖稱奇，別說是自己府裡，即便是皇宮中也沒有見過那麼大的一株，這位叔父經營有方，真可稱得上是富可敵國了。回到自己的座位坐下，不無羨慕道：「皇叔的藏品真是讓道洪大開眼界。」

薛勝景笑道：「道洪此言差矣，這不是我的藏品，乃是咱們薛家的藏品，我只是負責為薛家搜集奇珍異寶，兼負看護之責，從未有過據為己有的心思，你喜歡什麼只管拿去。」匹夫無罪懷璧其罪，薛勝景當然明白這個道理，他有什麼東西從來都不隱藏，尤其是對他的那位皇帝大哥，往往得到了什麼價值連城的寶物總會第一時間去告訴皇兄，而且皇兄但有所需，他馬上忍痛割愛，絕不會皺一下眉頭，薛勝景的這種做法絕對是聰明無比。

薛道洪笑道：「君子不奪人所愛，而且每個人喜歡的東西都不一樣，侄兒對這些奇珍異寶並無特別的興趣。」心中卻暗忖，這位皇叔借著父皇的權勢可撈取了不少的好處，日後等到自己登基，一定要讓他將這些本屬於薛家的東西全都交還給自己。

長公主薛靈君道：「這些東西又不能吃又不能用，也沒什麼稀奇的。」

燕王薛勝景聽到妹子這樣說，不由得哈哈大笑起來，他朗聲道：「大家有沒有聽到，我皇妹看不上我的這兩件寶物，你們隨身都帶來了什麼好東西，不如拿出來讓大家開開眼界，若是有能讓我皇妹看上眼的寶物，本王就用這兩件寶物之一來跟你交換！」薛勝景這一手高妙之極，點明了今晚宴會的主題，請你們過來不是白吃飯的，而是要看看你們有什麼寶物。順便又告訴大家，普通的物件就別拿出來丟人現眼了，至少也要和自己拿出的兩件藏品價值相當。

其實，今晚前來赴宴的不少嘉賓目的都非常明確，要借著這次機會和燕王搭上關係。

馬上就有人站了出來，拿出了自己帶來的一對龍鳳玉鐲，雖然也是不可多得的寶物，可是對收藏寶物無數的薛勝景來說根本不值一提，大家都是有備而來，不一會兒工夫眾人紛紛現寶，有瓷器、金器、銅器、書畫、奇石、玉器，可謂是五花八門，琳琅滿目。應該說多數人拿來的藏品還是頗具水準的，畢竟誰都知道燕王薛勝景的眼力，如果拿一件普普通通的藏品過來糊弄他，肯定入不了他的法眼。

薛勝景看了半天，雖然這些藏品都稱得上是寶物，但是卻沒有一件能夠讓他感到動心的，一來他的眼界甚高，二來是因為這些嘉賓雖然存著巴結他的心思，可是誰也不會拿出自己壓箱底的東西過來現寶，燕王看不中倒罷了，若是被燕王看中了，豈不是要忍痛割愛？

薛勝景越看越是鬱悶，自己花費心思擺下這場夜宴，目的就是想在晚宴之上發現寶物，卻想不到居然連一件入眼之物都沒有，真是白費了自己的酒菜。

長公主薛靈君歎了口氣道：「還說什麼王府夜宴，鑒寶大會，皇兄，我看這些人收藏的寶物也不外如是，沒什麼稀罕的。」

此時眾人忽然發出驚歎之聲，卻是昝不留將自己的寶物拿了出來，他讓身邊武士端起一尊白玉觀音像放在場地中心用來展示的圓桌之上。那白玉觀音站高三尺，通體用上等的羊脂玉雕刻而成，雕工精美，巧奪天工，寶相莊嚴，慈悲肅穆。大到手足衣袖，小到髮絲眉梢，精細入微，纖毫畢現。更妙的是，這觀音像周身如同籠罩著一層淡淡的光暈，栩栩如生。

看到這白玉觀音之時，薛勝景的目光頓時為之一亮，昝不留畢竟是興隆行的大當家，出手果然非同凡響。

長公主薛靈君道：「這白玉觀音倒是不錯。」

昝不留微笑道：「公主果然眼界非凡，這白玉觀音乃是用整塊的羊脂玉雕刻而成，當初雕刻佛像的人乃是人稱千手佛陀的濟證大師。」

薛勝景道：「可是天龍寺的濟證大師？」

昝不留笑道：「回王爺，正是天龍寺的濟證大師。」

胡小天聽到天龍寺的時候心中微微一怔，不由得聯想起昔日李雲聰跟他說過的一番典故。三百年前天龍寺因為得罪了大康朝廷而被血洗，很多佛門法物都因此而流失，其中就包括那部神秘的無相神功，也就是胡小天現在修行的那部。

果不其然，昝不留接下來的話證實了胡小天的猜測，這尊白玉觀音過去曾經被供奉於天龍寺觀音院。後來因為大康朝廷下令掃蕩天龍寺，這白玉觀音從那時起失去了下落，後來幾經輾轉，最終落在了一位佛門信徒之家，供奉多年，傳承幾代，因為家道中落，其後人將觀音像變賣，昝不留得到訊息，花重金將之買下。

薛勝景聽完白玉觀音像的經歷，更生出強烈的據為己有之心，可是在人前也不好意思表現得太過明顯，嘖嘖讚道：「凡事都講究一個機緣，昝兄能夠得到這尊觀音像真是有緣人呢。」

昝不留微笑道：「王爺這話說得不盡然，昝某不信佛，所以這尊觀音像落在我手中也算是明珠暗投了，昝某對王爺的那件熏爐卻是情有獨鍾，不知王爺是否願意割愛？」

薛勝景心頭大悅，昝不留果然是八面玲瓏，當著眾人的面送給自己這份大禮，還送得如此理直氣壯，讓自己如此的舒服。不過這廝的心機也夠深沉，在場的人誰都不是傻子，自然都能看出這尊白玉觀音要比自己的熏爐值錢得多，他若是想送禮，私下送禮豈不是更好？當眾送出，其目的就是要讓所有人都知道自己欠了他一個大人情。

薛勝景卻不怕欠昝不留這個人情，商人重利，他今日送給了自己這件東西，肯定是想日後圖報。也不算什麼大事，以後幫他辦些事情就是，若是太過分的要求，大可翻臉不認帳，諒你昝不留也不敢在背後說我的壞話。

薛勝景笑道：「這白玉觀音可要比我的熏爐珍貴得多，這樣，我將那株珊瑚樹……」他正想說要將珊瑚樹一併送給了昝不留，至少在面子上可以找回一個平衡，讓眾人見證自己不是以勢壓人，也不是想占昝不留的便宜。

此時一個粗聲粗氣的聲音道：「王爺，我看這玉觀音也沒什麼稀罕嘛！」

眾人齊齊循聲望去，看到一個身高體胖，腆著大肚子的傢伙站了起來，多數人都不認得這廝，卻不知是何許人物在這個時候打斷王爺的話，怒刷存在感？

胡小天不是什麼收藏界的專業人士，對於這種事情本沒有發言權，他自己也沒打算出風頭，可是受人所托忠人之事，夕顏在身邊提醒他，是時候將所有人的注意力都吸引過來了。他今晚的任務就是為了吸引眾人的目光，轉移所有人的注意力。

胡小天看到眾人都朝自己看來，心底不由得有些發虛，畢竟在場中有不少人是認識他的，雖然夕顏的易容術非常高妙，可難保自己的舉止行為還會在不經意中流露出一些破綻，萬一被人認出豈不是麻煩大了？

還好在場賓客中沒有幾個認識這胖子，即便是邀請他前來的薛勝景也是顯得有些迷惘，師爺馬青山來到他身邊附在他耳邊低聲介紹了眼前胖子的身分，薛勝景才恍然大悟，這胖子的確是他邀請前來的，海陵郡新近崛起的富商海大生，雖然是他邀請的嘉賓之一，但是薛勝景對他並不熟悉。

昝不留還沒說什麼，長公主薛靈君卻率先沉不住氣了，她剛剛當眾說出讚賞白玉觀音的話，可是這海大生竟公然說白玉觀音沒什麼稀罕，豈不是質疑自己的眼光不行？這廝好大的膽子竟公然跟自己唱起了對台戲。薛靈君道：「人的眼光境界不同，欣賞的東西自然不同，再好的寶物也不可能得到所有人的認同，尤其是那種一孔之見的俗人。」

胡小天笑著向長公主薛靈君躬身行禮道：「在下海大生，雖然沒什麼見識，可是覺得這白玉觀音算不上什麼寶物，王爺用如此珍貴的熏爐易之，實在是吃了一個大虧。」

昝不留瞪大了雙目，心想我跟這個海大生素昧平生？好像沒什麼地方得罪過你，為何要睜著眼睛說瞎話呢？明明是我吃大虧討好燕王好不好！

燕王薛勝景聽他這麼說，真是有些哭笑不得了，他也是新近才聽說海大生的名字，知道此人手中藏品頗豐，上個月還從他開辦的聚寶齋中買走了不少的書畫，所以才會有了邀請他過來赴宴的事情，卻想不到此人的眼光如此膿包，連白玉觀音的價值都看不出？還在眾位行家面前妄加評論，豈不是貽笑大方？

長公主薛靈君道：「說得輕巧，照你看什麼才是真正的寶物？」

胡小天道：「我海大生雖然不才，可是隨便拿出一樣東西也可以將這尊觀音比了下去。」

眾人望著這個陌生的商人，多數人的表情都顯得不屑，眥不留在雍都商界身分尊崇，而且他人緣極好，在場人中有不少都是他的朋友和生意夥伴，心中自然站在他的那一邊，有人已經開始嘲笑起來。

燕王薛勝景卻沒有笑，既然這海大生敢這麼說，應該是有所恃，不然也不敢在自己的面前說這種大話，薛勝景微笑道：「海先生好大的氣魄，不知你有什麼寶物，可否拿出來讓我們開開眼界？」

胡小天轉向身後，夕顏捧著木盒來到他的身邊，將木盒呈到他的手中，胡小天端著那木盒道：「我這寶貝見不得光，看這件寶貝之前，希望王爺同意我一個要求。」

燕王薛勝景微笑道：「你說！」

胡小天道：「勞煩王爺命人將宮室內的燈都熄滅了。」

燕王道：「好！」

在場眾人隱約猜測到這海大生木盒中裝的寶物十有八九是夜明珠，不過就算是夜明珠，也未必比得上白玉觀音的價值。

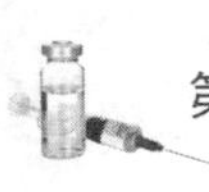

胡小天將木盒放在中心的展桌子上。

燕王薛勝景傳令下去，手下人將聚寶宮內的燈光一一熄滅，當燕王身後最後一盞燈光熄滅的時候，整個大殿頓時陷入一片黑暗之中，短暫的黑暗過後，大殿的正中出現了一道光芒。

隨著胡小天開啟木盒，夜明珠光芒四射，明亮而柔和的光芒剎那之間已經充滿了整間宮室，想要在最短的時間內將宮室裝滿的方法只有用光線。

現場眾人驚歎之聲不絕於耳，夜明珠多數人都見過，可是鵝蛋大小的夜明珠誰都沒見過，一顆鴿子蛋般大小的夜明珠的價值就可以換取一座城鎮，更不用說這麼碩大的一顆。

薛勝景的目光定格在這顆夜明珠之上頃刻間變得灼熱異常，如果說白玉觀音出現的時候，他還有所掩飾，到現在已經根本不去隱藏對這顆夜明珠的渴望了。區區一顆夜明珠竟燦如星辰，可以照耀整座宮室，此等寶物價值根本無可估量。

胡小天朗聲道：「這顆夜明珠乃是海某從深海所得，我敢說諸位沒有見過比它更大的，這顆夜明珠是不是要比那白玉觀音珍貴得多？」白玉觀音雖然是件寶物，可是只要花大價錢，這麼大塊的羊脂玉還是可以買到的，至於雕工，當世也不缺少能工巧匠，想要做到同樣的雕工甚至勝出也有可能，而這麼大的夜明珠卻是當世罕有，可遇而不可求了。

眢不留瞪大了雙目，望著那顆夜明珠，他也不禁感歎，此人什麼來頭？出手竟然如此豪闊？膽子也夠大，這樣的寶物豈可在這樣的場合公然暴露出來？難道他不知道匹夫無罪懷璧其罪的道理？這樣價值連城的寶物不知要讓多少人生出覬覦之心，搞不好會招來殺身之禍。

長公主薛靈君此時也是歎為觀止，可是她的心性向來好強，縱然心底也認為這夜明珠的價值要高過白玉觀音，可嘴上卻不肯服輸，淡然道：「夜明珠就算再大，始終都是俗物，豈可與佛門聖物相比？」

胡小天微笑道：「長公主殿下，請恕海某不敬，若是兩件寶物讓你任選其一，你究竟是選擇俗物，還是聖物？」

長公主薛靈君被他問得一怔，她心裡當然是更想要那夜明珠，但是她無論如何也不會在眾人面前承認。暗罵這個海大生粗鄙無禮，竟然屢次冒犯自己的威儀。

胡小天大聲道：「勞煩諸位掌燈！」

王府奴婢重新將燈火點燃之後，胡小天將木盒蓋上。雖然夜明珠被重新納入盒中，可是眾人的目光卻齊刷刷盯著他手中的木盒。

胡小天心中暗笑，夕顏這妮子果然有些辦法，一顆夜明珠就已經將所有人的注意力全都吸引過來了。此時夕顏早已從大殿內消失，可是眾人的目光全都關注著胡小天手中的夜明珠，竟無人留意到夕顏的離開。

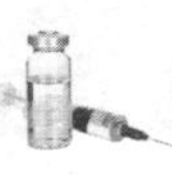

胡小天按照原定計劃道：「王爺，您不是說還有一個驚喜嗎？」

燕王薛勝景心想你那顆夜明珠就是本王最大的驚喜，他恨不能現在就將夜明珠從胡小天的手中搶過來，仔仔細細看個夠，可畢竟身分擺在那裡，總不能表現得太過渴望，讓在場眾人笑話。

他笑道：「海先生不說，本王差點就忘了！只是海先生的這顆夜明珠實在是世間罕有的寶物，如此寶物可否再拿出來，讓諸位好好鑒賞一番？」

胡小天道：「非是在下不捨，而是這夜明珠還有一個奇妙之處。」

「有何奇妙之處？」燕王薛勝景已經徹底被勾起了好奇心。

胡小天道：「這夜明珠有靈性，越是見到美女，光芒越是強烈。」

長公主薛靈君聽他的這番話更加不入耳了，什麼叫越是見到美女，光芒越是強烈，難道本公主不是美女嗎？

燕王薛勝景對這顆夜明珠實是太過渴求，竟沒有留意到皇妹的感受，他撫掌笑道：「這有何難，我將小如姑娘的樂舞團請上來，讓她們舞上一曲為大家助興！」

胡小天道：「就用這顆夜明珠照明！」

燕王薛勝景笑道：「理當如此，理當如此！」

胡小天捧著木盒，來到燕王薛勝景的桌前，將木盒放在桌上打開，讓燕王近距離欣賞這顆夜明珠，燕王讓人將燈光熄滅，當真是越看越愛，心中暗自下定決心，今日不論花費多大的代價，都要將這顆夜明珠留下，只是他對海大生的目的並不清楚，不知海大生是不是借此獻寶想要有所求，還是僅僅為了炫耀？

胡小天道：「勞煩燕王讓人將此珠置於高處，最好懸掛於房樑之上。」

薛勝景點了點頭，讓手下以輕功擅長的穿雲燕卓子涵拿了一個網套，將夜明珠套在其中，然後懸掛在大殿正中的大樑之上。那卓子涵也是存心賣弄武功，來到大殿中心，腳尖在地上輕輕一點，身軀已經如同騰雲駕霧般飛起，在眾人的驚呼聲中已經躍上足有三丈高度的樑頂，將夜明珠繫在大樑之上。

燕王薛勝景讓手下重新將燈光熄滅，夜明珠高懸於橫樑之上，散發出宛如明月般皎潔的光芒，照亮聚寶宮的每一個角落，眾人舉目望著這顆夜明珠，一個個目眩神迷，在場人大都喜好收藏，不少都像燕王這種幾乎到了癡迷的境地，看到如此寶物，心中只有一個念頭，若是這顆夜明珠屬於我該多好？可大多數人都是想想罷了，誰都明白這樣價值連城的寶物，海大生絕不會輕易轉讓。

此時大殿右側的帷幔後響起絲竹之聲，眾人的注意力這才從夜明珠之上轉移，樂曲聲婉轉低柔，十名身穿白色長裙的少女從屏風後魚貫而入，身段樣貌全都是百裡挑一，更難得的是她們的身高體型大都差不多，這群少女腳步輕盈步入大廳正中，伴隨著樂曲聲翩然起舞。

胡小天定睛望去，卻沒有從那群少女中找到霍小如的倩影，原來霍小如雖然答應讓她的樂舞團來到王府表演，可是卻沒有親自上場的打算。在場嘉賓大都抱著一睹芳容的打算，發現表演的只是霍小如的樂舞團而不是她本人，失望之情全都寫在臉上。

大皇子薛道洪心中暗笑，皇叔可真能吹大氣，還說什麼霍小如為大家表演，搞了半天只是欺騙大家的感情罷了，不過薛道洪也因此心理平衡了一些，看來皇叔比自己也強不了多少，霍小如仍然沒給他面子。

樂曲聲突然變得急促，那十名白衣少女從袍袖中抖出藍色的綢帶，綢帶隨著她們的動作在身邊飛舞，遠遠望去如同交織成一片藍色的海洋，那些少女恰如一隻隻飛騰在海面上的雪白鷗鳥，輕靈動感。

雖然霍小如沒有親自登場，但是她手下的樂舞團表演，已經足以讓眾人賞心悅目。長公主薛靈君率先叫起好來，她對歌舞專研頗深，要比現場的多數人內行得多。

夜明珠的光芒透過藍色綢帶，光線在現場變幻莫測，雖然沒有胡小天剛剛所說的見到美女夜明珠的光芒越發強烈那般神奇，可是在這樣的光線氛圍下，十位少女的舞蹈更平添了神秘空靈之美。

舞蹈中的少女如花苞般聚攏，然後又如花朵般盛開，利用她們柔美的身段和藍色綢帶在現場構成了一朵美麗的鮮花，這朵鮮花沐浴在夜明珠柔和溫潤的光輝之下，越發顯得嬌豔動人。

現場掌聲雷動，十名少女旋轉著分開，猶如風中散落的花瓣各自飄零，她們的白色裙擺越旋越高，眾人目光灼灼，無不想盡情飽覽群內春光，可是這些少女長裙裡面還穿著長褲，儘管如此也可以看到她們挺拔修長的美腿輪廓。

燕王薛勝景悄然朝侄兒薛道洪望去，卻見他的目光變得格外灼熱，唇角不禁露出一絲會心的笑意。每個人都有弱點，薛道洪也不外如是，年輕氣盛，血氣方剛，對美女並沒有太強的抗拒力。

眾人忽然震天價叫起好來，卻是那十名少女舞到精彩之處，竟然全都以足尖立在地上，僅僅用足尖支持全身的重量起舞。

胡小天看到這裡不禁露出會心一笑，在這個年代讓眾人驚掉下巴的足尖舞，始祖卻是自己，想想不免有些得意。他向屏風的方向望去，卻見屏風旁不知何時出現了一道倩影，那黑衣少女靜靜站在夜明珠照不到的角落，目光望著場中舞蹈的少女，明澈雙眸若有所思，雖然臉上敷著輕紗，可依然掩不住她的絕世風姿，不是霍小如還有哪個？

在場人大都將目光集中在舞池的中央，目光隨著那十名跳足尖舞的舞女而動，還有人盯著橫樑上的夜明珠，沒有人注意到霍小如的出現。

霍小如似乎覺察到了什麼，她轉過俏臉向胡小天的方向望去，正看到一個猥瑣的大胖子色瞇瞇望著自己，霍小如有些厭惡地皺了皺眉頭，一轉身重新走入屏風之後，她當然不會認出眼前這個猥瑣的胖子就是胡小天。

雖然只是驚鴻一瞥，昔日和霍小如相處的情景卻瞬間湧入了腦海，煙水閣筆會，十五里亭相送，記得別離之時霍小如曾經送給他一幅畫兒，可是卻被他在途中遺失了，甚至都沒來得及去看裡面究竟畫的是什麼。他和霍小如也曾經相約在青雲相見，可是別後不久他的命運卻發生了天翻地覆的變化，昔日的約定轉眼成空。霍小如應該是他來到這個世界後第一個為之心動的少女，所以記憶也格外深刻，本以為早已淡忘了她的樣子，可是一旦相見，昔日的那種心動的感覺瞬間又回來了。

幸虧夕顏此時並沒有在他的身邊，否則那妮子一定又要醋浪滔天了。

十名少女越舞越疾，現場的掌聲也是一陣比一陣熱烈。長公主薛靈君向那顆夜明珠望去，這夜明珠實在是不可多得的寶物，掛了這麼久非但不見光線有絲毫黯淡，不過也沒有像海大生所說遇到美女光芒會變得格外強盛，想來只是這死胖子胡亂吹噓罷了。長公主薛靈君正在思索之時，外面陡然一道閃電劃過，那閃電的光芒足可與日月爭輝，更何況一顆夜明珠的光華。

閃電過後，聚寶宮內卻突然陷入一片黑暗之中，旋即外面傳來震徹天地的春雷之聲。

眾人開始還沒有意識到什麼，可是雷聲響過之後，就聽到一個驚恐的嚎叫聲：

「我的夜明珠？我的夜明珠在哪兒？」

燕王薛勝景內心中也是大驚，閃電掩蓋了夜明珠的光芒，可是閃電過後，夜明珠應該明亮依舊，它的光芒足以照亮整間大殿，可這道閃電卻彷彿奪去了夜明珠的所有光輝，多數賓客都沉浸在這聲春雷的震駭中。

聚寶宮內終於有燈燭被點燃，漸漸恢復了剛才的明亮，但是這明亮和夜明珠無關。眾人舉目向剛才懸掛夜明珠的橫樑望去，網套猶在，夜明珠不翼而飛。

胡小天腆著大肚子離席而起奔到橫樑下方，這胖子的亂入頓時破壞了少女們唯美的舞蹈場景，看起來頗為好笑，但是沒有人笑得出聲，因為每個人都意識到發生了什麼。

胡小天抬起頭指著上方道：「我的夜明珠，我的夜明珠被人偷走了！」

他撕心裂肺的聲音猶如有一個霹靂炸響在每個人的耳中，振聾發聵。現場賓客有人感到同情，有人幸災樂禍，更多的人是感到震驚，這麼大一顆夜明珠竟然在眾目睽睽之下被人盜走，而且在眾人毫無察覺的前提下，更何況這還是在燕王薛勝景的府邸。

燕王薛勝景臉色鐵青，他本來對這顆夜明珠志在必得，可是卻想不到突然被人捷足先登，內心中的失落難以形容，尤其是聽到海大生哀嚎道：「那顆夜明珠是我專程拿來送給王爺的。」

長公主薛靈君小聲歎道：「可惜了！」反正夜明珠也不屬於自己，落在誰手裡都是一樣，在場人中大多數都和她抱著一樣的心思。

大皇子薛道洪雙眉緊皺，低聲道：「怎會如此？什麼人這麼大的膽子，竟然在大庭廣眾之下盜取夜明珠？」

燕王薛勝景朗聲道：「來人，將聚寶宮給我圍起來，沒有本王的命令，任何人不得離開！」

眾人聽到燕王的命令，此時方才知道事情非同小可，本來還有人幸災樂禍，可現在誰也不敢再有這樣的心思了，看燕王薛勝景的態度，顯然是不找到這顆夜明珠誓不甘休了，只怕大家都要有麻煩。

燕王薛勝景緩緩站起身來，一雙小眼睛冷冷環視眾人道：「在本王的府邸中竟然敢做出這樣的事情，真是吃了熊心豹子膽了，不管是誰偷走了這顆夜明珠，本王都給你一個機會，要麼你自己主動出來自投羅網，本王自會網開一面，要麼本王找到這顆夜明珠，必然將你碎屍萬段。」

胡小天大吼道：「是誰？到底是誰？趕緊給我站出來！」他情緒顯得非常激動，在他看來這只是夕顏計畫中的一部分，他需要做的就是好好表演，將所有人的注意力全都吸引到這裡來，從而給夕顏更好的機會去竊取黑冥冰蛤。

長公主薛靈君低聲向薛勝景道：「皇兄，這件事非常蹊蹺，難道要將所有賓客全都搜身？」雖然夜明珠珍貴，可是前來嘉賓之中不乏有身分地位的人，如果這麼做，恐怕會引得天怒人怨。

薛勝景冷哼一聲道：「就算是掘地三尺，本王也要將失物找回來。」剛剛海大生都說要將那顆夜明珠送給自己，等於是自己的東西了，誰敢下手，根本就是偷了自己的寶物。

大皇子薛道洪道：「剛才閃電之時，大家距離那顆夜明珠都有一段的距離，最近的應該是她們……」他的目光投向那十名仍然站在場地正中的舞姬。

那些舞姬顯然都被眼前突然發生的一幕驚呆，一個個顯得不知所措。

薛勝景唇角的肌肉抽搐了一下，侄子說得不錯，當時這十名舞女正在夜明珠的下方起舞，距離夜明珠最近，搜身也應該從她們的身上開始：「來人，把她們給我抓起來……」

「且慢！」

一身黑衣的霍小如從屏風後走了出來。

眾人今晚大部分時間都在期待霍小如的出場，如果在沒有發生這件事的時候出場，必然會引起歡聲雷動，可是現在眾人都已經失去了欣賞美女的心境，更何況霍小如輕紗敷面，根本看不清她的本來樣貌。

薛勝景強壓憤怒道：「霍姑娘有什麼話說？」

霍小如道：「王爺是在懷疑我的樂舞團嗎？」

薛勝景對這位名滿天下的才女還是非常客氣，輕聲道：「只是排查，在場的每個人都有嫌疑。」

霍小如冷冷道：「樂舞團發生了任何事都由我來擔當，我敢保證，我手下的團員不可能做出這樣的事情，王爺若是執意搜身，還望專門留出一間房間，讓我等自證清白。」

薛勝景沉吟了以下，霍小如的要求也算合情合理，樂舞團雖然都是舞姬，但是總不能讓這些女子在大庭廣眾之下脫光衣服，他正想答應，卻想不到大皇子薛道洪道：「我看霍姑娘的這個要求毫無道理，既然清白，又何必要選擇迴避？擔心武士搜身不便，大可安排丫鬟婆子，霍姑娘為何執意要離開呢？到底想要迴避什麼？」

霍小如咬了咬櫻唇道：「我等雖然只是一些伶人，可是也不能讓人隨意誣衊我們的清白，王爺，既然你認定了我們和夜明珠的事情有關，若是證明這夜明珠根本和我們沒有關係，你又當如何？」霍小如的意思非常明確，你不要當我們伶人地位卑賤就可以隨便欺辱，如果證明我們是清白的，就算你是王爺也應當向我們致歉。

燕王薛勝景道：「霍姑娘不必多心，不但是你，在場的每一個人都要接受搜查，本王絕不是特地針對你們。」

霍小如寸步不讓道：「既然王爺有心，那就請王爺以身作則，自證清白吧！」

「大膽！」大皇子薛道洪怒吼道，一個舞姬竟敢公然挑戰燕王的威嚴，當真是膽大包天。

胡小天也不禁為霍小如暗暗感到擔心，知道她外柔內剛，可是面對這幫王孫貴族絕不是玩個性的時候，真要是觸怒了燕王，恐怕霍小如的下場會很慘。她在大雍也沒有什麼了不得的後台，雖然是名滿天下的才女，但是在任何時代名氣都無法和地位畫上等號。

燕王薛勝景揮手制止了薛道洪發怒，雙目盯住霍小如道：「如果本王沒有聽錯，霍姑娘也在懷疑我了？」

霍小如道：「王爺喜歡藏寶，看到那顆價值連城的夜明珠究竟有沒有動心？」

薛勝景道：「動心！可本王為何要多此一舉？明明海先生都答應要將夜明珠送給我？」他的目光望向不遠處的海大生，胡小天站在那裡，嘴巴張得老大，看起來面容有些呆滯，不過這貨自從霍小如現身之後，內心中連一刻都沒有平靜過。

霍小如道：「王爺真是貴人多忘事，在夜明珠丟失之前，這位海先生也沒有說過要將夜明珠送給王爺！」

現場靜得連一根針掉在地上都可以聽得清清楚楚，誰也不會想到大康名伶霍小如竟然和燕王薛勝景公開對立起來。她的這番話針對性非常明確，根本在說薛勝景的嫌疑最大。

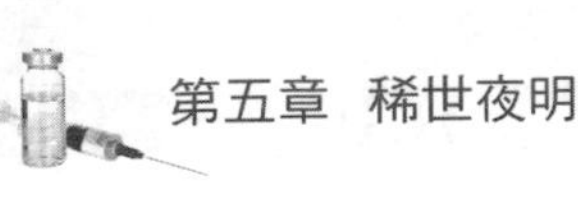

薛勝景靜靜望著霍小如，雙目中殺機隱現，霍小如卻沒有流露出半分畏懼，美麗的雙眸平靜無波：「王爺都不肯自證清白，又何必要求別人呢？」

眾人都以為燕王薛勝景會勃然大怒之時，他卻呵呵大笑起來，點了點頭道：「霍姑娘果然個性鮮明，本王很欣賞你。」心中卻暗自齒冷，霍小如啊霍小如，你當真以為自己是個人物？無非是一個舞姬罷了，本王如果不是貪圖你的美色，又何須以上賓之禮相待，想不到你卻恃寵生嬌，當著眾人的面公然向我發難，根本是不知天高地厚。

長公主薛靈君其實很為霍小如感到擔心，一個伶人竟敢公然頂撞大雍燕王，除非她是不想活了。薛靈君對自己的這位同胞哥哥極為瞭解，別看薛勝景表面和和氣氣，平易近人，可是他的心胸極其狹隘，睚眥必報，她敢斷定，霍小如必然會為她今日的行為付出慘重的代價。

薛勝景道：「霍姑娘既然說了，本王認為倒也不錯，身為地主，本王理當自證清白。」

長公主薛靈君雙眸中流露出欣賞之色，自己的這位二哥毛病不少，優點也不少，至少在人前拿得起放得下。若是他當真和一個伶人計較，反倒落入下乘了。

薛勝景離席而起，他微笑道：「若是本王讓我的手下人來搜，定然難以服眾，霍姑娘既然提出這件事，不如就由你親自來搜查本王，看看那夜明珠是不是在我的身上。」

眾人聽他這樣說，全都暗暗佩服，薛勝景的這一手實在是高妙之極。堂堂王爺被人搜身當然不是什麼光彩的事情，可是如果搜身的是名滿天下的才女名伶霍小如，那就另當別論，其實在場的每個男人都在心想，若是霍小如親自動手搜身，我也不排斥。

胡小天暗自佩服燕王薛勝景急智的同時，又不禁暗暗想到，燕王都做出如此表率，那麼豈不是意味著自己也要被當眾搜身，但願這個假肚子不要露餡才好。

眾人目光齊齊望向霍小如，都以為薛勝景成功給霍小如製造了一個難題，霍小如當眾去搜一個男子的身體，這事情傳出去定然於她的聲譽有損。霍小如卻堅定點了點頭道：「好！承蒙王爺信得過我，那我就為王爺證實這件事。」

第六章

飛蛾撲火的行為

無論在任何時代，他都無法真正做到隨心所欲，
想要追求一種無拘無束的生活，卻往往要被生活所制，
理想如何美好，可現實卻是無比殘酷。
他並不理解霍小如這種飛蛾撲火的行為，她刺殺燕王的動機何在？

薛勝景有恃無恐地張開了雙臂，等待霍小如搜身。

霍小如雙手放在他的肩頭，慢慢摸向他的腋下，薛勝景盯住霍小如的雙目，平時還真沒有這樣的機會近距離接觸這位名滿天下的美女，薛勝景的一雙小眼睛透出淫邪之意，灼熱的目光在霍小如的身軀之上肆無忌憚地搜索巡弋。

霍小如咬了咬櫻唇，雙手摸到他的前胸，她搜查得頗為認真。甚至目光透過領口去看薛勝景的脖子，薛勝景的頸上有一塊青色胎記，形如豹頭，顯得頗為猙獰。

眾人看到眼前場面，又是羨慕，又是想笑，本來嚴肅沉重的氛圍明顯減緩了許多，燕王可真夠陰的，居然想出了這一招對付霍小如。霍小如雖然有才女之稱，可從今日的場面來看，畢竟薑還是老的辣，燕王薛勝景稍稍動了一下腦筋，就輕易化解了尷尬的局面，反倒讓霍小如進退兩難。

從霍小如為難的樣子來看，現場根本不是她在搜身，竟似燕王在調戲她一樣。

胡小天遠遠看著，心中不禁為霍小如感到揪心，她遇到了燕王這個老狐狸，只有吃虧的份兒，胡小天連帶著把燕王也恨上了，竟敢公然戲弄我的夢中情人，薛勝景啊薛勝景，看老子以後不整死你。只是更讓他不解的是霍小如，這丫頭今日的表現並不明智。得罪燕王，她在雍都還有什麼地位？

霍小如搜到薛勝景的腰部，並沒有發現夜明珠的蹤跡。薛勝景充滿戲謔道：「霍姑娘繼續往下搜啊！」再往下就是褲襠了。

如此露骨的言辭頓時引來現場一陣哄笑，連長公主薛靈君都有些臉紅了，自己的這個哥哥也真是太放蕩形骸了，這種話也能夠公然說出口來，不過他應該是對霍小如今日的行徑非常惱火，所以才故意羞辱她。

霍小如冷冷看了薛勝景一眼，繞到他背後繼續搜查。

薛靈君姑侄對望了一眼，暗歎這大康才女名不副實，傳說中如何的冰雪聰明，可竟然如此不識時務，連見好就收的道理都不懂，竟然執意要搜身到底，最終的結果只能是自取其辱。

燕王薛勝景道：「霍姑娘若是從本王身上搜不出那顆夜明珠，本王倒要親自為霍姑娘驗身呢。」他的言辭越發輕佻，圍觀眾人聽到這裡又笑了起來。

胡小天聽到眾人嘲笑霍小如，心中感同身受，不過連他也不明白霍小如為何要做出這樣不智的選擇？

就在眾人紛紛哂笑之時，卻見霍小如手臂揚起，一道寒芒倏然刺向燕王薛勝景的頸部。變化就在瞬息之間，誰也不會想到霍小如竟然會對燕王突然發起刺殺。

燕王薛勝景似乎預感到危險的到來，肥胖的身軀猛然扭動了一下，霍小如手中的髮簪偏離了原來的方向，並沒有刺中他頸部的血管，雖然如此，入手也半寸有餘，痛得燕王發出一聲慘叫，沒命向前方逃去。

霍小如緊咬櫻唇，一個箭步跟了上去，髮簪揚起，鋒利的尖端狠狠刺中燕王的後心，髮簪雖然刺中他後心的位置，可是卻無法深入進去，因為薛勝景的外袍之下還穿著一件金絲內甲。燕王做事素來小心謹慎，平時出入都有多名武士隨同保護，這金絲內甲也是特製的寶物，尋常刀劍根本無法刺入其中，今天終於起到了保護他的作用。

現場頓時陷入一片混亂之中，周圍武士向中心圍攏，部分武士及時控制住那十名舞女，生怕她們是霍小如的同黨，會對薛勝景不利。

薛勝景哪料到會發生這種狀況，慌忙大叫道：「救命！救命……」他粗短的脖子上血流如注，頃刻間已經將半身染紅，看起來顯得極其可怖。他養尊處優慣了，過去根本沒有受過什麼傷害，看到自己受傷流血，自然惶恐非常。

鐵錚率先反應過來，大踏步衝了上去，怒吼一聲，一刀劈向霍小如的身後。

霍小如不得不暫時放過薛勝景，轉身用髮簪和鐵錚手中的長刀硬生生對了一記，她的武功實屬一般，根本無法和鐵錚這種一流高手相抗衡，被震得半邊嬌軀酥麻，手中髮簪也飛到了一旁。

鐵錚暴吼一聲，刀身一轉，向霍小如的頸部砍去，眼看霍小如就要殞命於他的刀下，忽然一個肥胖的身軀斜刺裡衝了上來，一拳擊打在霍小如的身上，大吼道：「大膽刺客，竟敢謀害王爺！」

卻是胡小天在關鍵時刻衝上來給了霍小如一拳，他這一拳打得極其巧妙，表面上力量十足，可是砸在霍小如的身上卻沒有任何的傷害性。霍小如感覺肩頭一震，身軀騰空飛起，鐵錚的這意在奪命的一刀頓時落空。

霍小如還沒有從地上爬起來，就有幾名武士抽刀架在她的肩頸之上，胡小天雖然有救她之心，可是當著這麼多人的面也不敢冒險出手，如果盲目施救，非但救不了霍小如，恐怕連自己的身分也會暴露。

現場的慌亂情況自然讓許多嘉賓感到害怕，有不少人想要逃出聚寶宮，剛剛到了宮門處，就被外面的王府武士逼迫回來。

燕王薛勝景被人護送到安全地帶，一手用棉巾捂住流血不止的脖子，望著現場，驚魂未定道：「留下活口！」他的這句話不但留下了霍小如的性命，也挽救了即將倒在刀下那十名舞女。

刺殺事件之後，再也沒有人去關注那顆丟失的夜明珠，每位賓客都恨不能現在抽身離去才好，誰也不想牽涉到這件麻煩之中。

燕王薛勝景雖然流血不少，可是霍小如的髮簪並沒有刺中他的要害，應該不會致命。薛道洪過來查探他傷情之時，低聲道：「皇叔，要不要將這些人全都抓起來？」

薛勝景搖了搖頭道：「不必如此，讓他們先行離去。」今晚赴宴的賓客全都是他請來的，這場刺殺卻是他預料之外的事情，本來薛勝景還因為霍小如承諾前來表演而沾沾自喜，以為得了天大的面子，卻沒有想到她竟然存著刺殺自己的目的，薛勝景實在是想不通，自己和霍小如往日無怨近日無仇，她為何要刺殺自己？這些來賓應該和今晚的刺殺無關，假如將他們全都抓起來，必然影響到自己當世孟嘗的美名，不如先讓他們離去，這些人全都有名有姓，有家有業，但凡查出今晚的事情和他們之中的某人有半點的關係，自己再出手對付他也不遲，在這一點上薛勝景可不糊塗，絕對是老謀深算。

聽聞燕王同意他們離去，現場嘉賓一個個如釋重負，發生了刺殺事件之後，誰也不想繼續在王府逗留，一個個匆匆離去，離去之前卻還被告知，要將他們帶來的寶物留下，查驗其中有無問題，大家都明白，這是燕王要一口將他們所有人的東西都吞沒了。

反正眾人帶來寶物鬥寶原本也沒有打算帶著回去，發生這種事情後，誰還在乎這點東西，能平安無事地離開就謝天謝地了。

胡小天腆著肚子憤憤然道：「我的夜明珠呢……」

話沒說完，肩上已經被人拍了一記，卻是扮成海曉紅的夕顏不知從哪裡冒了出來，從她洋洋得意的目光，胡小天就知道她應該已經得手，胡小天故作鬱悶，拉著夕顏的小手道：「女兒，咱們的夜明珠被人盜走了。」

夕顏道：「爹，夜明珠丟了還可以再找回來，反正也是準備送給王爺的，咱們就別留在這裡添亂了。」

剛好走過一旁的昝不留道：「海兄，還是儘快離去吧。」他也是好心提醒這位暴發戶，燕王遇刺，這可是震動雍都的大事，用不了多久朝廷就會過來調查，留在這裡可能會招來不必要的麻煩。

胡小天向遠處的霍小如看了一眼，發現她已經被人捆綁起來，心中關切無比，恨不能現在就挺身而出將她從敵手中救出來，可是理智又告訴他這種想法根本不現實。裝模作樣地歎了口氣道：「看來我只能自認倒楣了。」

離開燕王府還沒有回到馬車內，雨就已經下了起來，夕顏放開胡小天的手臂快步向馬車跑去，胡小天暗歎這妞沒義氣，捧著大肚子蹣跚跟在後面，等回到馬車之上渾身都已經濕透了。

馬車緩緩啟動，匯入離去的車流之中。

夕顏不無得意地向他揚了揚一個木匣，這其中就裝著黑冥冰蛤。

胡小天此時已經完全失去了對黑冥冰蛤的興趣，歎了口氣愁上心頭，霍小如落入燕王薛勝景的手中，不知自己應該如何將她搭救出來。

夕顏早就看出他神情不對，揮起粉拳狠狠砸在他的大肚子上：「說，到底怎回事？」

胡小天歎了口氣道：「此事說來話長，今晚刺殺燕王的霍小如，乃是我過去在康都的一位朋友。」

夕顏冷眼望著他呵呵冷笑道：「乾脆說是你老相好不就得了。」

胡小天道：「事情並非是你想像的那樣，畢竟過去和她朋友一場，總不能眼睜睜看著她落難而不聞不問。」

夕顏道：「你自己要搞清楚，霍小如刺殺燕王乃是凌遲處死之罪，就算你是燕王的結拜兄弟，他也不會賣給你這個面子。」

胡小天道：「所以，我才想跟你商量，你神通廣大，可不可以幫我將她救出來？」

「不可以！」夕顏斷然拒絕道。

「丫頭……」

夕顏道：「停車！」

胡小天愕然望著她，不知她為何會突然發怒，這妖女果然是喜怒無常。

夕顏指著車門道：「你現在就走，想救霍小如你自己去救，我才不會傻到陪你去送死！」

胡小天冷冷望著夕顏，忽然一言不發地推開車門走了下去。

夕顏沒想到他居然說走就走，不由得又氣又急，怒道：「你走了就再也不要回來見我！」

胡小天扭著肥胖的身軀走入風雨之中，高高昂起頭顱，自始至終都沒有回頭向夕顏看上一眼。

身後的馬車向風雨中疾馳而去，走出一段距離夕顏忽然道：「停車！」

藍衣人勒住馬韁，馬車停在風雨之中。

夕顏咬了咬櫻唇，在黑暗中猶豫了一會兒，終於道：「回去！」

藍衣人輕聲歎了口氣道：「如果我是你，就不會回去。」

「你不是我，我想做什麼也無需聽從你的意見！」

胡小天並沒有走遠，一個人獨自站在暴雨之中，任憑雨水兜頭蓋臉將他澆成一隻落湯雞，胡小天並沒有生夕顏的氣，而是生自己的氣，眼睜睜看著霍小如被人抓住，他卻無能為力，這種感覺糟糕透頂，他不怕死，可是這世上還有不少他在乎的人，顧忌的事，他更清楚如果剛才挺身而出，或許就會暴露自己的身分，或許就會將此前的一切全都付諸東流。

無論在任何時代，他都無法真正做到隨心所欲，想要追求一種無拘無束的生活，卻往往要被生活所制，理想如何美好，可現實卻是無比殘酷。他並不理解霍小如這種飛蛾撲火的行為，她刺殺燕王的動機何在？

胡小天強迫自己冷靜下來，熱血衝動解決不了問題，可是無論他怎樣冷靜，都無法想出解救霍小如的方法，毫無頭緒。

耳邊響起車馬的聲音，胡小天轉身望去，卻見那輛馬車去而復返，夕顏從車上跳了下來，咬著嘴唇，一雙美眸虎視眈眈地望著他。在她下車之後，藍衣人駕馭馬車即刻離去。

胡小天望著夕顏，唇角露出一絲蒼白的笑容：「你不用回來，其實我沒怪你，只是我在怪我自己。」

夕顏道：「真不知我上輩子欠你什麼！」她將手中的一個包裹狠狠砸在胡小天的懷中。

胡小天愕然道：「什麼？」

夕顏道：「難道你準備穿成這個樣子夜探王府？」

胡小天搖了搖頭道：「太危險了，燕王遇刺，此時王府必然全面戒備，咱們這樣冒冒然的闖進去，等於是自投羅網。」他並未喪失理智。

夕顏指了指不遠處的風雨亭，兩人走入亭內，夕顏輕聲道：「如果你耐得住性子，咱們就在這裡多等一會兒消息。」

胡小天不明白她什麼意思，可馬上想起那剛剛離去的馬車，難道那藍衣人已經先行前往王府刺探？

夕顏道：「霍小如長得是不是很美？」

胡小天真是哭笑不得，這種時候她竟然糾結於這個問題。

胡小天點了點頭道：「還不錯。」

「比我如何？」

胡小天望著夕顏現在圓乎乎的臉蛋，輕聲道：「等救出她來，你們比比不就知道了？」

夕顏道：「看來我始終不是你心中最美的那個。」

胡小天道：「對女人來說，美貌從來都不是最重要的。」霍小如雖然夠美，可是她今晚的行徑卻沒有體現出才女的智慧，不但自己身陷囹圄，還連累她樂舞團的姐妹落難，女人發起瘋來比男人更加沒有理智。

夕顏道：「她為什麼會刺殺燕王？」

胡小天搖了搖頭，他不知道，到現在都是一頭霧水，實在搞不清為什麼霍小如會賠上她和姐妹的性命刺殺燕王，難道燕王做了什麼對不起她們的事情？

燕王薛勝景粗短的脖子上被刺出一個血洞，血洞的邊緣已經變得烏黑發紫，滲出的血水變成了綠色。馬青雲道：「不好，有毒！」

薛勝景皺了皺眉頭，雖然聽到這個消息，他仍然沒有表現出任何的慌亂，淡然

道：「鐵錚，去佛笑樓將黑冥冰蛤取來。」

「是！」

長公主薛靈君和大皇子薛道洪都沒有離去，兩人充滿擔憂地望著薛勝景。

薛勝景笑道：「你們不必擔心，我有黑冥冰蛤，那東西可以解毒。」

薛靈君忽然想起此前胡小天登門向薛勝景借黑冥冰蛤為安平公主療傷的事情，當時皇兄只說黑冥冰蛤丟了，送給了他一瓶百草回春丸，搞了半天皇兄只是糊弄胡小天的，卻不知這件事要是被胡小天知道會作何感想？

薛勝景說完也意識到自己可能失言了。

大皇子薛道洪道：「皇叔，你和霍小如究竟有何仇恨？她為何要刺殺你？」

薛勝景道：「我也不知道，馬青雲，你將她刺傷我的兇器拿來。」

馬青雲端著托盤，裡面放著霍小如剛才用來刺殺薛勝景的髮簪，薛勝景拿起髮簪一看，臉色卻倏然一變，他將髮簪湊近了燈火，果然看清上面刻著四個小字——海枯石爛。

薛勝景的臉色頃刻間沒有了血色，望著那髮簪呆呆出神。

薛靈君還以為他傷情有變，擔心道：「皇兄，你怎麼了？」

薛勝景此時額頭佈滿了冷汗，他深吸了一口氣道：「沒什麼？只是……只是傷口有些疼痛……」他舉目向外面望去，鐵錚去取黑冥冰蛤也應該來了。

卻想不到鐵錚慌慌張張跑了進來，顫聲道：「王爺，大事不好了，大事不好了，佛笑樓被盜了！」

薛勝景驚得雙目瞪得滾圓，大聲道：「你說什麼？」

鐵錚道：「佛笑樓被盜了，黑冥冰蛤不知所蹤，同時被盜的還有不少其他的東西。」

薛勝景感覺雙腿發軟，整個人頓時失去了力氣，一屁股又坐回到床上，長公主薛靈君和大皇子薛道洪慌忙將他扶住，薛道洪道：「皇叔不必擔心，侄兒已經讓人去請太醫，相信沒了那黑冥冰蛤也一樣可以為你解毒。」

薛勝景咽了口唾沫，喉頭發乾，眼前金星亂冒，這並不是中毒的徵兆，霍小如在髮簪上所餵製的並不是見血封喉的毒藥，不然他早就喪命當場了。

鐵錚將一瓶用來解毒的百草回春丸送上，薛勝景倒出三粒藥服下，沒過多久頸部就不再繼續滲出黑血。薛勝景道：「靈君、道洪，你們先回去吧，我的傷勢應該沒有大礙。」

薛靈君咬了咬櫻唇道：「可是那髮簪上有毒。」

薛道洪道：「皇叔，不如你將那霍小如交給我，由我來親自審問，侄兒必然能夠讓她交出幕後主謀！」

薛勝景緩緩搖了搖頭道：「這件事我自己能夠解決，還有，我希望你們不要將此事告訴皇上，他的事情已經夠多，我這個當兄弟的平日裡不能為他分憂，總不能再為他增添心思。」

薛道洪還想說什麼，薛靈君阻止他道：「道洪，你不要干涉你皇叔的事情，這種小事，他自會解決。」

薛勝景充滿感激地看了妹子一眼，低聲道：「我有傷在身，就不送你們兩個了。」嘴上說得雖然客氣，可實際上卻是下了逐客令。

長公主薛靈君輕聲道：「那好，我們先走了，二哥，明兒一早我再過來探望您。」

薛勝景道：「皮外傷罷了，這毒藥的毒性也不算強烈。」這他倒沒有說錯，他服用百草回春丸之後，感覺身體狀況好了許多，傷口剛才的酥麻感覺已經褪去，開始隱隱作痛。

薛靈君和薛道洪兩人離開了房間，薛道洪充滿不解道：「姑姑，我皇叔為何不肯讓我幫忙？」

長公主薛靈君淡然道：「他應該是發現了什麼，有些事他並不想讓我們知道。」她觀察入微，剛才薛勝景拿起那根髮簪之時臉色劇變，顯然是認得那根髮簪的，難道二哥和霍小如之間有私情？轉念一想似乎並不可能，霍小如來到雍都已有數月，一直負責教習宮廷歌舞，此女雖然是舞姬，可是素來潔身自好，雖然想要結識她的登徒子無數，可霍小如從來不假辭色，在今晚的夜宴之前，從未聽說過她給過何人面子，更不用說帶著樂舞團親往表演。

薛勝景也是最近才返回雍都，和霍小如之間的交集並不多，也從未聽說過他們之間有什麼交情，而他今晚能夠請動霍小如過府表演已經讓人感到驚奇，只是誰也沒有想到這場晚宴最後的結果竟然變成了這個樣子。

薛道洪轉身回望，滿面狐疑道：「霍小如和我皇叔究竟有什麼深仇大恨，竟然捨身行刺？」

薛靈君道：「你皇叔不說，咱們也不好問，算了，最近雍都發生的事情已經夠多，咱們還是別添麻煩了。」

薛勝景在鐵錚的陪同下走入佛笑樓，低聲道：「損失情況怎麼樣？」

鐵錚低聲道：「我剛剛清點過，一共丟失了五件寶物，竊賊應該只是進入了三層庫房，其他的地方並未涉足。」

薛勝景聽他這樣說才鬆了一口氣，環視佛笑樓的大堂，目光落在那尊巨型和田玉雕之上，他向鐵錚道：「沒事了，你先出去。」

鐵錚點了點頭，轉身出門，將外面的大門關上，薛勝景望著那尊和田玉雕，小眼睛中流露出欣慰的光芒，舉著燈籠環繞玉雕走了一圈，確信玉雕無恙，伸手輕輕撫摸玉雕，彷彿撫摸著一位絕世美女的胴體，溫潤柔滑，他的目光也在瞬間變得溫柔了許多。獨自在玉雕前呆了好一會兒，聽到外面鐵錚道：「王爺，太醫院的徐太醫和金鱗衛石統領過來了。」

薛勝景冷哼了一聲，他舉步出門，外面的雨仍然很大，夜雨中的王府模糊不清，鐵錚站在門外，距離他不遠處還有十名武士在靜靜守候著，今晚發生了刺殺王爺的事件，讓整個王府變得風聲鶴唳。

薛勝景怒道：「混帳，就知道這幫人無法將秘密守住。」

鐵錚道：「王爺，這麼大的事情紙包不住火，更何況今晚長公主和大皇子都在現場。」鐵錚的意思很明顯，皇宮能夠這麼快做出反應應該和皇族有關，說不定就是長公主和大皇子中的一個走漏了風聲。

薛勝景道：「霍小如現在何處？」

鐵錚道：「遵照王爺的吩咐，已經將她單獨關在倚雲樓。」

薛勝景點了點頭道：「沒有本王的命令，任何人不得傷害她。」

「是！」

薛勝景來到聚寶宮，裡面的一片狼藉已經收拾乾淨，太醫徐百川和金鱗衛統領石寬都已經到了，馬青雲正在那裡陪著兩人，石寬在向他打聽今晚刺殺的詳情，他在任何時候都顯得不苟言笑，帶著一股懾人的威嚴。

看到燕王歸來，石寬停下了詢問，向薛勝景抱拳道：「王爺！陛下聽說王爺遇刺，特地派在下陪同徐太醫過來探望。」

薛勝景呵呵笑道：「石統領的消息真是靈通。」

徐百川道：「王爺，要不要我為您檢查一下傷勢？」

薛勝景道：「不妨事，我剛剛吃了百草回春丸，現在已經不痛了。」他在椅子上坐下。

徐百川拎著藥箱走了過去，借著燈光檢查了一下薛勝景頸部的傷口，確信傷口無恙，又幫助薛勝景重新清理了一下。他低聲道：「這百草回春丸果然是解毒聖藥，不過還比不上黑冥冰蛤。」

薛勝景聽到黑冥冰蛤不由得皺了皺眉頭，此前他拒絕胡小天的時候就說黑冥冰蛤被人盜走，想不到一語成讖，居然真的被自己說中，今晚黑冥冰蛤竟當真被盜了，想起這件事薛勝景好不沮喪。幸虧霍小如在髮簪上餵製的毒藥不烈，如若不然，恐怕百草回春丸也難以救治他的性命。

徐百川道：「還好王爺所中毒性不烈，百草回春丸足以中和王爺體內的毒性，對王爺的身體也不會造成大礙，只是這外傷可能要休養幾日才能癒合。為了穩妥起見，我給王爺再開一張排毒的藥方。」

「有勞徐太醫了。」

徐百川跟隨馬青雲去一邊開方子。

石寬來到薛勝景面前道：「王爺，我聽說今晚刺殺王爺的乃是霍小如？」

薛勝景呵呵笑了起來：「石統領的消息很是靈通啊，的確有這件事。」

石寬抱拳道：「陛下派我前來還有一個任務，就是要徹查這起行刺案件。」

薛勝景搖了搖頭道：「不必了，這件事情本王自會調查，石統領你回去幫我轉告陛下，多謝他的關懷和體恤，我的傷沒什麼妨礙，讓陛下不用為我擔心。」

石寬見到薛勝景斷然拒絕，也不好繼續勉強，恭敬道：「王爺還要多加小心，我聽說王府今晚丟了一些東西，不知有沒有什麼重要的物事？」

薛勝景笑道：「真正珍貴的東西，也不會讓竊賊輕易找到，只是丟失了一些普通的藏品罷了。」

送走了石寬和徐百川一行，薛勝景的臉色頓時沉了下去，他向馬青雲道：「馬青雲，你剛剛都跟他說了什麼？」

馬青雲慌忙道：「王爺，屬下什麼都沒說，關於今晚的事情隻字未提。」

薛勝景點了點頭，卻不經意觸痛了頸部的傷口，不由得皺了皺眉頭。

馬青雲關切道：「王爺您受了傷，還是早些回去休息，有什麼事情不如等到明天再說。」

薛勝景道：「鐵錚，陪我去倚雲樓看看。」

倚雲樓內燈火通明，霍小如被五花大綁捆在廊柱之上，其實她的穴道已經被制住，但是為了以防萬一，鐵錚仍然做足措施。此時霍小如的內心中充滿恐懼，她並非是怕死，而是害怕遭受凌辱，恨只恨自己沒有把握機會，非但沒有手刃大仇，還成為燕王的階下之囚。

外面響起了腳步聲，霍小如一顆心瞬間懸到了嗓子眼，此時再惶恐也是無用，唯有挺起胸膛面對即將到來的一切。

薛勝景在門前停步，向鐵錚道：「將所有守衛撤到樓外，任何人不得靠近倚雲樓。」

「是！」

鐵錚打開門鎖之後離去，薛勝景目送他的身影消失，這才推門走了進去。

燭光下霍小如臉色格外蒼白，緊咬雙唇，充滿仇恨地望著燕王薛勝景。

薛勝景脖子上的傷口已經包紮好，髮簪並沒有能夠將他當場刺殺，髮簪上的毒液也沒能將他毒殺。看到燕王並無大礙，霍小如的一顆心頓時沉到了無底深淵，可憐自己大仇未報，還連累這麼多的姐妹深陷險境，這次的刺殺計畫可謂是全盤皆輸。

燕王薛勝景慢慢靠近霍小如，雙目靜靜凝望著她的面龐，雙唇緊緊抿在一起，低聲道：「霍小如，我和你無怨無仇，你因何要殺我？」

霍小如憤然道：「要殺便殺，何必廢話！」

燕王薛勝景呵呵冷笑道：「聽起來倒是有些骨氣，你以為求死就那麼容易？」一雙小眼睛迸射出陰森的寒芒：「本王會讓你求生不得求死不能，會讓你失去一個女人最起碼的自尊和廉恥，讓你後悔來到這個世界上。」

霍小如早已料到會是這個結果，聽到燕王親口說出，內心反倒不再害怕，充滿鄙視地望著薛勝景道：「你好歹也是大雍國堂堂的燕王，對一個弱女子採用這樣卑鄙下流的手段，也不怕天下人恥笑。」

薛勝景道：「任人評說，如果本王放過一個意圖謀害我性命的兇手，那麼天下人豈不是更要笑我婦人之仁、懦弱無能。」

霍小如道：「最多就是一死，我既然敢做出這樣的事情，就已經做好了任何的準備。」她閉上雙眸昂起頭顱，露出雪白柔美的粉頸，一副引頸待宰的模樣，心中早已斷絕了生念。

薛勝景揚起右手，手中握著的正是霍小如用來刺殺他的髮簪，髮簪的尖端輕輕落在霍小如咽喉之上，輕聲道：「這髮簪你究竟從何得來？」

霍小如彷彿沒聽見他的話一樣，緊閉雙目一言不發。

薛勝景道：「你雖然不說，可是本王也知道，這髮簪是一個名叫雲綺的女人送給你的，是不是？」

霍小如依然沒有說話。

薛勝景忽然伸出手去一把抓住霍小如的領口，霍小如驚得美眸圓睜，尖聲道：「你想幹什麼？」芳心之中害怕到了極點。

薛勝景將她的衣領拉開，霍小如嬌豔如雪的左肩暴露在燭光之下，雖然她個性堅強，做好了捨身復仇的準備，可是真正屈辱到來之時，她也感到驚恐絕望，一時間心中萬念俱灰，當時刺殺不成，為何不一頭撞死在廊柱之上，也好過受這賊子的屈辱，腦海中卻突然浮現出一張陽光燦爛的笑臉，她不知此時為何會突然想起胡小天，鼻子一酸，雙眸之中淚水滾滾而落。

噹啷！薛勝景手中的髮簪竟然落在了地上，他目瞪口呆地望著霍小如的左肩，彷彿看到了這世上最為驚恐的事情，緩緩搖了搖頭，踉蹌著向後退去，一雙小眼睛瞪到了極致，震駭的目光死死盯住霍小如肩頭上的紅色印記，霍小如的左肩生有五顆鮮紅的胎記，形如梅花，在雪白肌膚的映襯下越發顯得嬌豔動人。

薛勝景的眼圈竟然紅了，他喃喃道：「不可能……不可能……」

霍小如本來羞憤交加，恨不能當場死去，可是看到薛勝景如此反應，她反倒奇怪起來，自己身上的這五顆胎記從出生就有，難道是胎記將他嚇住？

燕王薛勝景道：「你……你是雲綺的女兒……」

霍小如咬了咬櫻唇，恨恨道：「奸賊，你現在應該知道我為何殺你？你凌辱了我的娘親，害死了我的家人，我恨不能生啖你的血肉，挖出你的心肝，祭奠我的爹娘……」說到這裡，聯想到此時自己的處境，含淚道：「爹！娘！女兒無用，不能為你們報仇，只有泉下相見了。」

燕王薛勝景的手顫抖起來，他重新來到霍小如身邊，顫抖的手伸向霍小如。

霍小如尖叫道：「你滾開！別用你的髒手碰我！」

薛勝景非但沒有侵犯她的意思，反而用顫抖的手將她的衣服整理好，顫聲道：「小如，你不該叫這個名字的，你本該叫綺奕才對……」

霍小如聞言頓時愣在那裡，薛勝景說得沒錯，她的本名的確是叫綺奕，可是這個秘密除了去世的父母之外再也沒有人知道，薛勝景又怎麼可能知道？讓她震驚的事情還在繼續。

「你是辛未年三月二十辰時三刻出生，你的乳名叫如心，再有幾天你就要滿二十歲了……」薛勝景說到這裡，聲音哽咽幾不能言。

霍小如怔怔望著眼前殺害父母的仇人，她似乎想到了什麼，可是她卻又不敢繼續想下去。

薛勝景抿了抿嘴唇，竭力控制著自己的情緒，他低聲道：「你問我是如何知道的，天下間除了親生父母，誰還會將自己女兒的一切記得如此清楚……如心，我就是你的父親……」

霍小如宛如被晴天霹靂擊中，整個人都傻在了那裡，一時間腦海中完全變成了空白，這些年來她一直都將燕王薛勝景視為不共戴天的仇人，可以說她這些年忍辱負重拚搏生存，唯一支撐她活下去的動力就是報仇，可薛勝景這個仇人竟然會突然從仇人的角色轉換成她的父親，霍小如無法接受，但是她也明白，薛勝景不會無聊到用這種事情欺騙自己，即便是他欺騙自己，也不可能瞭解那麼多自己的秘密：「你撒謊！」

薛勝景道：「如心，我為何要騙你？如果我說的都是謊話，我又從何得知你那麼多的秘密？我為何會知道雲綺？」

「住口！不許你提我娘親的名字……」霍小如已經完全失去了冷靜，淚水奪眶而出。

薛勝景道：「我知道你或許無法接受這個事實，但是事實不容改變，我薛勝景縱然可以對不起天下人，但是絕不會對不起你娘，更不會對不起自己的親生女兒。當年你娘也不是死在我的手裡，我若是對你娘無情無義，為何我這種聲名狼藉之人至今都沒有明媒正娶過一位王妃？」他顯然已經動情，雙目赤紅，淚光閃爍。

霍小如沒有說話，可是她心中的防線卻開始鬆動。薛勝景的確沒理由在她的面前演戲，尤其是自己剛剛險些奪去了他的性命。

薛勝景道：「我一直以為你們都死了，從沒有想過你還活在這個世上，如心，我不知你為何認定了是我謀害你的母親，我薛勝景對天發誓，若然我有加害雲綺一絲一毫的心思，讓我五雷轟頂不得好死。」他竟然在霍小如面前立下如此毒誓。

霍小如咬了咬櫻唇：「我娘究竟是怎麼死的？」

薛勝景道：「這些年來，我一直都在調查，你娘只是一個歌姬，我卻是大雍二皇子，縱然我和你娘兩情相悅，可是身分的懸殊卻讓我無法將你娘明媒正娶，我一直將你娘偷偷安置在外面，對父皇隱瞞了所有一切。你娘對我情深義重，從來不向我要求什麼名份，只求能夠和我兩廂廝守就已滿足了。」薛勝景說到這裡，緊緊閉上了雙目，陷入對往事的痛苦追憶之中。

霍小如充滿問詢地望著薛勝景，此時她已經完全被他的話勾起了好奇心，甚至開始相信，自己和薛勝景之間，的確有著非同一般的關係。

薛勝景道：「天下沒有不透風的牆，後來我和你娘的事情不知為何傳到了我父皇的耳中，那時你已經兩歲，你娘剛生下你弟弟不久，他因此而震怒，認為我丟盡了皇族的臉面，下令要將你們除掉。幸虧我提前得到了消息，安排親信將你們母女提前送出雍都，想要找個安全的地方安置你們，等風聲過後，咱們一家人方可重聚，可是……」薛勝景的臉上淚水縱橫，如果不是親眼所見，誰也不會相信這位玩世不恭遊戲紅塵的燕王竟然會有如此動情的時候。

「怎樣？」霍小如終忍不住詢問，她對當年的事情並不清楚，雖然已經猜測到娘親帶著她和弟弟離開之時遭遇了刺殺，可是她還想從薛勝景的口中得知詳情。

薛勝景道：「我得到噩耗的時候率人趕往現場，可是在現場只找到了一堆被惡狼啃噬過後的白骨，還有……還有一隻沒被啃完的小腳……」說到這裡，薛勝景的雙目中又湧出了熱淚，他握緊的右拳重重捶打了一下自己的胸口，通過這樣的方式才能夠稍稍減少內心的痛苦。

看到薛勝景捶胸頓足的痛苦模樣，霍小如心中對他的仇恨已經不像此前那樣強烈。虎毒不食子，如果他所說的話全都屬實，那麼他可能真是自己的父親，不對，即便他真是自己的生父，也不排除他為了保住自身的名譽地位而謀殺妻子的可能。想到這裡，霍小如的芳心頓時又變得堅強了起來。

薛勝景歎了口氣道：「如心，我知道你未必信我，可是虎毒不食子，我薛勝景不是禽獸，怎麼可能親手害死我的妻子兒女？我向來與世無爭，在我認識你娘親之前，我大哥早已被定下為大雍太子，我又為何要做這種事？」他竭力表明自己的清白。

「你不信我？」薛勝景望著霍小如冷淡的目光，覺察到了她對自己的質疑。

霍小如道：「我信與不信毫無意義，在你面前的只是一個想要殺死你報仇的刺客，你何必對我講這麼多？」

薛勝景忽然想起了什麼，他從腰間取下了一物，卻是一隻小小的虎頭鞋，因為年月久遠，虎頭鞋早已褪色變舊，即便如此，仍然可以看到上方陳舊的血污，薛勝景哽咽道：「這是道遠的遺物，我從那時起就隨身帶著它，沒有一天和我分開過……」他又從地上撿起那支髮簪，撫摸著上方的海枯石爛四個字：「這四個字是我親手刻上去的，我將這支髮簪親手給你娘親戴上，我曾經對她說過，我這一生非她不娶，我會保護你們娘幾個一生一世……可是……爹沒用……我甚至連你們的性命都保不住……」說到這裡，他臉上的熱淚滾滾而落。

霍小如此時再也按捺不住心中的感情，美眸之中珠淚盈盈，雖然她現在不可能叫薛勝景一聲父親，但是在她內心深處已經悄然接受了這個事實。

薛勝景道：「如心，我跟你說過的事情不可以讓任何人知道，我不知道究竟是誰告訴你這些謊言，總之無論他是哪個，都沒安好心，讓骨肉相殘，讓女兒手刃自己的父親，其心可誅！」

霍小如咬了咬櫻唇，腦海中浮現出師父滿是刀疤的面孔，他的聲音彷彿在自己的耳邊迴盪：「是燕王薛勝景凌辱了你的母親，殺害了你的爹娘，殺害了你的兄弟，還將你們全家推下了山崖，如果不是天可憐見，為師也救不了你的性命……」

如果薛勝景所說的一切都是真的，那麼師父顯然對自己撒了謊，霍小如無法接受，一個救了自己的性命，將自己含辛茹苦養大成人，並培養自己歌舞，待自己如同再生父母的人會這樣做，霍小如的內心徹底淩亂了。

薛勝景道：「你在這裡暫時不必擔心，以目前的情況而論，王府之中反倒是最安全的地方。」望著被五花大綁捆在廊柱之上的霍小如，薛勝景又歎了口氣，低聲道：「暫時委屈你了，你放心，我絕不會讓任何人傷害到你。」

一道蛇形閃電劃破夜空，藍衣人駕著馬車重新出現在風雨亭前。夕顏向他走了過去：「怎樣？」

藍衣人道：「如果不想死，今晚最好不要靠近燕王府，燕王府內高手如雲，其人絕不像表面上那樣簡單。」

夕顏看了胡小天一眼：「你怎麼看？」

胡小天毅然道：「無論怎樣我都得嘗試一下，這件事跟你沒有關係，你沒必要陪我冒險。」他的話還沒說完，一道寒芒就射入了他的後背，卻是夕顏趁其不備，用鋼針刺入了他的肩頭穴道，為了穩妥起見，鋼針之上還餵了酥骨散，確保一針可以將胡小天放倒在地，胡小天吭都沒吭一聲就軟綿綿倒在了地上。

藍衣人道：「你準備怎麼處置他？」

夕顏望著地上的胡小天，目光突然變得溫柔起來，輕聲道：「他只是太累了，讓他好好休息一下。」

藍衣人道：「你可以阻止他一時，絕對阻止不了他一輩子，在他心中，那個霍小如要比你重要得多。」

夕顏並沒有生氣，伸出手去輕輕拍打著胡小天胖乎乎的面頰，輕聲道：「他就是這個樣子，多情好色貪婪，可是他心中早晚都會明白，這個世界上對他最好的那個人始終都是我。」

藍衣人輕聲歎了口氣：「教主讓你明天去見她。」

「我不去！」

「你不去她就會殺了胡小天！」藍衣人的話雖然平靜，但是卻充滿了不可抗拒的威力。

夕顏咬了咬櫻唇：「霍小如怎樣了？」

藍衣人道：「一個外人罷了，你又何必關心她的死活？」

夕顏的目光落在胡小天的臉上，柔聲道：「我只是不想他因為這件事恨我。」

藍衣人皺了皺眉頭，心中如同被芒刺狠狠扎了一下。雙手負在身後，凝望空中夜雨，低聲道：「霍小如今日的境遇絕非是你所造成，你若不想他死，還是儘快去見教主。」

夕顏道：「你幫我去回稟教主，明天我會去見她。」

胡小天醒來的時候已經是翌日黎明，他發現自己躺在床上，從房間內的陳設來看，應該是夕顏此前帶他過來易容的地方，外面的雨仍然在下。

「有人嗎？」胡小天叫了一聲，好半天也無人回應，他從床上爬起來，發現床頭擺放著自己的衣服，疊得整整齊齊，衣服上方還擺放著一封信。胡小天展開一看，一行娟秀的小字映入眼簾。

「臭小子，我走了！真的走了，短時間內不會再來騷擾你。昨晚我又暗算了你一次，不過我不是想害你，只是不想你去燕王府冒險送死。霍小如的事情，我的確無能為力，一旁的包裹裡給你留了一些東西，或許能夠幫得到你，為何你對別的女子都可以連性命都不要，唯獨對我如此無情？信不信終有一天我把那些和你相好的女子全都殺掉？」

胡小天看到這裡不禁皺起了眉頭，以夕顏的手段，她要是真想這麼做，以後還真是麻煩了。深吸了一口氣，繼續看下去。

「對了，你還欠我一件事情沒做，明明說要幫我殺掉完顏赤雄，卻出爾反爾，那顆定魂珠目前就藏在紅山會館的鴻雁樓內，鴻雁樓下有黑胡人的一間密室，紅山會館多年以來都是打著商會的旗號，暗地裡卻做著刺探大雍軍情的諜報組織。應該怎麼做，你自己掂量吧……」

胡小天將這封信看完，內心不禁有些沉重，夕顏將所有事情交代得那麼清楚，看來她是真的走了。想起仍然被困燕王府的霍小如，胡小天的心情頓時焦躁了起來，不知她是否仍然活在這個世上。他不敢多做耽擱，迅速將自己身上的偽裝清除，簡單洗漱，恢復了昔日的面貌，換上自己的衣服，打開夕顏留給自己的那個小小的藍印花布的包裹，看到其中放著三個木盒，裡面分別存放著，煙霧彈、毒氣彈、迷藥。胡小天將包裹收好，戴上斗笠，披上蓑衣，來到外面，看到院子裡的廊柱下拴著一匹黑馬，那是夕顏留給他代步用的坐騎。

胡小天解開馬韁翻身上馬，他並沒有急於前往燕王府，而是先返回起宸宮，出來了這麼久，不知會不會引起起宸宮那些人的關注。其實從這裡去燕王府，起宸宮也是必經之處。

胡小天來到起宸宮門前，卻見一個身材瘦小的女孩子正站在宮門外苦苦哀求：「兩位大爺，求你們行行好，讓我進去吧，我要見胡大人！」

胡小天微微一怔，不知那女孩子是誰？為何點名要見自己？

其中一名守門護衛道：「你走吧，都告訴你了，胡大人不在這邊，他出門辦事去了。」

那女孩子大聲哭泣起來，噗通一聲跪了下去。

胡小天此時來到門前，翻身下馬，走近一看，那女孩子竟然是霍小如的婢女婉兒，雖然康都一別已有經年，這小妮子也比此前成長了不少，可是胡小天仍然從她的眉眼樣貌馬上就認出了她。

其中一名護衛已經認出了胡小天，愕然道：「胡大人！」

胡小天點了點頭，婉兒含著淚轉過頭來，看到胡小天突然出現在眼前，頓時喜極而泣，衝上來跪在胡小天面前道：「胡大人，您還記不記得我，我是霍姑娘的貼身丫鬟……」

胡小天微笑點頭道：「我記得，你是婉兒！」

婉兒聽他一口就叫出了自己的名字，心中欣喜若狂，想說什麼，卻感到眼前一陣暈眩，栽倒在泥濘之中。她主要是因為霍小如的事情擔驚受怕，在雍都之中又舉目無親，思來想去只能來起宸宮找胡小天求助，可來到起宸宮之後，卻聽聞胡小天不在這裡。她小小年紀，心情大起大落，早已瀕臨崩潰的邊緣，就在她絕望之時，心中的救星胡小天突然出現，狂喜之下竟然承受不住，短暫暈厥了過去。

胡小天歎了口氣，將她從地上抱了起來，捏了捏她的人中，婉兒悠然醒轉，看到胡小天，確信自己不是在做夢，含淚道：「胡大人，我家小姐出事了，你就救救她吧。」

胡小天道：「婉兒，你冷靜一些，到底發生了什麼事情？」

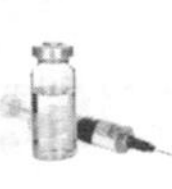

婉兒道：「胡大人，我家小姐被燕王府的人抓起來了，還說她行刺燕王，不可能，我家小姐絕不是這樣的人，一定是有人陷害，胡大人，您和燕王是結拜兄弟，現在也只有你能去救她了。」

婉兒一邊哭一邊說，此時又有一隊人馬來到起宸宮前，卻是虎標營統領董天將，他看到胡小天本想過去打招呼，又覺得現在過去打擾有些不妥，所以在一旁等著，剛好將婉兒的話聽了個清楚。

胡小天向婉兒道：「婉兒，我知道了，這件事你心急也是於事無補，不如這樣，你先回去休息，我去燕王府問問情況如何？」

婉兒含淚點頭道：「我不回去，我要和胡大人一起去燕王府見我家小姐。」

胡小天歎了口氣，向門前衛兵道：「去裡面將向大人叫出來。」此時胡小天才看到站在不遠處的董天將，董天將向他使了個眼色，顯然有話要向他說。

胡小天朝董天將走了過去，自從上次兩人一起夜闖紅山會館之後，彼此之間也消除了芥蒂，董天將認為如果不是胡小天關鍵時刻的那一聲提醒，自己不會從錯亂的神智中清醒過來，在心底覺得胡小天有恩於自己。其實胡小天當時出聲的用意只是為了阻止熊天霸，卻想不到無心插柳柳成蔭，將迷失的董天將喚醒。

董天將此人做事也算得上恩怨分明，他是個從來都不喜欠別人人情的人，將胡小天叫到一邊，低聲道：「胡大人，你大概不知道昨晚燕王府發生了大事。」

胡小天又怎會不知，他全程見證了昨晚燕王遇刺的全過程，現場中的那些人還真沒有幾個比他更加清楚的，可是表面上卻裝作一頭霧水，充滿迷惘道：「小天不知，還望董將軍指點迷津。」

董天將歎了口氣道：「昨晚燕王府舉辦晚宴，那霍小如率領她的樂舞團前往表演，誰曾想她竟然趁著這個機會向燕王行刺。燕王被她刺傷，險些就斷送了性命，這件事已經驚動了陛下。胡大人，念在你我相識一場，我勸你還是不要蹚這趟渾水為妙。」

胡小天皺了皺眉頭：「多謝董將軍提醒。」

此時向濟民匆匆從裡面出來，看到胡小天回來也是長舒了一口氣，昨晚胡小天徹夜不歸，搞得向濟民好是擔心。胡小天讓向濟民將婉兒帶進去，找個地方讓她好好歇息，自己決定前往燕王府走一趟。

董天將聽說胡小天仍然要前往燕王府，不禁歎了口氣，認為胡小天此時知難而上實屬不智，不過他也沒做太多的勸說，畢竟他自己也是一身的麻煩事兒，安平公主的遺體就是在他眼皮底下被人盜走，而且他率人包圍紅山會館，殺死了不少黑胡武士，現在黑胡一方正在找大雍方面討要說法，雖然他是淑妃的親侄子，可這件事畢竟涉及到兩國之間的關係，搞得他這兩日也非常狼狽。今天來到起宸宮，是想找七皇子薛道銘商量解決的辦法。

第七章

何其殘酷的玩笑

霍小如忍辱負重二十年，支撐她活下來的唯一信念就是復仇，
可是當她終於知道自己想殺死的這個人竟然是她的親生父親，
方才明白命運給她開了一個何其殘酷的玩笑。
霍小如無法斷定薛勝景所說一切的真偽，
但是她已經開始相信這位大雍燕王就是自己的父親。

胡小天沒進起宸宮的大門就縱馬前往燕王府，來到燕王府前果然看到門前戒備森嚴，和往日的氣象完全不同。守門衛兵看到是胡小天來了，趕緊進去通報。身為燕王薛勝景的把兄弟，多少還是有幾分面子，沒過多久，王府武士就將胡小天請入王府內。

來到薛勝景居住的院落，胡小天將蓑衣斗笠摘了，這時代的雨具到底不夠先進，身上被沾濕了不少的地方，整理了一下衣服，跟隨已經在門外等候的馬青山走入房內。

馬青山道：「胡大人來得好早！」

胡小天道：「王爺的身體怎麼樣？」

馬青山道：「王爺剛醒，也就是聽說胡大人來了方才答應相見，今晨已經有幾波人過來探望，都被王爺謝絕了。」

胡小天點了點頭，聽起來好像薛勝景給足了自己這個把兄弟面子，卻不知他心中到底有沒有其他的盤算。

薛勝景在聽聞胡小天一早前來探望之後，馬上就推測到他此次前來必有所求，而且十有八九是和霍小如有關。薛勝景仍然記得他和胡小天首次相見之時，兩人曾經在佛笑樓談起霍小如，當時胡小天清楚地說過他和霍小如有些交情。雖然薛勝景已經認出了自己的親生女兒，可是昨晚霍小如刺殺他的事情已經鬧得滿城風雨，如何處理這件事，能夠轉移眾人的注意力，又能將女兒平平安安地放出去，連薛勝景也感到頭疼。

胡小天走入薛勝景的寢居，看到薛勝景已經起來，粗短的脖子上包紮著一圈白布，兩隻小眼睛腫得跟核桃似的，看來這貨一整夜都沒睡好。胡小天以為薛勝景肯定是因為傷口疼痛加上遇刺後的害怕，他又怎能知道這其中竟然有那麼錯綜複雜的關係。裝出關切異常的樣子，快步上前，抓住薛勝景的手臂道：「哎呀呀，大哥，小弟來遲了，大哥受苦了！」

薛勝景道：「不妨事，只是受了一些皮外傷，兄弟又何須專程跑來一趟？」

胡小天道：「大哥，你我當初結拜之時說過要同生共死，你受了傷，兄弟又怎能不來探望？」臉上的表情裝得感同身受，關切之情溢於言表。他和薛勝景的結拜從一開始就是相互利用的關係，根本沒有那麼深的友情。

薛勝景道：「多謝兄弟了！」虛情假意地拉著胡小天的手來到桌旁坐下，讓人趕緊去沏茶。

胡小天喝了口茶道：「大哥，我此次前來是特地來探望你的傷情，順便幫大哥檢查一下傷口，看看兄弟我能否幫得上忙。」

薛勝景道：「又不是什麼重傷，只是被劃破一點皮，你可別聽外面的謠言。」

胡小天道：「外面早已是滿城風雨，大哥，小弟可真是擔心壞了。」

薛勝景心中暗自冷笑：「擔心？你小子什麼人我不清楚？你會擔心我的性命？今天前來只怕是另有所圖吧？」

胡小天向前探了探身子，低聲道：「大哥，我聽說是霍小如刺傷了你？」他用詞非常謹慎，只說刺傷沒說刺殺。

薛勝景不露聲色道：「兄弟還聽說了什麼？」

胡小天道：「還聽說昨晚王府丟了東西！」

薛勝景目光一凜，看來天下間果然沒有任何秘密可以守得住，雖然自己特別警告，可是昨晚的事情終究還是傳了出去，他歎了口氣道：「好事不出門惡事行千里，人言可畏，人言可畏啊！」

胡小天道：「大哥，那霍小如因何會做出那種事啊？」

薛勝景眼皮一翻，目光瞥了胡小天一眼道：「兄弟好像很關心她的事情啊！」語氣中已經有些不滿。

胡小天道：「不瞞大哥，小弟和霍小如早就相識，在我的印象中她只是一個普通的舞姬，手無縛雞之力，性情也非常的柔順，不知為何會突然做出這樣的事情……」

薛勝景重重哼了一聲，冷冷望著胡小天道：「兄弟今天過來好像不是專程探望我的吧？」

胡小天看到這廝有翻臉的苗頭，慌忙賠著笑臉道：「大哥不要生氣，兄弟當然是來探望大哥的，只是……」他歎了口氣道：「我也不瞞大哥，我此次前來的確想見見霍小如。」

薛勝景冷笑道：「你要見霍小如？」

胡小天道：「大哥若是不同意那就算了，只是我實在是想不通這其中的道理，她為何要做這種事，以我對她的瞭解，她應該不是這種人。」

薛勝景道：「你不是為她說情的？」

胡小天苦笑道：「兄弟我又不是傻子，這人情太重，我可張不開這張嘴。」心中隱約感到不妙，從薛勝景目前的表現來看，他應該沒可能讓自己和霍小如見面，至於說情更是沒有半點可能。

薛勝景卻在此時歎了口氣道：「本王心中也是想不通啊，兄弟，你既然和她相識，當哥哥的也不能不給你這個面子，也罷，你去見她吧。順便幫我告訴她，如果肯道出幕後的主謀，我或許可以放她一條生路。」說話的時候意味深長地看了胡小天一眼。

胡小天被他看得有些不寒而慄，他實在沒想到薛勝景竟然那麼容易就同意自己和霍小如見面，以這廝一貫的個性，按理不會如此通情達理，該不會想借著霍小如的事情坑老子一把吧？轉念一想又沒有太多可能，事到如今，也唯有硬著頭皮走下去。

兒女情長乃是成大事者的大忌，可胡小天來到這個世上之初原本就沒打算成就什麼大事，本以為生在富貴之家，頂著官二代之名舒舒服服地混上一輩子，可現實卻讓他不得不捲入這一時代的滔滔洪流之中，是隨波逐流還是逆流而上？胡小天從開始的聽之任之，已經表現出越來越多的主動，不是什麼野心作祟，只是為了一個簡單質樸的目的，活下去。

可活下去也不容易，霍小如忍辱負重二十年，支撐她活下來的唯一信念就是復仇，可是當她終於知道自己無時無刻不想殺死的這個人竟然是她的親生父親，方才明白命運給她開了一個何其殘酷的玩笑。霍小如無法斷定薛勝景所說一切的真偽，但是她已經開始相信這位大雍燕王就是自己的父親。雖然無法接受，但是事實畢竟是事實。

門鎖的響動聲讓霍小如從沉思中驚醒，她此時的心情可以用萬念俱滅來形容，多年來支撐她活下來並為之奮鬥的信念完全崩塌，她將何去何從。目光鎖定在門前，霍小如的俏臉之上瞬間充滿了不可思議的表情，她無論如何都想不到胡小天會出現在自己的面前，咬了咬櫻唇，疼痛讓她意識到眼前的一切絕不是幻象。

胡小天向陪他同來的鐵錚道：「麻煩鐵總管了，我想和她單獨說幾句話。」

鐵錚點了點頭，目無表情地轉身出去，將房門帶上了。

胡小天傾耳聽去，鐵錚並未走遠，就在門外，以他的武功修為，裡面的說話聲應該瞞不過他的耳朵，除此以外，還有兩個微弱的呼吸聲。胡小天辨明了方位，這座倚雲樓內看來佈置了不少燕王的耳目，薛勝景果然不放心自己和霍小如見面，派人監視自己的一舉一動。

胡小天的目光落在霍小如的俏臉之上，經年不見，兩人的境遇卻已經發生了天翻地覆的變化。望著霍小如蒼白如紙的俏臉，胡小天心中感到一陣酸澀，這一夜不知她遭受了怎樣的折磨？

霍小如望著胡小天，她竭力想讓自己平靜，可是不知為何眼圈卻不爭氣地紅了起來。

胡小天來到她面前，伸出手輕輕為她撩起額頭亂髮，輕聲道：「你沒事吧？」聽到胡小天溫暖的聲音，霍小如的淚水再也止不住，無聲從白玉無瑕的俏臉之上滑落，她緊咬櫻唇，搖了搖頭。其實她早已知道胡小天抵達雍都的消息，也曾經想過和胡小天見上一面，可是她清楚自己此次前來雍都的使命，以教習歌舞作為掩護，在雍都數月就是為了等到燕王薛勝景回來，尋找機會報仇雪恨。本以為和胡小天註定此生擦肩而過，卻想不到在這種情況下他居然會出現在自己的面前。

霍小如點了點頭，含淚露出一絲微笑。

胡小天以傳音入密道：「咱們的一舉一動全都在外人的監視之中，小如，我不知燕王肯不肯賣給我這個面子，而今之計唯有冒險一試。」

霍小如用力搖頭道：「小如落到今日下場完全是咎由自取，公子不必管我。」

胡小天繼續以傳音入密道：「回頭我會向薛勝景說咱們過去在康都的時候曾有私情，他若問你，你不必否認，只管承認就是。」

霍小如的俏臉之上飛起兩片紅雲，他果然是來救自己的，可是他並不清楚自己和薛勝景之間的關係，說這樣的謊言，那會讓自己何其難堪。

霍小如道：「公子，你能來看我，小如已經感激涕零了，你不用為我做任何事情。」

胡小天用目光制止了她說話，又用傳音入密道：「你記住，千萬不可承認你要刺殺他，只說當時不知是什麼人在你耳邊說話，然後你就暈乎乎失去了意識。」

霍小如不解地眨了眨眼睛，胡小天道：「這世上原本有種迷魂大法的。」其實胡小天也沒有什麼救霍小如的好辦法，剛才在見到董天將的時候，忽然想起那天晚上胡笳聲讓董天將和那幫虎標營的將士全都迷失了心性，於是才想出了這個極其牽強的方法。

霍小如道：「胡公子，你不用為我求情了……」她其實已經明白就算胡小天不出面，薛勝景這位生父也不可能傷害自己，可偏偏這個秘密卻讓她難以啟齒。

胡小天以傳音入密向霍小如道：「你叫我一聲相公！」

霍小如內心一怔，旋即明白了胡小天的用意，咬了咬櫻唇，表情變得羞赧無比，雖然她並不想胡小天插手這件事，可胡小天的到來仍然讓她心中感動之極，患難見真情，落難之時別人唯恐避之不及，也只有胡小天敢於來到燕王府為她求情，讓自己叫他相公，並不是口頭上想占自己的便宜，而是故意讓那些在暗中監視的人聽到，為了營救自己，他也是不惜一切了。

霍小如美眸含淚，望著胡小天，櫻唇輕啟，幾度欲言又止。

此時胡小天卻突然低下頭去，在她櫻唇之上吻了下去。霍小如手足被縛，避無可避，櫻唇被胡小天吻了個正著，嬌軀宛如觸電般顫抖了一下。胡小天只是蜻蜓點水般親吻了一下，然後馬上離開。

霍小如顫聲道：「相公！」叫完這兩個字，淚水宛如決堤的河水一樣在俏臉之上肆意奔流。

在房間的東南側牆壁處有一個隱藏的小孔，燕王薛勝景正通過這個小孔觀察著裡面發生的一切，當他看到胡小天走過去親吻霍小如的時候，驚得下巴差點沒有掉在地上，而後又聽到霍小如叫了胡小天一聲相公，薛勝景此時的心情真可謂是天雷滾滾。這貨是個太監啊！女兒怎麼會叫一個太監相公？更讓他鬱悶的是，胡小天還是他八拜為交的結拜兄弟，如心是你的侄女啊！禽獸！

胡小天還想說什麼，外面已經傳來鐵錚的聲音：「胡大人，王爺請您下去。」

胡小天心中暗罵，這才剛剛見面，怎麼就催老子下去，至少也等我把話說完，可薛勝景既然已經發話，他也不好在這裡繼續逗留，離去之前，安慰霍小如道：「你不用害怕，萬事都有我在。」

霍小如向他擠了擠眼睛，想要傳遞給他不用擔心的意思，可胡小天顯然沒有領會她的意思，轉身出門而去。

薛勝景現在整個人的感覺都不好了，對於男歡女愛之事他早已見怪不怪，可是今次卻是發生在他女兒的身上，更讓他幾欲抓狂的是，剛剛胡小天竟然親吻了自己的女兒，女兒居然還叫了他一聲相公，居然叫這個太監相公！薛勝景的內心中有一團火在燃燒，燒得他坐立不寧，所以他才當機立斷馬上就將胡小天叫了出來，完全忘記了自己讓胡小天去見霍小如的初衷。

望著再度出現在自己面前的胡小天，薛勝景一臉的冷笑，額頭上的青筋全都暴出來了，當爹的感覺算不上太爽，難怪都說可憐天下父母心，看著別的爹娘為兒女的婚事操碎了心，薛勝景此前還認為那些父母純粹是自尋煩惱，可現在他算是真真正正體會到了，女兒找了個太監！想到這件事，他的肺都要氣炸了，哪還會對胡小天有什麼好臉色。

胡小天看到薛勝景臉色不善，就知道這廝肯定剛剛偷看了自己和霍小如見面的全過程，既然敢做當然不怕他看，胡小天親吻霍小如，目的就是要引起薛勝景的好奇心，從而好提出要求。胡小天雖然聰明，但是他就算敲破腦殼也想不到薛勝景和霍小如之間的關係，故意歎了口氣道：「大哥，為何叫得這麼急？兄弟還沒有來得及問誰是背後的主使呢。」

薛勝景呵呵冷笑了一聲道：「我看不必問了，她嘴硬得很，問她也不會說。」

胡小天道：「那也未必，我和霍小如還算是有些交情的，只要曉之以情，動之以理，未必她不會說出實情。」

「什麼交情？」薛勝景咄咄逼人地問道。

胡小天道：「此事說來話長。」

薛勝景端起茶盞，手微微有些發抖，強行壓制住心中的怒氣，關心則亂，天下任何一個父親看到女兒和一個不男不女的太監親嘴都會生氣，薛勝景好不容易才控制住自己的情緒，擠出一個生硬的笑容道：「兄弟說來聽聽……」叫兄弟的時候，薛勝景恨不能反手抽自己一個嘴巴子，天下間哪有這種兄弟？居然搞我女兒！

胡小天道：「不瞞大哥，其實我和霍小如在康都的時候曾經有過一段情。」

「我就知道！」薛勝景是咬著牙根說出這番話，心裡的火苗是蹭蹭往上冒啊。

胡小天也意識到薛勝景的神情不對，他笑了笑道：「大哥若是不想聽就算了，權且當我沒說過。」

薛勝景硬生生擠出一個難看的笑容道：「兄弟你說，你說，不過……你不是個太監嗎？」

胡小天緩緩站起身來，雙手負在身後，腳步沉重地走向窗前，望著窗外瀟瀟春雨，長歎了一口氣道：「沒有人生來就是太監，大哥，我入宮之前也是個完完整整的男人！」

薛勝景望著胡小天的背影，雙目如箭，早已將胡小天射了個千瘡萬孔：「你是說……」

胡小天點了點頭道：「不錯，我還沒有入宮之前，我和霍小如就已經相識，我仰慕她的絕代風華，她欣賞我的博學多才，一來二去我們……」

「怎樣？」薛勝景雙拳緊握，咕嘟咽了口唾沫，緊張的連大氣都不敢喘一口。

胡小天轉過身去，向他笑了笑，居然顯得有些不好意思：「我們兩情相悅，情投意合，於是就……」

「怎樣？」

胡小天道：「大哥何必問得那麼詳細，其實男女之間的事你都明白的。」

薛勝景感覺雙腿發軟，喉頭發乾，端起茶盞咕嘟咕嘟將茶葉都灌倒肚子裡去了，胡小天啊胡小天，我操你八輩祖宗，你個死太監竟然敢搞我閨女。

胡小天道：「因為小如的身分，我當時不敢將她的事情告訴父母，於是我們只能私定終身。」

薛勝景將茶盞重重一頓，把胡小天嚇了一跳。薛勝景道：「真是豈有此理，想不到你爹娘竟然有這麼重的門戶之見。」

胡小天道：「大哥，其實此事怪不得我爹娘，小如她畢竟只是一個舞姬，我乃是堂堂戶部尚書府公子，我若是娶了她，我爹在朝內如何能夠抬得起頭來？」

薛勝景怒道：「簡直混帳！」

胡小天沒來由被他罵了一句，心中有些迷糊了，實在不知道薛勝景為何發怒。

薛勝景道：「那霍小如的人品樣貌才學哪樣配不上你？你還嫌棄人家出身不好？既然如此，你又何必招惹人家？」

胡小天真是有些糊塗了，這薛勝景腦子該不是抽風了吧？居然替霍小如說話。想想此人一貫的性情，應該是故意惺惺作態，迷亂自己的視聽，這老狐狸可真會演戲。胡小天笑道：「大哥說得是，其實我也是這麼想，本來我也想過慧劍斬情絲，可惜霍小如不肯，她對我一往情深，還說寧願不要身分也要和我相守一生。」

薛勝景只感到頭皮一陣陣發緊，背脊後面冷颼颼如墜冰窟，難道是天理循環報應不爽，自己的女兒也要遭到如此報應？如果胡小天所說的一切屬實，那麼他們之間的命運和自己當年又何其相似。

胡小天道：「我被她的一片真情感動，於是我就瞞著爹娘悄悄在外面置辦了一套宅子。小如不要什麼名份，只求和我廝守一生，我也準備對她好一輩子，可是朝廷忽然派我去西川任職，前往西川路途遙遠，小如本來想陪著我一起前往，可是那時候她不巧有了身孕，不宜遠行。」

薛勝景兩隻小眼睛差點沒從眼眶裡瞪出來，完了！完了！兩人早已是木已成舟，女兒都懷了他的孩子。

胡小天道：「誰曾想我去西川之後就發生了驚天巨變，我回到康都就再也沒有小如的消息，到後來我為父贖罪，淨身入宮。本以為我從此以後和小如再無相見的機會，可是卻沒有想到在雍都又會和她相逢。」

薛勝景的掌心內全都是冷汗：「你……你們此前可曾見過面？」

胡小天道：「我雖然知道她也在雍都，可是我已經變成了這個樣子，如何去面對她？如果不是她這次做出了這樣的事情，我想我這輩子都不會再和她相見。」他歎了口氣道：「再見也只是徒增傷悲罷了。」

薛勝景道：「你剛剛說她懷了你的孩子？」

胡小天點了點頭道：「此事也正是我最想知道的，小如在我離開康都的時候已經懷胎五月，按說那孩子早已生下來了，剛才我正想問孩子的下落，卻被鐵總管叫了出來。」他向薛勝景拱了拱手道：「大哥，小弟問過小如，她和你無怨無仇，當時刺殺你只是因為被一個奇怪的聲音掌控，所有行為都由不得自己掌控，我看她很可能是中了迷魂術。」

薛勝景心中暗自冷笑，你想救她性命就直說，何必拐彎抹角，迷魂術？既然是什麼迷魂術，又為何要在髮簪上餵毒？不過胡小天的這番話卻提醒了他，迷魂術？不失為一個為女兒開脫罪名的方法。

胡小天道：「大哥，兄弟斗膽求您放過她的性命，我這輩子對她實在是虧欠太多，更何況我至今還不知道我和她的骨肉現在何處，小如若是死了，那可憐的孩子不但沒了娘親，而且這輩子恐怕也找不到了，大哥，那可是我們胡家唯一的骨血，也是您的侄兒啊！」

薛勝景心中暗罵，放你娘的屁！縱然真有這個孩子，那也是我的外孫，胡小天啊胡小天，你這混帳占盡了我的便宜。薛勝景滿肚子的委屈沒地兒訴說，臉色一沉道：「兄弟，此事我只當沒有聽你提起過，霍小如的事情你不必再提。」

「大哥，您究竟怎樣才肯放過小如？」

薛勝景朗聲道：「送客！」

胡小天灰溜溜離開了燕王府，他以為自己的計策沒有得逞，卻想不到他剛才的這番話已經把燕王薛勝景弄得三觀盡毀，天雷轟頂。薛勝景只差沒有親自拿起笤帚將胡小天掃地出門，正所謂關心則亂，事情沒落在自己身上怎麼都能做到心平氣和，可是一旦發生在自己身上，尤其是親生女兒身上，薛勝景再也無法淡定了。

胡小天離去之後，薛勝景第一時間就來到了倚雲樓。胡小天剛才的那番話讓他百爪撓心，雖然他也想過胡小天為人世故圓滑，他嘴裡的話未必是實情，可如果不親口問女兒一聲，他是無論如何都無法安心的。

霍小如仍然沉浸在胡小天一吻帶來的心跳中，俏臉的溫度還未褪去。

薛勝景已經氣急敗壞地來到她的面前，壓低聲音道：「如心，你和胡小天到底是何關係？為何剛才要叫他相公？」

霍小如聽他這樣問，已經知道剛才自己和胡小天對話之時他始終都在暗處偷聽，難怪胡小天會表現得如此謹慎。心中既為胡小天的處境感到擔心，又因薛勝景偷聽他們的談話而氣惱，冷冷道：「我和他的事情跟你又有何關係？」

薛勝景苦著臉道：「怎會跟我沒有關係？」本想說我是你爹，可話到唇邊又硬生生吞了下去，他也明白霍小如絕不會輕易認他，改口道：「你怎麼會跟他私定終身？」

霍小如咬了咬櫻唇，猜測到一定是胡小天在他面前胡說八道了一通，可胡小天既然說了，她總不能拆穿，想起他之前交代自己要承認他們之間有私情，當下將心一橫道：「那又怎樣？」

薛勝景聰明一世糊塗一時，最主要還是因為對女兒的關心而讓他心境煩亂，他捶胸頓足道：「你啊，真是糊塗啊，沒有明媒正娶就把孩子都幫他生下來了，這可如何是好？」

霍小如驚得美眸圓睜，俏臉一直紅到了脖子根兒，胡小天啊胡小天，你簡直是胡說八道，說我跟你私定終身已經很過分，現在竟然說跟我有了孩子，人家還是雲英未嫁之身，這件事傳出去你讓我如何見人？霍小如也知道胡小天一定是為了救自己方才出此下策，看到薛勝景痛苦模樣竟似已經相信，心中竟然有些想笑，既然如此，索性不怕承認，她將俏臉扭向一邊：「為他們胡家留下一脈骨血，我死亦無憾。」然後又歎了口氣：「只是……只是……我的確對不起……小寶……再也見不到他了……」霍小如畢竟是表演科班出身，為了配合胡小天也是豁出去了，說到這裡淚光連連，居然抽噎起來。

薛勝景看到如此情形，更加相信胡小天剛才的話，看來都是真的，孩子的名字都起好了，小寶！他喟然歎道：「如心，你糊塗啊！你知不知道，那胡小天如今已經是個太監，你……你……」一時間心頭堵得難受，連話都說不利索了。

霍小如道：「我不管他變成什麼樣子，總之他心裡對我好，我就不會計較任何事，什麼身分地位我都不會在乎，我在乎的只是他！」

薛勝景的內心如同被重錘擊中，眼前忽然浮現出亡妻的影子，她的音容笑貌仍然歷歷在目——勝景，我不管你變成什麼樣子，更不管你是王爺也好，乞丐也好，總之你心裡對我好，我就不會計較任何事，什麼身分地位我都不會在乎，我在乎的只有你……

舊日種種情意瞬間湧上心頭，薛勝景心中暗歎，難道這就是報應，上天讓我和雲綺的悲劇在女兒的身上重新上演？可悲！可歎！可惱！可是……木已成舟又有什麼辦法？

御書房，大雍皇上薛勝康靜靜坐在窗前凝望著屋簷上宛如珠簾般不斷滴落的晶瑩雨滴。一陣微風吹過，雨滴忽然亂了節奏，薛勝康有些厭惡地皺了皺眉頭，此時他聽到外面傳來通報聲：「陛下，石統領來了！」

「讓他進來！」

石寬大步走入御書房內，屈膝跪倒在皇上面前。

薛勝康道：「起來吧！」

石寬站起身來。

薛勝康此時方才將目光從窗外收了回來，在石寬方正的面龐上掃了一眼道：「老二的事情查清了沒有？」

石寬恭敬道：「啟稟陛下，昨晚在燕王府的確發生了行刺案，行刺王爺的乃是大康名伶霍小如。卑職奉了皇上的命令前往提審霍小如，卻被王爺拒絕，根據卑職掌握的情況，王爺並沒有對霍小如用刑，而是將她暫且關押，今天清晨大康遣婚史胡小天前往燕王府，據說是為霍小如說情去了。」

薛勝康點了點頭，拿起毛筆在書案上緩緩寫了一行字——山雨欲來風滿……最後一個樓字卻沒有急於落筆，墨汁一滴一滴滴落在宣紙之上：「你有沒有覺得哪裡不對？」

石寬道：「卑職不知皇上指的是什麼？」

薛勝康道：「你不必有什麼顧忌，說！」

石寬這才躬身行禮道：「陛下恕罪，以卑職的瞭解，王爺並不是個寬容之人！」

薛勝康的唇角露出一絲淡淡的笑意：「何止如此，他向來是睚眥必報！朕還記得，兩年前，他寵愛的一位侍婢，只不過打碎了一個普通的杯子，就被他用碎裂的瓷片硬生生割裂了喉嚨。朕還記得，一年前，兩位侍婢因為雨天沒有記得脫去沾滿泥水的鞋子，而弄髒了他的地毯，被他下令砍去兩人的雙腳……這些事全都是你通報給我的。」

石寬道：「陛下明察秋毫，王爺這次的確一反常態。」

薛勝康道：「所以朕才派你去要人，他不肯給，就證明這個霍小如極其重要。」

石寬道：「屬下不明白，王爺平時從來都不會違逆陛下的命令，別說是一個舞姬，就算是要他的任何東西，他都不會皺一下眉頭。」

薛勝康道：「老二曾經說過，他所有的一切都是朕的，朕何時想要，何時可以拿走，甚至包括他的性命。」說到這裡薛勝康終於落筆，在宣紙之上寫下一個大大的樓字。

目光望著桌上的字，他並不滿意，皺了皺眉頭，抓起這幅字揉成一團，隨手扔到了地上。

從皇上細微的動作就能夠看出他的心情並不好。

石寬不敢多說話，小心翼翼伺候在一旁。

薛勝康道：「儘快查清霍小如的底細。」

「是！」

石寬剛剛離去，司禮監提督白德勝又匆匆趕了過來低聲通報道：「陛下，太后娘娘的鳳輦已經到了皇宮！」

薛勝康心中一怔，此事非常突然，母后竟然在沒有提前告知的前提下來到了皇宮，不知為了什麼事情？自從她在慈恩園頤養天年之後，除了重大慶典已經很少過來皇城，不知今日為何破例？薛勝康隱約感覺到有些不對，甚至猜測今日母后的到來很可能和昨晚燕王府的行刺事件有關。

薛勝康本想出迎，卻又想起了什麼：「白德勝，你為何現在才向朕通報？」

白德勝道：「啟稟陛下，太后娘娘此前並未透露出任何的消息，看來她是有意瞞著宮裡，想要給皇上一個驚喜。」

「驚喜？」薛勝康搖了搖頭，馬上放棄了前往迎接母后的想法，既然要給自己驚喜，若是表現出有所準備豈不是讓她失望？

薛勝康重新回到書案前，白德勝慌忙跟了過來，極有顏色地將墨研好，薛勝康飽蘸濃墨之後，在鋪平的宣紙上寫下四個大字——覆雨翻雲！

「太后駕到！」

聽到這聲通報，薛勝康方才拿起棉巾擦淨雙手，迎了出去。

雨已經停了，御書房外面的雅趣園內植被蒼翠欲滴，到處洋溢著一片生機盎然的景象，太后在董公公的攙扶下，一步三搖地沿著曲折的小徑走了過來。

薛勝康慌忙快步上前：「母后！您怎麼來了？孩兒參見母后！」

蔣太后呵呵笑了起來，來到薛勝康的面前，在他臉上端詳了一下道：「哀家聽靈君那個丫頭說這兩天你政務繁忙，而且身體不適，所以抽不出時間去慈恩園見我，本來哀家是不該給你添麻煩的，可是這心裡又惦念著，在慈恩園待得心緒不寧的，於是就決定到宮裡走走，沒提前打聲招呼，皇上不會怪罪我吧？」

薛勝康笑道：「母后言重了，這裡本來就是您的家，慈寧宮也一直都為您收拾得好好的，您什麼時候想回來住，就什麼時候回來，根本不用跟任何人打招呼。」

蔣太后笑道：「就知道你孝順。」她轉向董公公道：「你們都在外面候著，我和陛下單獨說幾句。」

「是！」

一群太監宮女全都退出了園子。

薛勝康來到母親身旁，攙起她的臂膀，恭敬道：「母后，咱們裡面說話？」

蔣太后搖了搖頭道：「不了，裡面氣悶得很，你就陪我在外面走走。」

娘倆來到園子裡的洗硯亭坐下。

蔣太后伸手握住兒子的大手，輕聲道：「勝康，自從你當了皇上，咱們娘倆像現在這樣單獨相處的機會已經越來越少了。」

薛勝康微笑道：「孩兒最近政事的確忙碌了一些，等處理完這些事，一定多去慈恩園陪母后說話。」

蔣太后歎了口氣道：「你心裡想著天下事，我這個做娘親的也不該成為你的負累，不要刻意過去，逢年過節能夠去哀家那裡看看，就已經心滿意足了。」

薛勝康道：「母后若是想孩兒了，就在宮裡住些日子，這樣孩兒也就可以每日都去您那裡請安。」

蔣太后笑道：「這宮裡哀家是住不慣了，真要是過來，每天被你的那幫嬪妃就得吵死，我還想多過幾天清淨日子呢。」

薛勝康不由得笑了起來，太后離開皇宮前往慈恩園常住，很大的一個原因就是厭倦了那些嬪妃爭寵，嬪妃為了上位不僅要討好皇上，還要討好太后，薛勝康對這種事情也沒什麼辦法，歷朝歷代無不如此。

蔣太后道：「你比前些日子瘦了，不要光忙著政務，也要顧惜自己的身子。」

「是！孩兒謹遵教誨。」

蔣太后道：「你們兄妹三個，哀家最放心的就是你，你也是最有出息的。」

薛勝康道：「承蒙母后疼愛，生養之恩，孩兒沒齒難忘。」

蔣太后笑道：「別說什麼生養之恩，既然生下你們，就應該教養你們，在哀家眼中，你們都是我的心頭肉。」

薛勝康道：「母后放心，孩兒一定會善待他們。」他敏銳覺察到了母后今天前來的主要目的。

蔣太后道：「哀家聽說昨晚燕王府裡發生了一件大事。」

薛勝康道：「母后不必聽外面的傳言，只是一樁小事罷了，而且事情已經解決，怎麼？勝景沒去慈恩園給您報聲平安？」

蔣太后道：「兒大不由娘，你們都以為哀家老了，也擔心我受到驚擾，所以很多事情都瞞著我。」

薛勝康道：「母后，孩兒不敢欺瞞母親，只是既然沒有什麼大事，就不必驚擾母親的清淨了。」

「勝景被人刺殺，險些丟掉了性命，這還不叫大事？」

薛勝康望著面露慍色的母親，心中忽然一沉，他開始意識到母后不去燕王府探望薛勝景，而是直接來到宮裡，她是在懷疑這起刺殺和自己有關嗎？他低聲道：「母后，孩兒第一時間已經派出太醫前往為勝景療傷，他只是一些皮外傷，沒什麼大事，所以母后不要太過擔心。至於這起刺殺，也已經開始全面調查，務必查個水落石出，確保以後不會有同樣的事情發生。」

蔣太后道：「你們三個是一母同胞，在哀家眼中沒有任何分別，但是當年你父皇在世的時候，最為偏愛的是勝景，他聰明伶俐，能言善辯，曾經一度，你父皇竟然生出要立他當太子的念頭。」

薛勝康微笑道：「其實我們兄弟誰坐這個位子都是一樣，若是二弟當年繼承大統，我這個做哥哥的絕不會有半句怨言，一定會竭盡全力輔佐他成就大業。」

蔣太后道：「論心胸你是兄弟之間最為廣闊豁達的，論眼光你也是最為長遠的。勝景卻不一樣，他貪圖享受，沒有什麼宏圖大志，你父皇當年曾經試探過他，問他想不想做皇帝，你猜他說什麼？」

薛勝康笑瞇瞇望著母親。

「這個混小子竟然說傻子才會做皇帝，他才不要為國家大事操勞，寧願逍遙自在快活一生。」

薛勝康笑了起來：「老二就是這個性子，他玩心太重，其實他也沒說錯，坐在這個位子上，就註定要操勞一生。」

蔣太后道：「他真正觸怒你父皇的，還是因為那個青樓女子……」

薛勝康淡然道：「母后，事情都已過去那麼多年，您不說，我都幾乎忘了。」

「怎能忘呢？當年只有你肯替他說話。」

薛勝康道：「孩兒仍然記得，當初因為為他說話還觸怒了父皇，他隨手拿起一塊硯台就朝我砸來，到現在額角上還留有一個疤痕呢。」

蔣太后道：「那時候連哀家也堅決反對勝景的事情，你父皇還揚言要將那個青樓女子凌遲處死。」

薛勝康道：「父皇是愛之深責之切，當時也是為了咱們皇族的聲譽。」

蔣太后道：「哀家雖然站在你父皇的立場上，可是我並沒有想過要將他的一對子女置於死地，你父皇雖然雷霆震怒，可是最後也只是下了道密旨，悄然結果那個女人，留下我們皇家的血脈。」

薛勝康道：「後來發生了什麼？」

蔣太后道：「不知是什麼人提前給勝景透露了消息，說你們父皇震怒，要將他們娘兒三個全都凌遲處死，勝景驚恐之下，方才安排他們母子三人逃離雍都，誰曾想在途中為了逃避馬匪，他們母子三人乘坐的馬車卻跌下了山崖，等勝景找到馬車的時候，發現母子三人早已被群狼分食……」說到這裡，蔣太后的眼圈也不禁紅了，黯然歎了口氣道：「那女人死了並不可惜，只是可惜了哀家的一對孫兒了。」

薛勝康拍了拍母親的手背，表示安慰。

蔣太后整理情緒之後又道：「你父皇得知此事之後，整個人深受打擊，因此而生了重病，哀家知道他的心思，幾次都讓勝景過來探望，可是勝景卻認定了那件事是你們父皇所為，決定和他老死不相往來。」

薛勝康點了點頭道：「孩兒也親自去勸過勝景，可是他實在太倔強，也實在是太傷心。」

蔣太后道：「你父皇不久鬱鬱而終，他臨終之前始終呼喊著勝景的名字，希望得到勝景的諒解，哀家知道，你父皇雖然心狠，但是他無論如何都不會向自己的親孫兒下手。勝景卻終未出現，直到你父皇駕崩之後，他方才來到宮中守靈，但是從那時開始，他就變得越發自暴自棄，縱情聲色犬馬，玩物喪志，暴飲暴食，變成了而今這幅模樣。」

薛勝康道：「母后，這些不開心的事就別提了，至少勝景現在平平安安的。」

蔣太后道：「這些事，哀家從未向勝景提過，到現在他心中仍然恨著你們的父皇呢。」

薛勝康內心一震，母后的這番話意味深長，顯然是在暗示自己什麼。

「哀家已經是古稀之年，想來在這世上已經沒有多少時日，哀家在的時候，你們兄弟平平安安和和睦睦，若是哀家走了，也希望你們還像現在一樣。」

薛勝康道：「母后只管放心，只要孩兒在的一天，就會照顧好他們。」

蔣太后露出一絲欣慰的笑意：「勝景的事情就是你的事情，他出了任何事情，哀家不找別人，就找你這個當大哥的。」

薛勝康恭敬道：「母后放心，他們在孩兒的心中始終都如同手足一樣。」

胡小天回到起宸宮，換回了自己的那身孝服，正準備裝模作樣地去靈堂哭上一場。卻看到向濟民朝他走了過來，胡小天道：「婉兒呢？」

向濟民道：「那小姑娘受了驚嚇，好不容易才哄她睡了。」

胡小天點了點頭道：「勞煩向大人代為照顧。」

向濟民道：「胡大人，燕王府昨晚的事情傳得沸沸揚揚，再有三天就是公主的頭七了。」他這番話聽起來有些莫名其妙，兩件事似乎風馬牛不相及，可胡小天卻明白他的意思，向濟民是勸他不要節外生枝了。

胡小天微笑道：「你放心吧，我心中自有回數。」

胡小天出了自己居住的院子，來到靈堂，剛好又有一群人前來拜祭，胡小天從中居然看到了一張熟悉的面孔，乃是興隆行的大掌櫃昝不留。

昝不留也在同時看到了胡小天，他上香拜祭之後，和七皇子薛道銘說了幾句話，然後很快走向胡小天。胡小天作勢要向他下跪，昝不留慌忙拉住他的手臂道：「胡大人，這可使不得。」

胡小天道：「凝香樓一別已有多日，想不到昝大掌櫃也會過來。」心中卻明白昝不留十有八九是衝著薛道銘過來的，薛道銘以亡妻之禮對待安平公主，雍都的達官顯貴自然都要趁著這個機會和他套套關係。

昝不留道：「昝某此次前來是特地慰問胡大人的。」

胡小天道：「小天在雍都的朋友不多，能夠結識昝大掌櫃實在是我的榮幸。」

昝不留道：「自從凝香樓一別，昝某一直都準備過來拜會胡大人，可沒成想不等我過來就發生了這種不幸的事情，還望胡大人節哀順變，一定要保重身體。」

胡小天道：「事情既然已經發生，小天也不得不接受這個痛苦的現實。」

昝不留道：「聽聞等安平公主頭七後，胡大人就要護送她的骨灰返回大康？」

胡小天點了點頭道：「確有此事。」

昝不留道：「昝某明日也要前往大康，處理興隆行的一些事情，相信咱們應該有緣在康都相聚。」

胡小天聞言大喜過望，誠意相邀道：「昝大掌櫃去康都的時候一定不要忘記找我，那時候，想必這些事情已經料理完畢，我一定陪著昝兄好好喝上幾杯。」

昝不留道：「一言為定。」他也不便在這裡久留，向胡小天告辭離去。

胡小天將他送到門前，此時忽然聽到外面有人大聲通報道：「燕王殿下到！長公主殿下到！」

胡小天心中不由得一怔，自己剛剛才從燕王府回來，這邊燕王薛勝景就到了，卻不知他此次前來又是為了什麼？難道單純是為了拜祭安平公主？不對啊，昨兒他過來了，今天怎麼又來了？肯定不是為了拜祭安平公主，八成是衝著自己來的。

燕王薛勝景此次前來的確不是為了拜祭安平公主，之所以選擇來起宸宮露面，是要讓大家都看看自己根本沒什麼事，自從昨晚刺殺事件之後，一夜之間雍都鬧得滿城風雨，什麼樣的謠言都有，甚至有人傳言說他性命垂危就要死了。起宸宮目前正是達官顯貴彙聚的地方，在這兒走上一圈，等於做了一個公開聲明。

長公主薛靈君卻是在胡小天離去不久之後到了燕王府，專程探望自己的這位同胞兄長，來起宸宮是她預先安排的日程之一，只是沒有想到二哥會有興趣同來。

七皇子薛道銘聽說叔叔、姑姑全都到了，慌忙迎了出來。

長公主薛靈君不等他跪下就將他拉了起來，望著薛道銘憔悴的面孔歎了口氣道：「只不過短短幾天，怎麼瘦成了這個樣子，道銘啊道銘，你可要懂得顧惜自己的身子。」

薛道銘道：「多謝姑母大人掛懷，道銘沒什麼事情。」

胡小天站在一旁，看到薛勝景的一雙小眼睛朝自己飄過來，這種場合也不適合朝他笑，於是在人群中點了點頭算是打了個招呼。他們兩人一到，自然成為眾人爭相攀附的核心對象。胡小天也沒湊這個熱鬧，獨自一人來到公主的靈柩前跪下，燒了幾張紙錢，平日裡是沒這樣的機會湊近，咧著大嘴帶著哭腔道：「公主啊，你死得好慘啊……啊……」尾音拖得老長，生怕別人不知道他傷心似的。平時這靈堂基本上都被七皇子薛道銘給占了，又如演唱會的內場，自己只有待在看台的份兒，總算撿了個漏子，得到了表現機會。

胡小天這麼一哭倒是吸引了不少人的目光，一名念經超度的和尚禁不住睜開了一支眼睛，心想這位哭得可真是誇張啊。發現胡小天朝自己看來，和尚趕緊閉上眼睛，省得苦主投訴自己不夠敬業。

薛勝景看到胡小天此時的表演不禁有些想笑，可這種場合下必須要忍著，他朝胡小天招了招手。

胡小天假裝沒看見，仍然哭得愁雲慘澹。

薛勝景終於忍不住，讓手下人去叫胡小天過來。

胡小天這才擦乾眼淚走出靈堂，看到遠處長公主薛靈君正在安慰薛道銘。心中暗歎，這個世界上果然人人都帶著面具。

來到薛勝景面前恭恭敬敬道：「大哥好，您怎麼又來了？」

薛勝景聽到這句話真是有些氣不打一處來，一來你不應該叫我大哥，你跟我閨女都有了夫妻之實，你就比我矮了一輩，我來或不來也不要你管，他冷冷道：「怎麼？本王還來不得？」

胡小天聽出他語氣不善，想來是因為自己前往燕王府的事情生氣，此次八成是來找自己晦氣了，心中暗自戒備。

薛勝景道：「這裡並非說話之處，本王有幾句話想單獨問問你。」

胡小天聽他本王本王的自稱，對自己不像此前那樣客氣，心中越發警惕。又和薛勝景一起來到了自己暫住的院子裡，恭敬道：「大哥有什麼話只管說。」

薛勝景道：「你今晨去我那裡說的那件事……」他故意停頓了一下。

胡小天沒有急於插口，而是悄然觀察著薛勝景的表情。

薛勝景道：「本王從霍小如那裡得到的口供，卻和你所說的大相徑庭！」

胡小天心中暗自冷笑，詐我？霍小如絕不會拆自己的台，胡小天歎了口氣道：「我胡小天何德何能，居然可以讓一個女人對我愛得如此死心塌地。」

薛勝景後槽牙都酸了，老子跟你說東，你跟我扯西，他低聲道：「本王更相信一個女人在嚴刑逼供之下所說的話。」

胡小天倒吸了一口冷氣，薛勝景對霍小如用刑了？那就是擺明了不給自己面子？可既然不給面子，他為何要再度登門？這不是多此一舉嗎？胡小天提醒自己一定要冷靜，輕聲道：「看來大哥不打算給兄弟這個情面了？」

薛勝景反問道：「換成是你處在我的位置，你會怎麼做？」

胡小天道：「霍小如只是一個舞女罷了，她當時刺殺大哥完全是因為被人迷惑了心智，不然絕不會做出這種自尋死路的舉動。」

薛勝景道：「你對她還真是情深義重！」

胡小天道：「還望大哥能夠放她一條生路，大哥不妨開出條件，只要小天能夠做到，必盡力而為。」既然已經攤牌，也就沒什麼顧忌可言。

薛勝景呵呵笑了起來。

胡小天道：「大哥這輩子所用的無敵金剛套全都包在小弟的身上。」他及時拋出了一個誘餌，此前用十二隻無敵金剛套就換了薛勝景的碧玉貔貅，現在提出這個條件可謂是下足了血本。

薛勝景道：「無敵金剛套雖然珍貴，可是想用這些東西換一條人命恐怕還不夠誠意。」

胡小天聽他這樣說，心中頓時萌生出希望，他就怕沒得談，只要薛勝景鬆口願意談條件，霍小如的性命就能夠有一絲轉機，胡小天道：「大哥不妨開出條件，只要兄弟我能夠辦到，絕不會皺一下眉頭。」

薛勝景壓低聲音道：「本王要三件東西，一是你剛才答應的，二是陛下賜給你的冰魄定神珠，這第三件事，就是陛下親自下令將她赦免。」

胡小天倒吸了一口冷氣，這三個條件，除了第一個條件容易做到之外，其他兩個條件都是非常困難，冰魄定神珠此前雖然皇上賜給了他，但是在安平公主遺體被劫那一晚就遺失了，他也是剛剛才知道下落，目前定神珠在紅山會館，這件事顯然是夕顏所為。此前他並沒有細想夕顏告訴他這件事的目的，現在想想夕顏應該是在埋雷，只要在紅山會館找到冰魄定神珠，順藤摸瓜找到鴻雁樓地下密室的秘密，那麼黑胡人就百口莫辯了。可是潛入黑胡人的巢穴，找出這顆定神珠談何容易。

胡小天道：「不滿大哥，那冰魄定神珠當初用來保存公主的遺體，可是那天晚上公主遺體被竊走的時候，定神珠也一併遺失了。」

薛勝景斷然道：「這三個條件缺一不可。」

胡小天咬了咬牙道：「大哥，冰魄定神珠我可以想辦法去找回來，可皇上那邊我如何開這個口？」討價還價一直都是他的特長。

薛勝景道：「那就是你的事，咱們畢竟結拜一場，本王不能不給你這個面子，可是我若是放了霍小如，以後我在大雍就沒了面子，除非是皇上開口。」他壓低聲音道：「我皇兄幾度招你入宮，對你恩寵有加，或許他會答應你的要求呢。」

胡小天心中暗忖，薛勝景八成是聽說了自己為皇上治病的事情，其實薛勝康的確當初答應過欠自己一個人情，這個人情直到現在自己都沒有輕易使用，身為皇者都是金口玉言，想他薛勝康乃是一國之君，應該不會反悔，自己如果硬著頭皮向他提出這個要求，他或許不會拒絕。想到這裡，胡小天點了點頭道：「大哥，這三個條件我都答應你，你也得答應我一件事。」

「什麼事情？」

胡小天道：「不得傷害霍小如，更不得對她用刑！」

薛勝景心中暗歎，還用你說，他轉身向門外走去，臨行留下一句冷冰冰的話道：「三天，本王給你三天，如果三天之後你不能將這三件事做好，那麼休怪本王不念兄弟情面。」

胡小天道：「一言為定！」

胡小天回到靈堂，發現董天將兄弟幾個全都到了，他們兄弟幾個也是奉了父親的命令，這幾日時常過來陪同薛道銘，順便開導一下這位癡情的七皇子，剛開始的時候，所有人都以為薛道銘只是在人前演戲，可這幾日觀察下來，發現薛道銘居然真的對安平公主一往情深，表現出的悲傷絕非偽裝，這讓淑妃也格外擔心起來，讓她的幾個侄子這幾日多來起宸宮，畢竟年輕人之間說話更方便一些。

董天將來到胡小天身邊，詢問道：「胡大人今日前往燕王府結果如何？」

胡小天當然不會將實情相告，歎了口氣道：「不出董將軍所料，燕王他不肯給我這個面子。」

董天將心想給你這個面子才怪，霍小如犯下的乃是死罪，燕王什麼人？所謂的賽孟嘗根本是欺世盜名，他那個人最為計較，向來睚眥必報，此番必然不會放過那個刺殺他的舞姬。董天將寬慰他道：「胡大人，有些事是不能勉強的，我看你還是全心辦好安平公主的喪事，其他的事情不必放在心上。」

兩人這邊說話的時候，外面又傳來通報之聲，卻是黑胡四王子完顏赤雄到了。

完顏赤雄前來弔唁根本是衝著七皇子薛道銘的面子，不意在起宸宮見到董天將，真可謂是仇人相見分外眼紅。董天將也沒有選擇迴避，卻見完顏赤雄帶著一群手下徑直朝著自己走了過來。

董天將冷冷望著完顏赤雄，並沒有絲毫退縮的意思。

完顏赤雄在距離董天將三尺之外站定，怒視董天將的雙目：「董將軍好像應該給我交代了！」董天將率眾包圍紅山會館，殺掉他二十一名精銳手下，此等仇恨，刻骨銘心，完顏赤雄這兩日始終在給大雍方面施壓，要求他們給自己一個說法。

董天將正想說話，七皇子薛道銘已走了過來，拱手招呼道：「四王子來了！」

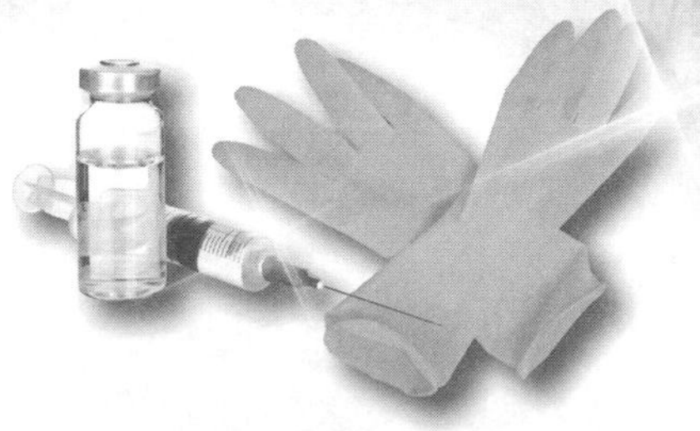

第八章

表演服裝秀

霍勝男迅速換上一名女奴衣服，戴上帽子。
胡小天心中這個鬱悶啊，今晚是表演服裝秀嗎？
剛換上一身衣服，現在又要換，他也明白霍勝男的意思，
想要冒充兩名黑胡女奴光明正大地混進去。
既可以避免多造殺戮，還可以在不驚動對方的前提下潛入鴻雁樓。

完顏赤雄不得不停下對董天將的發難，朝他恨恨點了點頭道：「此事本王絕不會善罷甘休！」雖然大雍方面已經答應必然會給他一個答覆，可是看到董天將仍然好端端地站在這裡，完顏赤雄心中不禁火冒三丈，可他明白董天將的背景非同尋常，縱然如此，這次就算整不死他也要讓這廝蛻層皮，不然也咽不下胸口的惡氣。

胡小天望著完顏赤雄離去背影，歎口氣道：「這胡狗來這裡果然沒安好心。」

董天將攥緊了雙拳，紅山會館之戰，他也損失了十二名兄弟，心中鬱悶不已，可是朝廷從大局出發，目前的意思是向黑胡道歉賠償，可是完顏赤雄咄咄逼人，提出要讓董天將在他死去手下的靈位前下跪上香，如此奇恥大辱董天將豈肯答應。

胡小天道：「我那晚明明看到藍衣人進入了紅山會館。」

董天將道：「我也看到了，可是進入紅山會館搜查卻一無所獲。」

胡小天道：「也許紅山會館還有什麼地方咱們沒有搜到。」

董天將轉向胡小天，目光中充滿質詢。

胡小天道：「董將軍想不想將這件事查個水落石出？」找回冰魄定神珠就必須潛入紅山會館，而胡小天身邊目前已經再無幫手，唯有借助外力，在紅山會館這件事上，他和董天將同仇敵愾，所抱的目標是相同的。

董天將道：「如何查？」

胡小天道：「只要找到證據！」

董天將搖了搖頭道：「過去了這些天，就算是有證據，也已經被他們毀掉，哪有那麼容易能夠找到？」

胡小天道：「我懷疑公主的死也和黑胡人有關，據我得到的消息，他們一直都想破壞大雍和大康兩國的聯姻。」他的這個說法也頗為可信。

董天將雖然對誰害死了安平公主並無興趣，但是他想要查出那晚劫走安平公主屍體的元兇：「你想怎麼做？」

胡小天道：「再搜一遍！」

董天將啞然失笑，那天晚上出動那麼多的人力搜查紅山會館結果一無所獲，自從那件事之後，道理被黑胡方占盡，搞得大雍朝廷灰頭土臉，此前的事情都沒有解決，如果自己再來那麼一次，恐怕連姑姑都保不住自己了。

胡小天道：「既然不方便明著來，咱們就暗著做！」

董天將道：「你以為紅山會館那麼好進？」紅山會館雖然位於雍都，可是那裡卻是黑胡人聚集的地方，裡面潛伏了不少的黑胡高手，更何況經歷了上次的事情之後，黑胡人必然加倍警戒，想要神不知鬼不覺地進入會館絕沒有那麼容易。

胡小天道：「天下無難事，只怕有心人，不瞞董將軍，在下剛好得到了一張紅山會館的地形圖。」

董天將聞言一怔，想不到胡小天還真是厲害，竟然在背後下了這麼大的功夫。

胡小天道：「黑胡人想方設法破壞我們兩國之間的關係，我自然要想一些應對之策。」

董天將看了看周圍，低聲道：「這裡不是說話的地方，咱們換個地方再聊。」兩人來到胡小天居住的房間內，胡小天拿出了一幅手繪地圖，這幅地圖乃是夕顏臨行之前為他留下來的，胡小天為了穩妥起見，又重新手繪了一幅。

董天將看完地圖後，心中暗自讚歎，這地圖之上詳盡標明了紅山會館的各處機關暗道，甚至連佈防的地點時間都掌握得清清楚楚。胡小天指向鴻雁樓道：「我買通了紅山會館中的一名內應，花費了不少功夫才繪製出這張地圖，據他所說，鴻雁樓是整個紅山會館最為神秘的地方，每次黑胡有重要人物前來，都會光顧此地。」

董天將道：「單憑這幅地圖很難證明什麼。」

胡小天道：「如果可以證明，還用得著咱們去找證據嗎？不瞞你說，根據我所掌握到的情況，紅山會館表面上是黑胡人的商會，可背地裡卻幹著刺探中原情報的勾當，他們的很多秘密很可能就藏在鴻雁樓內，如果咱們可以找到黑胡人刺探軍情的證據，局面馬上就會扭轉。」

董天將點了點頭，不錯，就算不能證明黑胡人和擄劫安平公主的遺體有關，如果能夠證明紅山會館是黑胡人的秘密諜報機構，那麼自己就可以從困境中解脫出來。董天將道：「這件事絕不可以公開進行，因為此前我率兵圍困紅山會館的事情，我已經被暫時解除了虎標營統領之職，無法調動虎標營的將士。」

胡小天道：「這種事情當然要秘密進行，不過僅僅咱們兩個恐怕還不夠。」

董天將雖然武力超群，如果硬碰硬對敵，他肯定不會害怕任何人，但是他並不擅長潛入藏匿之術，就算他們可以順利潛入紅山會館，還會面臨有可能出現的機關險境，這方面恐怕還需要一個機關高手相助。

胡小天道：「我心中倒是有了幾個人選。」

董天將道：「你說！」

「霍勝男！她現在也深陷麻煩之中，而且她向來對黑胡人恨之入骨，相信她肯定有興趣加入這件事，她武功一流，加入咱們必然如虎添翼，如果咱們能夠找到黑胡人搜集情報對付中原各國的事情，必然是大功一件。」胡小天之所以會提起霍勝男，也是想趁著這次的機會讓霍勝男得以將功贖罪，躲過這場牢獄之災。

董天將道：「霍勝男現在被大理寺控制。」

胡小天道：「以她的本事，那裡根本困不住她，而且她是尉遲大帥的乾女兒，太后也對她恩寵有加，而且我聽聞她的案子七皇子要親自提審，只要七皇子發話，這件事還不好辦。」

董天將道：「此事不妥，絕不能讓他知道。」論武功董天將是一等一的猛將，可是論頭腦他豈是智計百出的胡小天的對手。

胡小天道：「你只需跟他說，要找霍勝男調查一些情況，以你和七皇子之間的關係，他絕不會產生疑心。」

董天將抿了抿嘴唇道：「好！這件事我來負責，可是霍勝男應該也不懂得機關術。」

胡小天道：「魔匠宗元宗大師可是天下聞名的機關高手。」

董天將苦笑道：「他是機關大師不假，可是他年事已高，兼之性情古怪，豈肯幫忙冒險？」

胡小天道：「他雖然不適合，可是他的兒子宗唐早已盡得他的真傳，如果宗唐肯幫忙出手，這件事絕對成功可期。」

董天將道：「我和他並沒有太深的交情，未必請得動他。」

胡小天道：「宗唐那邊我可以幫忙去請，不過董將軍能否保證如果事情敗露，此事不會牽涉到他的身上？」

董天將道：「你將我董天將看成什麼人了？如果宗唐願意出手相助，所有的責任我來承擔，絕不會讓他被此事連累。」

春熙酒樓和紅山會館隔街相望，平日裡酒樓的生意始終都是冷冷清清，今日黃昏來了兩位客人，為首一人就是大雍虎標營統領董天將，另外一人也是大雍赫赫有名的女將軍霍勝男，和平日裡的光鮮威風不同，今天兩人都穿了便裝，舉止低調。

兩人來到春熙酒樓乃是特地和先於他們一步到達此地的胡小天和宗唐會合。

董天將並沒有將他們的計畫告訴霍勝男，只是說找霍勝男調查一些事。等見到胡小天，霍勝男方才明白今天的事情居然是他在背後策劃，心中不免有些奇怪，此前胡小天和董天將兩人的關係不睦，卻不知什麼事情能讓他們放下成見走到一起。

胡小天之所以選擇這三人合作，董天將是因為想要從麻煩中解脫出來，霍勝男卻是對黑胡人抱有刻骨銘心的仇恨，當然她也希望能有這次將功贖罪的機會，至於宗元，胡小天不得不使用了昔日對宗元的人情，當然打動這三人最關鍵的一點還是愛國心。

這三人對大雍都是忠心耿耿，就算沒有胡小天的動員，聽聞紅山會館乃是黑胡人的秘密諜報機構，他們也想為大雍將這根毒刺拔除。

胡小天將地圖在桌面上鋪開，三人都圍攏了過去。宗唐對建築結構頗有研究，一看紅山會館的佈局就知道非同尋常，雖然只是一個商行會館，但是從設立的崗哨來看，幾乎沒有瞭望的死角，普通的商行絕不會守衛如此森嚴。

胡小天道：「咱們的目標是鴻雁樓，根據我所掌握的消息，鴻雁樓內應該藏有密室。」

霍勝男頗感好奇道：「你怎麼知道？」

胡小天道：「我就是知道！」

霍勝男道：「如果咱們順利潛入其中，結果卻撲了一個空，豈不是又無端招惹了一個大麻煩？」

胡小天笑道：「所以咱們才要隱藏行蹤，儘量做到不驚動紅山會館的那些人，就算沒有找到想要的證據，也要保證全身而退。」

霍勝男道：「這麼說，你也沒有百分百的把握證明紅山會館就是黑胡人的秘密諜報機構？」

胡小天坦然道：「沒有！」

宗唐皺了皺眉頭道：「胡老弟，在沒有確切把握的前提下，咱們就展開行動是不是有些冒失？」

胡小天道：「不入虎穴焉得虎子！我至少有一半的把握可以證明安平公主的死和黑胡人有關，只要能夠找出真相，我認為冒險也是值得的，更何況紅山會館如果是黑胡人隱藏在雍都的情報機構，必然會對大雍的利益構成極大的威脅，這次行動於我而言只是為了探尋真相，於各位來說卻是關係到家國利益的大事，去還是不去，小天絕不勉強。」他所掌握的資訊全都是夕顏提供，到底這其中有多大的真實性，連胡小天自己也沒有把握，不過為了救霍小如，也只能冒險一搏。

董天將道：「我肯定要陪胡大人走這一遭。」他因為兄弟們的死對完顏赤雄恨之入骨，而且他急於找到證據將自己從困境之中解脫出來。

宗唐道：「身為大雍子民自當為大雍效力，黑胡人狼子野心，多年來滋擾我邊境，屠戮我百姓，這件事我參加！」

三人都將目光投向霍勝男，霍勝男咬了咬櫻唇道：「我對黑胡人向來沒什麼好感，不過我只有一個條件，這件事務必要低調進行，而且儘量不要傷人性命。」

胡小天道：「好說好說，咱們是為了找證據，又不是為了殺人。」心中卻暗自想到，不殺人怎麼可能？他們四個雖然都是高手，自從吞下風雲果武功突飛猛進之後，胡小天也厚顏無恥地將自己劃到高手一列了，可畢竟他們都沒有隱身的能力，除非運氣好到沒邊，否則不可能做到不驚動紅山會館的任何人。

董天將提醒幾人道：「紅山會館在雍都擁有著特殊的地位，可以說黑胡和大雍之間的民間貿易往來多半都是經由會館進行，即便是兩國交戰之時，會館的利益都沒有受到損害，所以在找到確切證據之前，咱們務必要低調行事。」

霍勝男望著胡小天道：「說說你的具體計畫。」

胡小天道：「從地圖的標注來看，紅山會館的防守有兩個漏洞，一是後廚，每隔三天都會從靠近廚房的後門運入採購來的牛羊肉等菜品，今天恰恰是他們的採買之日，我們可以趁著他們進貨的時候，藏身在牛羊肉堆之中進入廚房。還有一個就是會館的西北角，這裡樹木茂盛，便於隱藏身形，角樓上雖然有武士守衛，但是其餘幾處崗哨看不到這邊的情況，而且每天晚上子時會進行換崗，換防的時候就是潛入的最佳時機。」

董天將道：「我已經讓人調查清楚，再過兩個時辰，給他們送貨的馬車就會抵達會館後門，這段時間內，我們可以在途中潛入車內。」

宗唐道：「也就是說採用前一個方案嗎？」

董天將搖了搖頭道：「送貨馬車只有一輛，我已經買通了送貨的車夫，雖然他同意，但是一輛馬車內不可能同時藏匿四人。也就是說，我們必須兵分兩路。」

胡小天道：「宗大哥和董將軍一路，到時候你們會被他們隨同肉品一起送入庫房，你精通機關術，開鎖應該難不住你。」

宗唐道：「好，我也有此意，我的輕功並不好，若是讓我翻牆越戶，只怕會動靜不小，行動還未開始就會驚動黑胡人。」

胡小天目光投向霍勝男，不用問，他們兩人自然編在一組。胡小天拿出了幾顆彈丸，這其中有毒氣彈，有煙霧彈，分給幾人，並將使用方法交給了他們，這是為了防備不時之需。三人暗自感歎，胡小天絕對是個不可低估的人物，身在大雍居然掌握了那麼多的資訊，比他們這些雍人瞭解的事情還要多。

董天將道：「我和宗大哥順利進入庫房之後就在那裡潛伏，咱們約好時間，子時一刻在鴻雁樓北牆會合。」

胡小天點了點頭。

董天將起身道：「事不宜遲，我們這就動身，大家分頭展開行動，務必要格外小心。」

胡小天和宗唐隨之起身，胡小天將手伸了出去示意兩人將右手都放了上來，再看霍勝男，一個人盯著紅山會館的方向，並沒有加入他們的意思。於是三人只能握手嗨了一聲，相互抱拳，分別而去。

等到董天將和宗唐離去之後，胡小天笑瞇瞇拿起酒壺給霍勝男面前的酒杯滿上，輕聲道：「霍將軍好像不太高興。」

霍勝男幽然歎了口氣道：「你也算得上是居心叵測了。」

胡小天聽她這樣評價自己，真是有些哭笑不得了：「霍將軍此言差矣，我有何居心？」

霍勝男道：「如果事實證明黑胡人和安平公主的事情無關，又找不到黑胡人謀反的證據怎麼辦？」

胡小天笑道：「只當什麼事情都沒發生過，反正咱們也是喬裝打扮，不會暴露身分。」

「凡事都有萬一，萬一我們暴露了身分怎麼辦？」

胡小天呵呵笑道：「行動還未開始，霍將軍怎麼就說起喪氣話來了？你究竟是對自己沒信心，還是對我沒信心？」

霍勝男道：「你真正的目的，是想破壞大雍和黑胡之間的聯盟吧？」

胡小天瞪大了眼睛，長歎了一口氣，他可沒想過要做那麼轟轟烈烈的一件事，影響天下格局？通過分裂黑胡和大雍的聯盟從而達到讓大康苟延殘喘的目的？胡小天沒那樣心胸，潛入紅山會館的初衷只是想救霍小如的性命罷了。胡小天道：「霍將軍若是這麼想我，大可不必參加這件事。」

霍勝男道：「我對這次的行動似乎起不到太大的幫助，你為何執意要我參與其中？」女人多疑，霍勝男雖然是巾幗英雄，可畢竟仍然逃脫不了女人的事實。

胡小天道：「霍將軍難道不認為這次是洗清罪名的最好機會？」

霍勝男平靜望著胡小天道：「你想幫我？」

胡小天微笑道：「霍將軍也幫過我，確切地說這次是咱們互相幫助。」

「為什麼？」

「因為我始終都將霍將軍當成可以真心相交的朋友。」

這個理由雖然不夠充分，但是至少可以讓霍勝男滿意，她黑長的睫毛垂落了下去，輕聲道：「對我個人而言，並不希望大雍和黑胡結盟，我和黑胡人交鋒多次，對他們的性情極為瞭解，對於結盟他們不會有任何的誠意，他們絕不會放棄征服中原大地的野望。」

胡小天深有同感地點了點頭。

霍勝男道：「現在咱們可以探討一下今晚的詳細計畫。」

臨近午夜，胡小天和霍勝男已經藏身在紅山會館西北角的大樹之上接近一個時辰，樹冠茂盛的枝葉成為他們絕佳的掩護，霍勝男的初衷是不想傷人，可是在胡小天計畫的一開始就要展開一場殺戮。

兩名黑胡武士會在午夜子時準時換防，在他們換防的剎那，兩人的注意力會在短時間內停止對周圍的觀察和警戒，在這短暫的時間內，胡小天和霍勝男要完成對兩名武士的遠距離射殺。

胡小天是計畫的制定者，可他卻不是執行這一任務的最佳選擇，如果展鵬在，這一任務自然會交給射術精準的展鵬，現如今只有霍勝男擔起這個責任了。

胡小天透過樹葉的縫隙向角樓望去，靜靜等待著換防一刻的到來。

霍勝男摘下角弓，弓的主體為鐵胎，入手頗為沉重，弓體並非常見的竹木混合，而是用幾種不同的金屬材質混合絞絲而成，弓弦以牛筋和魚膠混合而成，雖然弓身不長，可是射程很遠，這種鐵胎短弓，對膂力的要求很強。他們所使用的武器全都是宗唐提供，事先抹去標記，絕對追溯不到源頭。

換崗的黑胡武士已經來到角樓之上，胡小天頓時緊張了起來，他向霍勝男擠了擠眼睛，示意她應該做好準備了。

霍勝男的目光自始至終都注視著角樓上的情況，根本沒有向胡小天看上一眼，她從身後箭筒之中抽出兩隻羽箭同時扣上弓弦。

雙箭齊發，胡小天過去曾經看到展鵬施展過，想不到霍勝男也擁有如此絕技。胡小天也知道這一步極其關鍵，霍勝男如果失手，必然會驚動整個紅山會館的黑胡人，那還談何潛入？他屏住呼吸，生怕自己的呼吸聲干擾到了霍勝男。

可是讓胡小天鬱悶的是，在一名換防的黑胡武士登上角樓之後，隨後又上來了一個，這下角樓上變成了三個人。果然是計畫不如變化，胡小天望著霍勝男，看到霍勝男抿起了櫻唇，顯然也沒有料到會發生這樣的變化。

胡小天心中暗自祈禱，希望霍勝男有三箭齊發的本領，可是縱然她有這樣的本事，在相隔十餘丈的地方也很難保證同時射殺三人而不發出任何的響動。胡小天感覺有些頭大了，想不到今天任務伊始就遭遇了這樣棘手的麻煩。

霍勝男的目光依然篤定，她重新調整了一下角度，弓弦拉開到最大，弓如滿月，兩隻羽箭的鏃尖反射出月色冷冽的光芒，終於她鬆開了弓弦。咻！同時射出的兩支羽箭破空發出了一聲低嘯。以胡小天超強的聽力都沒有分辨出兩隻羽箭各自破空的聲音，足以證明霍勝男的這一箭控制的力量極其精確，雙箭在速度和力量上幾乎完全一致。

但見兩點寒芒以驚人的速度追風逐電般越過十餘丈的距離，轉瞬之間已經來到角樓之上。

胡小天的目光追逐著那兩支羽箭，一支羽箭徑直射中面朝他們的一名黑胡武士的前額，另外一隻羽箭從原本負責值守的那名黑胡武士的頸後鑽了進去，去勢不歇，穿透他的咽喉繼續向前，噗！鏃尖深深沒入對面正與他交談的那名黑胡武士的咽喉，雙箭齊發，一箭雙雕！

望著那三名黑胡武士無聲無息地倒在了角樓之上，胡小天驚喜萬分，差點沒跳起來鼓掌喝彩，再看霍勝男，早已彎弓搭箭，做足了補射的準備。胡小天心中暗歎，難怪霍勝男在大雍軍中擁有如此聲望，這妮子厲害啊，以箭法而論應該不在展鵬之下。

霍勝男低聲道：「看什麼看？還不趕快行動！」

胡小天點了點頭，他和霍勝男全都是一身夜行衣，臉上戴著黑色口罩。

兩人迅速從大樹上滑下，在最短的時間內來到紅山會館的角樓下方，根據他們的預先測算，現在的路線剛好在其他崗哨的視線範圍之外。

來到紅山會館牆根，胡小天施展金蛛八步，宛如蜘蛛般吸附在牆體邊緣，手指摳住圍牆縫隙，如履平地般向上方攀爬而去。爬出一段距離低頭看了看，卻見霍勝男仍未動作。趕緊向霍勝男努了努嘴，示意她抓緊時間。

霍勝男從身後取出飛爪，在手中旋轉了一下，然後嗖地扔了上去，飛爪牢牢抓住牆頭邊緣，霍勝男用力扯了扯繩索，然後攀援而上，宛如一縷黑煙般瞬間已經爬上了三丈多高的外牆。雖然在胡小天之後才啟動，卻比胡小天快上一步。登上角樓，不忘低頭向胡小天看了一眼，美眸之中流露出得意的目光。

胡小天不甘落後，迅速爬到角樓之上，雖然慢上一些，可他畢竟是徒手攀爬，難度比起霍勝男增加不少。

看到角樓上倒伏的三具屍體，不由得再次感歎霍勝男射術驚人。

兩人挑選適合自己的衣服扒下，穿在身上，如果不是近距離打照面，應該看不出破綻。

胡小天又將其中一名黑胡武士的屍體扛了起來，將他靠在角樓的柱子上擺好，可一鬆手那屍體就倒了下來，胡小天直接從霍勝男箭筒中抽出一支羽箭，瞄準這廝的咽喉，狠狠戳了下去，羽箭透過黑胡武士的咽喉釘在後方的立柱之上。

霍勝男看到眼前一幕不由得皺了皺眉頭，這胡小天下手可真夠黑的。不過遠遠望去，角樓上好像仍然有人在警戒，不走近肯定看不出是一具早已氣絕身亡的屍體，這也是為了防止被黑胡人提前發現角樓出現了異常狀況。

兩人對望了一眼，舉步走下角樓，從這裡前往鴻雁樓還要經過兩道關卡，借著陰影的掩護，胡小天舉目望去，卻見遠方二道門處有兩名黑胡武士在外面駐守。

霍勝男低聲道：「怎麼辦？」

胡小天做了個揮刀的手勢，只能一路殺進去了。

霍勝男心中暗歎，此前自己還特地交代他們一定要少做殺戮，卻想不到行動開始之後，情況根本由不得她來掌控，他們選擇的這條路線，必須一路大開殺戒，卻不知董天將和宗唐兩人是否順利潛入了？

霍勝男抽出弓箭，正準備開展下一步行動的時候，遠處忽然傳來腳步聲，胡小天慌忙伸手將她攔住，黑暗之中沒看清楚位置，手臂剛巧落在霍勝男的胸膛之上，因為霍勝男穿著護甲，胡小天並沒有意識到自己在無意中冒犯了她，霍勝男卻感覺到俏臉一熱。

兩名黑胡女奴並肩打著燈籠走了過來，兩人一邊走一邊嘰哩咕嚕地說著什麼？胡小天不懂黑胡語言，有些好奇地望著霍勝男。

霍勝男拉著他悄悄退到牆角處，兩名黑胡女子越走越近，霍勝男低聲道：「打暈她們！」

等到兩名黑胡女奴經過他們身邊的時候，兩人同時衝了出去，胡小天一掌砍在一名黑胡女奴的頸後，順手將她手中的燈籠奪了過來，霍勝男制住另外一人的穴道，兩人將兩名黑胡女子拖到角落之中藏好，看了看周圍並沒有引起其他人注意。

霍勝男將兩名黑胡女子剛才的話聽得清清楚楚，兩人都是紅山會館的女奴，這麼晚了前往內苑卻是被館主召喚，兩人剛才嘰嘰咕咕全都說的是一些床上韻事，霍勝男暗罵她們不知羞恥，打量她們卻是因為她萌生了一個想法，可以偽裝成她們的樣子進入內苑。

霍勝男摸了摸胡小天打暈那名黑胡女奴的脈門，發現那女奴竟然沒有脈搏了，卻是胡小天出手的力度控制得不好，這次出手太重，一掌將那黑胡女奴的頸椎擊斷，胡小天原沒想殺她，心中也是暗自感歎，算你倒楣了，我這手勁實在是太大了。遊走在生死邊緣，來不得半點猶豫，只要一招失誤或許就會全盤皆輸。

霍勝男低聲道：「換上她們的衣服。」

「什麼？」

霍勝男已經迅速換上其中一名女奴的衣服，戴上帽子。

胡小天心中這個鬱悶啊，今晚是表演服裝秀嗎？剛剛換上一身衣服，現在又要換，他也明白霍勝男的意思，想要冒充兩名黑胡女奴光明正大地混進去。這樣既可以避免多造殺戮，還可以在不驚動對方的前提下潛入鴻雁樓。

無奈之下只能換上另外一名胡女的長裙，好在胡女的身材普遍高大，胡小天雖然穿起那身衣裙有些緊繃，可還不至於將衣服給撐破了，黑胡女子習慣戴上面巾，這也為他們蒙混過關創造了便利條件。

霍勝男看到胡小天的樣子禁不住想笑，她從胡小天手中拿起燈籠，低聲道：

「你什麼話都不用說，一切都聽我的吩咐從事。」

胡小天點了點頭，將面巾蒙上只露出一雙大眼睛。

兩人為了方便行動，除了匕首之外，其他武器全都暫時藏在角落之中。準備停當之後，一起向二道門走去。

霍勝男看到胡小天走路的架勢，禁不住提醒道：「挺胸收腹，走起路來注意晃動腰臀，記住你是女人！」

胡小天真是哭笑不得，依著他的意思直接射殺那兩名守衛不就得了，也好過在這裡扭著屁股扮女人。抬頭挺胸，收腹撅屁股，胡小天儘量裝出妖嬈性感的樣子，扭著屁股走在霍勝男身邊。

兩人來到二道門，守門的武士嘰哩呱啦地問話，霍勝男也以胡語回應，對答如流。兩名守衛應該在事先已經得到了通知，兩人同聲笑了起來，讓開一條道路。霍勝男率先走了進去，胡小天扭著屁股跟在她身後也走了進去，從兩名黑胡武士身邊經過的時候，忽然響起啪的一聲，卻是其中一名黑胡武士看到胡小天豐臀挺翹，扭來扭去，頗為惹火撩人，忍不住在上面狠狠拍了一巴掌。

胡小天被這一巴掌拍得整個人僵在那裡，不過這廝迅速反映了過來，扭轉身軀，輕輕在那名黑胡武士臉上給了一巴掌，象徵性的，不是懲罰，更像是在調情。

兩名黑胡武士哈哈大笑起來。

胡小天作嬌羞狀，扭得越發厲害，小碎步快步趕上霍勝男。

霍勝男剛才也被嚇了一跳，當她明白怎麼回事，差點沒笑出聲來，兩名黑胡武士在後面嘰哩呱啦地說著什麼，胡小天聽不懂他們的意思，以傳音入密向霍勝男道：「這倆王八犢子說什麼？」

霍勝男本想告訴他，可話到唇邊又覺得不妥，於是乾脆裝出什麼都沒聽到。

霍勝男的計策果然奏效，他們換成兩名黑胡女郎之後，這一路之上暢通無阻，除了在二道門胡小天被鹹豬手揩油之外，再也沒受到任何的盤問，兩人順風順水地來到了鴻雁樓的北牆處，鴻雁樓內並沒有亮燈，裡面漆黑一片，胡小天四處張望，並沒有看到董天將和宗唐的影蹤，正在擔心之時，忽然感覺到身後傳來衣袂飄動的聲音，他霍然轉過身去，卻見兩道黑影向他們衝了上來，正是董天將和宗唐，他們已經在附近潛伏了好一會兒，看到兩名黑胡女奴來到這裡，擔心胡小天和霍勝男過來時被她們發覺，所以準備先下手制住兩人。

胡小天慌忙做了個事先約定的手勢。

董天將手中劍已經刺到中途，這才意識到眼前兩人是胡小天和霍勝男所扮，慌忙收住劍勢，宗唐那邊也停下對霍勝男的進攻。兩人看到胡小天的模樣，同時將嘴巴捂上，董天將憋得額頭青筋都暴出來了，胡小天居然扮成了一個黑胡小娘們，還別說看起來還真是嫵媚妖嬈呢。

看到董天將和宗唐古怪的眼神，胡小天恨不能找個地縫鑽進去，估計這件事要成為日後幾人的笑柄了。

四人分從兩旁繞到鴻雁樓的前方，看到鴻雁樓外兩名守衛站在大門處，已經到了午夜，此時正是人最容易犯睏的時候，那兩名黑胡武士也靠在廊柱上打起了瞌睡。

董天將做了個手勢，他和宗唐兩人同時啟動，來到黑胡武士身邊，捂住對方的口鼻，只一下就擰斷了對方的脖子。

霍勝男搖了搖頭，還說不要多造殺戮，一旦行動開始，這些人殺性不是一般的強烈。

胡小天第一時間衝上去，扒下一名黑胡武士的衣服換上，今晚就忙著脫脫穿穿了。

宗唐將帶來的武器分發給他們，霍勝男又挑選了一張襯手的鐵胎弓。

董天將一旁笑瞇瞇望著胡小天道：「其實你穿裙子挺好看。」

胡小天被這廝看得不寒而慄，瞪大了眼睛道：「你再看我，我跟你翻臉啊！」

董天將一臉委屈道：「我說的是真話！」

鏘！宗唐已經順利打開了鴻雁樓大門的銅鎖，四人重新分派任務，董天將負責在樓外望風，胡小天他們三人進入鴻雁樓內尋找證據。

三人從大門進入鴻雁樓，從門外上鎖的情況來看，鴻雁樓裡面應該無人居住，關上房門，霍勝男和宗唐的目光一時間還無法適應室內的黑暗，胡小天卻看得清清楚楚，他張開手臂攔住宗唐和霍勝男，霍勝男這次又被他碰到了前胸，這次沒有胸甲的防護，感覺如同被胡小天故意摸了一下似的，俏臉禁不住發燒起來，胡小天也感覺手臂碰到了兩團豐滿而充滿彈性的物體，心中不禁有些奇怪。明明記得霍勝男是飛機場來著，怎麼突然就多出了兩團肉呢？雖然是用手臂接觸，仍然可以感覺到規模不小，看來過去霍勝男是有意將之束縛起來，今天為了扮演黑胡女奴的角色，方才將之釋放出來，宛如洪水出閘，果然波濤洶湧啊！

霍勝男今天被他接連襲胸兩次，雖然兩次都是無心，可芳心中也不禁直泛嘀咕，這廝為何總是借著阻攔碰我這裡呢？其實這倒是有些冤枉胡小天了，胡小天另外一條手臂也碰到宗唐的胸膛，人家的規模絲毫不遜色於霍勝男，不過質感方面就差多了。

胡小天壓低聲音道：「有機關！」

霍勝男和宗唐對望了一眼，兩人的目力都不如胡小天厲害，現在才剛剛適應了周圍黑暗的環境，也僅限於能夠辨認出大概的輪廓，至於細節他們根本看不清楚。

宗唐拿出了一根銅管，擰開了上頭的蓋子，一道光束從中投射出來。胡小天心中大奇，想不到他居然帶了只手電筒過來，轉念一想當今時代應該沒有那種東西，仔細一看，乃是銅管內鑲嵌著一顆小小的夜明珠，這顆夜明珠和夕顏此前的那顆根本無法相比。不過米粒之珠也放光華，聚光成束，乍看起來跟手電筒差不多，其實光學原理也差不許多。這東西也不叫手電筒，宗唐將之稱為聚光筒。

借著聚光筒的光芒，看到大堂內佈滿了細如蛛絲的金屬線，金屬線縱橫交錯，上方繫有銅鈴，如果在事先沒有覺察的前提下誤碰，必然引起銅鈴響聲大作。

胡小天和霍勝男兩人幫忙抓住銅鈴，避免被觸動發出聲響，宗唐小心將金屬線剪斷，順利通過了這道警戒線，胡小天指了指前方，夕顏給他的地圖上對鴻雁樓地下密室的地方做出了詳細標注。

進入東側的花廳，胡小天徑直向對面博古架的方向走去，方才走了一步，就被宗唐拉住，宗唐低聲道：「這裡面的擺設是根據馮公六局所佈置。」說話的時候，他用聚光筒向地面照射，卻見地面上的青磚之上果然刻有不同的字跡。

宗唐道：「馮公六局乃是我們中原人創立的機關術，想不到黑胡人也學會了。」他仔細觀察了地面上文字之後，然後向前跨出一步，叮囑胡小天和霍勝男道：「你們兩人跟著我的腳步，千萬不可走錯。」

胡小天暗暗心驚，想不到鴻雁樓內果然機關重重，夕顏留下這個線索給自己，還不知抱有怎樣的目的？她既然能夠將冰魄定神珠藏在鴻雁樓內，就證明她或者是她的同伴事先已經進入過這裡，既然他們已經捷足先登，為何不找到黑胡人搜集情報的證據將之公開呢？夕顏那妖女做事向來狡詐，如果不是為了營救霍小如的性命，胡小天原本也沒打算來鴻雁樓冒險，可燕王提出的三個交換條件之一就是要得到這顆冰魄定神珠，不來這裡是不可能達成他的條件。

根據夕顏所說，她將冰魄定神珠就藏在鴻雁樓花廳的博古架內。

他們隨著宗唐曲折而行，在花廳內繞了大半個圈子方才來到博古架前。

胡小天道：「找找看，裡面有沒有啟動密室的機關。」其實他對能否找到密室並沒抱有太大的幻想，如果能夠順利找到定神珠已經是最大的驚喜了。甚至找不到黑胡人搜集情報的證據也無所謂，只要能救出霍小如就好。

三人分別在博古架上尋找，將博古架找遍也沒有找到可疑的地方，胡小天心中開始有些忐忑，難道夕顏那妮子臨行之前又陰了自己一次，莫非冰魄定神珠根本就不在這裡？

宗唐推了推博古架，發現博古架紋絲不動，又趴伏到地上，看了看博古架的下方，並沒有看到任何異常。

胡小天的目光落在博古架旁邊的牆壁上，上方掛著一個巨大的牛頭，胡小天來到牛頭前方，伸出手去摸了摸牛角，卻感覺到兩隻牛角的溫度有所不同，自從服用風雲果之後，胡小天的感知力超人一等，即便是這細微的差異仍然讓他感覺到了，牛頭通體用黃銅鑄造而成，兩隻犄角和牛頭並非一體，胡小天擰動了一下溫度稍低的左角，旋開之後，發現犄角中空，抖了兩下，從中滾出一個小小的布包。

胡小天躬身拾起了那個布包，看到宗唐和霍勝男還在博古架周圍尋找機關，並沒有留意到他這邊的發現，胡小天悄然展開布包，手指探進去一摸，觸手處是一顆冰冷光滑的珠子，是冰魄定神珠無疑。胡小天又驚又喜，他將定神珠悄悄藏了起來，然後又將牛犄角擰回原處，大功告成，反正也找不到開啟密室的開關，趁著沒被發現之前離開就是。

宗唐此時在搜索無果之後來到胡小天身邊，他並不知道胡小天已經找到了想要的東西，低聲道：「有沒有什麼發現？」

胡小天搖了搖頭，低聲道：「就發現這兩隻牛犄角能夠擰下來。」

宗唐向那只牛頭望去，他忽然伸手去擰牛的右邊犄角，讓胡小天幫忙將左邊的犄角擰下來。

胡小天不知他想幹什麼？反正已經找到了冰魄定魂珠，這牛角裡面應該不會再有什麼東西。他們將兩隻牛角擰下之後，宗唐將牛角交換，重新將牛角擰了上去，左邊的裝在了右邊，右邊的裝在了左邊。

乍看上去好像跟剛才並沒有任何的分別，可是博古架的下方卻發出吱吱嘎嘎的移動聲。

霍勝男距離最近，慌忙退到他們兩人的身邊，卻見博古架緩緩向一旁移動開來，在博古架的下方現出一個黑魆魆的洞口。

胡小天目瞪口呆，想不到居然真被他們誤打誤撞發現了鴻雁樓的地下密室，啟動密室大門的開關卻在這對牛犄角之上，如果不是精通機關術的宗唐前來，胡小天無論如何也想不到這種開啟的方法。

宗唐道：「佈置這些機關的人，應該是個漢人。」

胡小天道：「漢奸才對！居然幫著黑胡人賣命！」

霍勝男輕聲道：「沒時間發牢騷，咱們下去看看！」

三人來到洞口前，看到有台階一直延伸到下面。

宗唐在走下台階之前，從腰間掏出一把東西在臉上抹了抹，頓時變成了一張黑乎乎的面龐，他抹的乃是鍋灰，在夜晚最為簡單有效的易容方式。胡小天雖然有口罩蒙面，不過上個雙保險倒也不錯，他也要了點鍋灰把自己抹成了一個大黑臉，霍勝男也學著他們的樣子照做，誰都明白，今晚如果找到黑胡人的罪證，他們還可堂堂正正的以本來身分示人，如果找不到，千萬不能洩露身分，不然就會招惹一場大麻煩。

走了兩步，胡小天牆壁上發現了火把，將火把從牆壁上取下來，用火摺子點燃，黑暗的地洞頓時變得明亮了許多，他們沿著台階繼續下行。一直走了六十多階台階才來到密室的大門前。

大門兩旁各有一個舉燈銅人，燈火明亮，裡面用的是蛟魚油，可以連燒一月不用更換。

宗唐在鐵門前停步，讓胡小天將火炬湊近門外銅鎖，他從隨身的鹿皮囊中取出開鎖工具，片刻功夫已經將銅鎖打開。

胡小天心中暗讚，今天幸虧請來了宗唐，不然別說是進入地下密室，就算冰魄定神丹都難以找到。他和宗唐合力推開大門，霍小如舉起火炬向裡面照去，卻見裡面是一條長長的甬道，甬道兩旁擺滿了各種各樣的標本，有虎狼豺豹，有鹿馬牛羊。再往前行，就是十多具或站或坐，姿態各異的人類乾屍。

霍勝男不由得皺了皺眉頭，實在想不透黑胡人為什麼要在這地下密室中收藏這些東西？胡小天不是說這裡是黑胡人搜集情報之用？怎麼看起來卻像是一個地下墓葬呢？

宗唐也覺得這地下密室有些古怪，低聲道：「好像是一個隱秘的墓穴！」

第九章

力戰雙屍

眼看就要命中那具黑色屍體的咽喉，
那黑屍陡然伸出手來，準確無誤地抓住箭桿。
胡小天果然沒有猜錯，這兩具乾屍竟然真是偽裝，
他怒吼一聲，揮動手中斬馬刀，一招力劈華山，隔空揮了出去。

霍勝男看了胡小天一眼，胡小天道：「說不定秘密就在這裡。」他來到其中一具乾屍旁邊，那乾屍已經存放多年，皮包骨頭，雙目深陷，身上穿著甲冑，手中握著一把斬馬刀，不過頭上並沒有戴頭盔，灰白蜷曲的長髮兩尺多長，披散在肩頭，仍然保持著劈砍的動作。

胡小天一伸手將斬馬刀從他手中奪了下來，稍一用力，斬馬刀雖然成功抓在手中，可是乾屍的右臂也被帶了下來，胡小天將刀柄放在地上，用腳踩住那條手臂，將之從刀柄上扯落。

霍勝男看到他如此對待屍體，提醒他道：「你這樣殘害別人的屍體，小心冤魂纏上你。」

胡小天笑道：「這世上哪有什麼鬼魂？」斬馬刀握在手中，虛空劈了一記，刀聲颯然，無心之中竟然劈出一道刀氣，正劈砍在對面的一具乾屍之上，那乾屍被他從中劈成兩半，刀氣去勢不歇，繼續襲向前方，接連劈斷了兩具乾屍方才停歇。

霍勝男只當胡小天是故意為之，皺了皺眉頭道：「別忘了咱們此次前來的主要任務，犯不著跟屍體過不去。」

胡小天心中暗歎，你當我那麼沒節操，是我控制不住內力，無法做到刀氣收放自如。

沿著甬道繼續前行，前方豁然開朗，出現了一間大廳，大廳全都是用石塊砌成，沿著周圍牆壁也都擺放著各類野獸和乾屍，在大廳的正中位置，有兩具乾屍盤膝坐在蒲團之上，一男一女，雙掌抵在一起。從外貌上根本分不出是男是女，區分他們的性別只能依靠身上的服飾。

從這兩人的裝扮來看應該都是胡人，不過兩人的相貌非常古怪，男子膚色漆黑，女子膚色雪白，就像是一個黑種人一個白種人，兩人都是皮包骨頭，看起來也死去了不少年頭，不然也不會風乾成這個樣子。

宗唐正想走近看個仔細，卻被胡小天攔住，胡小天低聲道：「等等！」

宗唐心中有些奇怪，不知胡小天為何要阻止自己前進。

胡小天以傳音入密向霍勝男道：「你先射他們一箭試試。」

霍勝男真是有些哭笑不得，以為自己跟他一樣嗎？居然對別人的屍體下手。胡小天繼續道：「這兩個人的衣服一點灰塵都沒有，和其他的乾屍完全不同。」

他這樣一說，霍勝男方才發現果然如此，胡小天心思縝密，比自己觀察事情更為仔細。

胡小天仔細傾聽，並沒有察覺到這兩具乾屍有任何心跳和呼吸，可是他仍然覺得奇怪，比如他們身上的衣服要光鮮許多，一看就是新換上去的，又比如他們閉著眼，並不像其他屍體那樣眼珠已乾癟凹陷成為一個深窩。既然自己和夕顏都有本事裝成死人以假亂真，天下間一定還有不少人擁有這樣的本事，凡事還是謹慎為妙。

霍勝男彎弓搭箭，瞄準了那黑色屍體的頸部，弓如滿月，羽箭追風逐電般射了出去。

眼看就要命中那具黑色屍體的咽喉，那黑屍陡然伸出手來，準確無誤地抓住箭桿。胡小天果然沒有猜錯，這兩具乾屍竟然真是偽裝，他怒吼一聲，揮動手中斬馬刀，一招力劈華山，隔空揮了出去，現在他使用藏鋒發出劍氣的成功率堪堪達到百分之五十，因為擔心兵器上留下被人追蹤的線索，所以並沒有攜帶藏鋒前來，更換斬馬刀之後，成功率明顯大打折扣，剛才第一下雖然成功發出了刀氣，真正到對敵之時卻突然遭遇了卡殼。

白屍宛如鬼魅般騰空而起，看似攻向霍勝男，卻在空中一個回轉，十指如勾，抓向右側的宗唐。

宗唐手中火炬揮出，向白膚女子橫掃而去，宗唐雖然以打鐵為業，可是自小修煉武功，一身橫練功夫早已到了一流高手的境界。

白屍竟然不閃不避，右手徑直抓在燃燒的火炬之上，火炬砸在她的右手之上如同擊中敗絮。波的一聲火光暴漲，隨之黯淡下去，宗唐方知被對方所乘，這白屍的目的就是想將火光熄滅。

石室之中頓時陷入一片黑暗。

白屍攻擊的速度並沒有因為黑暗而停頓，尖銳的五指向宗唐咽喉扣去，宗唐看不清黑暗中的景物，但是他的耳力超群，聽到尖銳的破空之聲，身體慌忙後仰，對方的利爪貼著他咽喉的皮膚掃過，雖然沒有直接劃在他的肌膚上，掠過的五道勁風已經將宗唐的肌膚割裂。

三人之中只有胡小天擁有夜視的能力，那黑膚男子在火光熄滅的剎那宛如一縷黑煙般向霍勝男飛掠而來，雙手舉著一根長約三尺的螺旋鋼刺。胡小天向前跨出一步，擋在霍勝男的前方，手中斬馬刀橫劈出去，和對方的螺旋刺撞擊在一起，頃刻間火星四濺，短暫的光芒將伸手不見五指的石室照亮。對方力量透著古怪，和以往對敵時遭遇到的強大衝擊力不同，這黑屍螺旋刺上傳來的卻是一股奇怪的離心力，輕易將胡小天的力量卸去，還讓斬馬刀偏離了原本的攻擊方向。

霍勝男在這電光石火的剎那，已經瞄準黑屍的心口，咻！一箭射了出去，霍勝男對自己的箭法充滿信心，這一箭射得又快又準，眼看就要射中黑屍的胸口，卻想不到他的身體突然扭曲了起來，整個胸膛向右側移位，原本心口的位置頓時變成了空隙，羽箭從空隙中鑽了出去，根本沒有對他造成絲毫的損傷。

胡小天趁機拋出一顆磷火彈，伸手不見五指的石室恢復了短暫的光明。

宗唐此時正到了生死存亡的時刻，白屍的攻擊宛如潮水般洶湧，雙爪抓向宗元的下陰。

宗唐雙足向地面用力一蹬，身體向後躥出，白屍的雙爪落空，抓在地面之上，竟然將堅硬的青石地磚抓裂，雙手的力量實在是駭人聽聞。

霍勝男抽出一支火箭引燃，瞄準兩旁乾屍射去，乾屍中箭之後紛紛燃燒起來，霍勝男原本沒有打算對這些屍體和標本下手，但是在黑暗的石室中唯有依靠這種方法才能照明。

黑屍察覺到霍勝男的意圖，揮動螺旋刺向霍勝男衝去。胡小天焉能讓他得逞，橫跨一步阻攔住黑屍的去路，他並沒有專門學過刀法，可是刀劍的道理大致相通，幾次想要發出刀氣未果，基本上放棄了這個念頭，將須彌天教給他的靈蛇九劍施展開來。

黑屍手中的螺旋刺每發出一招都帶著一股螺旋勁，在他怪異的招式和兵器下，形成一個個大小不同的漩渦，胡小天有種無處著力的感覺，凝聚全力刺出的一刀，遇到對方的螺旋刺，便遭遇到一股強大的離心力，自己的力量在離心的作用下迅速流逝，在力量衰減的同時，對方形成的力量漩渦中卻陡然傳來一道強勁的吸力，險些將胡小天的斬馬刀奪走。

石室內的乾屍和動物屍體都被霍勝男用火箭點燃，重新回歸光明之後，宗唐的狀況也大為好轉，再不必像剛才那樣被白屍逼得何其狼狽，站穩腳跟，戴上他的玄鐵指套，穩紮穩打展開反擊。

霍勝男站在遠處，關注著戰況，只要看準時機就射出一箭，在週邊策應兩人。

螺旋刺一抖，幻化出千百道黑色虛影向胡小天周身籠罩而來。

胡小天在幾次和對方硬碰硬的比拚中都吃了暗虧，全力劈斬在對方的螺旋刺上必然會被離心力拋離開來，力量越大，被對方反制的可能性也就越大。胡小天這次只用上了五分力量，以靈蛇九劍中的一式長蛇纏身來應對黑屍的螺旋刺。

斬馬刀刺側面撞擊在一起，漫天虛影頃刻間消失得無影無蹤，胡小天手腕抖動，斬馬刀在他的操控下宛如靈蛇般纏繞螺旋刺而上，斬馬刀的長度要超過螺旋刺二尺有餘，一寸長一寸強，胡小天雖然不擅長這種螺旋勁，可是靈蛇劍法極其玄妙，在對付對方的螺旋刺方面頗為有效。這也是胡小天在幾次正面交鋒未果之後總結出的經驗，順著對方螺旋刺的旋轉方向，纏繞前刺，有效將對方的離心力減到最低。

斬馬刀的刀鋒眼看就要刺中黑屍的脈門，黑屍的左手忽然探身出來，一把將斬馬刀的刀鋒握住，身軀旋轉，手腕用力竟然將斬馬刀從中折斷。此時霍勝男又是一箭射來，瞄準了黑屍的右肩，眼看就要命中目標之時，黑屍雙肩竟然向中心移位，幾乎對折到了一起，驟然變窄的肩膀成功躲過這一箭射殺。

胡小天驚歎於黑屍不可思議的柔韌性，這廝的骨骼關節的活動度已經到了隨心所欲的底部，應該是個瑜伽高手。

霍勝男的這一箭雖然沒有成功命中目標，卻為胡小天換來了可乘之機，一把將對方的螺旋刺握住，猛然向懷中一帶。同時將僅僅剩下半截的斬馬刀向黑屍的小腹刺去。

黑屍突然放開螺旋刺，躲過胡小天的這記刺殺，右手抓向胡小天的頸部，本來他手臂的長度應該不可能命中目標，但是在伸展手臂的途中，之聽到骨骼發出爆竹般的脆響，短時間內手臂竟然增長了一尺有餘。

因為內力被黑屍吸走大半，此時胡小天的丹田氣海極為空虛，黑屍和胡小天的經脈相連，在縱橫交錯的經脈網中，最為空虛的部分就是胡小天的丹田氣海，水往低處流，內息也是一樣，胡小天運行無相神功，周身殘存的內息向丹田氣海彙聚補充，正所謂牽一髮而動全身，黑屍在兩人經脈間強行架起橋樑，從而吸取胡小天的內力，胡小天的經脈突然回流，帶動黑屍體內剛剛吸走的內息也逆向流動。

黑屍開始並沒有將波動放在心上，可是很快就感覺到胡小天的內息已經脫離了自己的控制，非但如此，原本已經吸入自己體內的內息也如同海水倒灌，全都逆向朝著胡小天的體內回流而去。黑屍潛運內力是師徒重新將內息導入自己的體內，可無論他怎樣努力，都止不住內力回流的勢頭。

黑屍開始惶恐起來，胡小天的丹田氣海宛如一個填不滿的無底洞，剛才內息被抽離之後形成的空虛產生了前所未有的強大吸引力，不但將自身的內力，而且將黑屍體內的內力全都攫取過來。

黑屍想要摔開胡小天的手臂，可是兩人的手掌如同黏住一樣，牢牢貼合在一起，他此時感到大大不妙。

屈肘想去擊打胡小天的要害，卻被霍勝男用右手死命抓住，他原本想將霍勝男和胡小天兩人困住，卻想不到作繭自縛，如今霍勝男成為胡小天的屏障，胡小天以驚人的速度吞噬著他的內力。

霍勝男也感覺到黑屍的變化，雙手得以自由之後，肘部猛擊黑屍的胸膛。霍勝男並不知具體發生了什麼，只是感覺黑屍的束縛力越來越弱，終於她從兩人的夾縫中掙脫開來，撿起地上的匕首想要再度刺殺。

黑屍知道形勢不妙，凝聚全力帶動胡小天的身體向牆壁撞去，試圖通過衝撞和胡小天分離開來。兩人的身軀撞擊在石室牆壁之上，蓬的一聲，煙塵四起。

胡小天也想將黑屍甩開，可是苦於無法將對方的手掌分離，撞在牆壁上之後，黑屍手臂交叉擰轉，身體從胡小天的頭頂翻過，兩人背靠背立在一起，可是掌心仍然黏在一起。

胡小天奮起神威，怒吼一聲，抓起黑屍的手臂，將黑屍整個舉起狠狠砸在牆壁上。兩人之間的內力此消彼長，胡小天非但將自己剛剛失去的內力盡數要了回來，還順便將黑屍的內力吸取了大半。此消彼長，雙方的實力完全逆轉，胡小天強大的力量已經讓黑屍無法抵抗，胡小天將他的身體接連撞擊在牆壁上。

和宗唐苦戰的白屍雖然佔據上風，在短時間內也無法擊敗宗唐，看到黑屍突然落入險境，慌忙虛晃一招，足尖一點，向胡小天衝去，意圖營救黑屍。

霍勝男豈能讓她靠近，彎弓搭箭瞄準白屍一連射出三箭。

白屍身形飄忽，宛如鬼魅，奔行之中輾轉騰挪，成功躲避開三支羽箭。

霍勝男看到她身法如此快捷，慌忙挺起螺旋刺迎了上去，手中螺旋刺在虛空中劃了一個十字，分刺白屍四處要害。

白屍揚起右手，五道寒光直奔霍勝男的面門射來，霍勝男不敢大意，手中螺旋刺揮舞得風雨不透，將白屍射向自己的暗器盡數擊落。

宗唐抓住這個機會，來到白屍的身後，右拳狠狠擊中白屍的後心，蓬的一聲巨響，如同擊中敗絮，白屍的身體繼續向前，十指彎曲，鳥爪一樣的雙手向胡小天的面門抓去。

胡小天抓住黑屍的身體，怒吼道：「給我滾開！」全力掙脫之下，竟然將黑屍的身體拋開，黑屍的內力被胡小天吸走了大半，身體軟癱成為一團。

白屍在半空中將黑屍的身體抓住。

霍勝男此時又接連射出三箭，白屍利用身體護住黑屍，身中兩箭，鮮血不停滴落下來，她無心戀戰，身體越過宗唐的頭頂向他們來時的甬道狂奔而去。

胡小天大吼道：「別讓他們逃了！」

宗唐從地上抓起那半截斬馬刀朝胡小天扔了過去，胡小天接刀在手，猛然一揮，這次居然成功完成刀氣外放，一股凜冽無匹的刀氣隔空劈了出去，正中白屍的雙腿，白屍慘叫一聲，雙腿從中斷裂，抱著黑屍的身體從虛空中墜落在地。既然流血就不會是乾屍，胡小天他們三人圍攏過去，霍勝男用箭鏃瞄準了黑屍的頭顱，用黑胡話詢問。

宗唐和胡小天兩人聽不懂他們在說什麼，只能大眼瞪小眼。

霍勝男問完之後，慢慢將鏃尖垂落下來，低聲向兩人道：「他們是完顏赤雄請來的高手，此前已經得到了有人可能會潛入的消息，專門埋伏在這裡等著對付我們，這裡根本就沒有你說的東西。」她的目光投向胡小天，充滿疑問，顯然對胡小天這次行動的目的產生了懷疑。

胡小天心中一驚，如果這兩名殺手所說的一切屬實，那麼他們無疑落入了一個事先佈置的圈套，也就是說夕顏提供給自己所有的消息全都是假的。

宗唐道：「咱們趕緊離開這裡！」

霍勝男點了點頭。

胡小天揚起半截斬馬刀，離開之前他想要將那兩名殺手幹掉，以免日後留下後患。

霍勝男卻阻止他道：「我答應了他們，放他們一條生路。」

胡小天無可奈何地搖了搖頭，不過看到這兩名殺手已經完全喪失了戰鬥能力，料想以後再也恢復不到今日之強悍，終於還是點了點頭。

三人快步離開了石室，還沒有來到地面之上，就已經聽到外面傳來激烈的交戰聲，顯然董天將的行藏已經被暴露，在外面獨自抗爭。

三人抽出武器，跳出地洞，卻見鴻雁樓大門洞開，數十名黑胡武士從外面湧入，董天將手握長矛已經在大門處鏖戰多時，他的腳下已經倒下了十多具屍體。

霍勝男彎弓搭箭，立時射殺了兩名黑胡武士。

董天將意識到他們三人已經從地下出來，頓時心情大悅，奮起神威一槍戳中前方黑胡武士的心口，大吼一聲將對方的屍體高高挑起，用力一抖扔向人群，又砸倒了三名武士。

宗唐道：「先退到樓上再說！」

四人合力殺出一條血路，退到鴻雁樓的二層。

董天將終於得到喘息之機，大罵道：「娘的，你們剛剛離開，這幫胡人就湧了過來，將這裡全都包圍了，是不是有人走漏了消息？」

幾人的目光同時望向胡小天，胡小天一臉無辜道：「干我屁事啊！我沒那麼傻會自己主動送死吧？」

霍勝男道：「現在不是追究責任的時候，一切等離開紅山會館再說！」

董天將道：「有沒有找到他們刺探軍情的證據？」

宗唐道：「沒有，黑胡人提前就接到了消息。」

「娘的！」董天將忍不住爆了粗口，雙目狠狠瞪了胡小天一眼，雖然無法確定這件事是胡小天設下的圈套，可擺明了這次是被胡小天給坑了。胡小天雖然心中也非常失望，可畢竟找到了一樣東西，冰魄定神珠，只要有了這樣東西，霍小如的性命就能夠保住，可這都是後話，當務之急卻是如何脫身？

胡小天湊近窗前，投破窗紙向外望去，卻見黑胡武士已經退出了鴻雁樓，將鴻雁樓團團包圍起來，百餘名黑胡武士手拿火把將整個紅山會館照得亮如白晝。為首一人正是四王子完顏赤雄，他揚聲道：「裡面的人給我聽著，我已經知道你們的身分，現在最好乖乖束手就擒，不然我馬上下令放火點燃鴻雁樓，將爾等活活燒死在鴻雁樓內。」

董天將倒吸了一口冷氣道：「麻煩了，他竟然知道了咱們的身分。」

胡小天搖了搖頭道：「沒可能，咱們這個樣子，他怎麼能夠認得出來？只不過虛張聲勢而已。」

完顏赤雄繼續叫道：「董天將！你何必藏頭露尾，算什麼英雄好漢？」

董天將頭皮一緊：「他提我名字了！」

胡小天安慰他道：「詐你的，別理他！」

完顏赤雄又道：「霍勝男！哈哈，你也在裡面吧！竟然聯手潛入紅山會館，這次我看你們大雍如何向我解釋？」

董天將和霍勝男都望向胡小天，完顏赤雄沒提他和宗唐的名字，不過這次的黑鍋肯定是他們兩人來背了。

胡小天笑得也有些生硬了：「我看這事兒還是詐你們的，千萬別信……」

董天將怒道：「胡小天啊胡小天，若是我身分暴露，你也落不到好去。」他惱羞成怒，大有要把胡小天也揭穿的勢頭。

宗唐臉色也不好看，畢竟他是衝著胡小天的面子而來，如果身分暴露，不但是他要落罪，甚至還會連累到父親。

霍勝男道：「我看胡大人說的沒錯，他們不可能知道我們的身分，故意虛張聲勢，想要造成我們相互猜忌罷了，越是這樣，咱們越是不能中計，唯有齊心協力，才能有逃出去的機會。」

完顏赤雄朗聲道：「我數到十，如果十聲之內你們還不出來，休怪本王無情！兒郎們，火箭準備！」

五十名黑胡武士同時彎弓搭上火箭，只聽到完顏赤雄大吼道：「一！二！三！四……」

胡小天此時也是一籌莫展，霍勝男將鐵弓拉滿，瞄準了人群中的完顏赤雄，可馬上又將鏃尖垂落下去，擒賊先擒王固然不錯，如果射殺完顏赤雄，造成混亂，或許有脫身的機會，但是因此或許會造成黑胡和大雍之間戰事再起，她不可衝動壞事。

完顏赤雄道：「八！」距離最後通牒的時間已經越來越近。

此時王府的西北角忽然傳來一陣淒厲的胡笳聲。

完顏赤雄的聲音因此而中斷，臉上流露出惶恐的神情。

胡小天等人也是微微一怔，董天將在這方面吃過虧，仍然記憶猶新，他低聲提醒幾人道：「千萬不要聽胡笳的聲音，以免被迷失心智。」可能是一朝被蛇咬十年怕井繩的緣故，董天將有些誇張地用雙手捂住耳朵。

其餘三人慌忙凝神靜氣，抱守元一，控制自己儘量不去聽那胡笳的聲音，以免被胡笳聲控制心神。

胡小天首先想到的就是夕顏，他幾乎能夠斷定胡笳聲必然和夕顏有關。這妮子不是一直想要殺死完顏赤雄製造動亂，從而破壞大雍和黑胡之間的聯盟嗎？難道她就是想利用自己引開注意力，並將所有的責任推卸到大雍的身上。

完顏赤雄也聽到了胡笳聲，有些惶恐地望向遠方，那天晚上因為這古怪胡笳聲的出現，導致他損失了多名手下，事後他也仔細調查了一番，可以確定吹奏胡笳之人絕不是來自紅山會館內部。不過今晚的胡笳聲和那天好像完全不同，至少從聲音響起到現在為止，並沒有看到手下人有反常的狀況出現，完顏赤雄決定快刀斬亂麻。「九……十……放箭！」

一時間數十支火箭向鴻雁樓射去，就在火箭紛飛的時刻，陡然有一支黑色箭鏃刺破夜色，無聲無息向完顏赤雄的胸膛而來，那箭鏃的長度要比尋常箭鏃長上半尺，完顏赤雄發覺之時，鏃尖距離他的面門只有一丈左右。完顏赤雄慌忙揚起彎刀向箭鏃揮刀斬去，在他拔刀的剎那，身後一名武士閃電般抽出匕首，狠狠從他的頸側扎了進去。

彎刀砍中了箭鏃，可是完顏赤雄的力量卻迅速減弱下去，遇刺之後這一刀的力量不足以將箭鏃劈開，鏃尖繼續高速前進，銳利的鏃尖突破完顏赤雄的胸甲射入他的心口，帶著他的血肉從後背鑽了出來。

現場的局勢瞬息萬變，那名刺殺完顏赤雄的武士用匕首刺入完顏赤雄的頸部之後，轉身就逃，殺入意圖阻止他逃走的黑胡武士的隊伍如入無人之境。

鴻雁樓上，一名帶著金色面具的藍衣男子在夜色之中凌風而立，右手中握著一把漆黑如墨的長弓，剛才射殺完顏赤雄的那一箭就是他親手所發。

完顏赤雄的被殺讓現場陷入一片慌亂之中，剛剛發射的幾十支火箭已經點燃了鴻雁樓。

一直關注著外面狀況的霍勝男驚聲道：「好像完顏赤雄死了！」她聽到黑胡人

不停發出驚恐的大叫，其中還夾雜著悲慟的大哭聲。

胡小天內心一沉，他最擔心的事情終於還是發生了，完顏赤雄如果真的遇刺，這次可就惹下了一個天大的麻煩。剛才完顏赤雄聲稱得悉了他們的身分，還叫出了董天將和霍勝男的名字，現場幾乎所有人都聽到了，肯定要把這筆帳算在董天將和霍勝男的身上。

董天將此時的心情鬱悶到了極點，在他看來自己無疑被胡小天設計了，怒吼道：「老子跟你拚了！」揮動手中長槍向胡小天衝了上去。

霍勝男擋住他的去路，低聲斥道：「現在是什麼時候？還要發生內訌嗎？趁著黑胡人失去首領處於混亂之中，咱們殺出去再說。」

宗唐低聲道：「不錯，現在不是追究責任的時候，離開這裡再說！」

三人人破窗從鴻雁樓的二層飛身而下，霍勝男最後離開負責掩護，箭無虛發，連續射殺七名黑胡弓手為三名同伴掃清障礙。

董天將今晚可謂是惱怒到了極點，將滿腔的憤恨全都化為滔天殺意，反正完顏赤雄都已經死了，這筆帳十有八九會算在自己的頭上，殺一個也是殺，殺十個也是殺，殺一個就賺一個。大槍一抖，槍芒如同毒蛇吐信，轉瞬之間已經有五人在他的槍下斃命。宗唐也不再留有任何的情面，一雙鐵拳所向披靡。

胡小天搶了一柄大刀，這貨心中也是鬱悶非常，現在所有人都認為他策劃了這件事把眾人拉下水，可他也是受害者，滿腹的委屈全都宣洩在這幫黑胡武士身上。大刀紛飛，宛如砍瓜切菜，一會兒功夫就砍翻了三名胡人。

霍勝男從鴻雁樓上飛掠而下，提醒他們不要戀戰。胡小天在三名同伴的掩護下將毒霧彈、煙霧彈一股一股腦地向周圍投去，現場變得煙霧瀰漫，混亂非常。他們剛好趁著這個時機，合力殺出一條血路，離開了紅山會館。

鴻雁樓上的那名藍衣人目睹四人離開，藏在面具後的雙目投射出凜冽的寒意。他足尖一點，騰空飛躍而起，展開的寬大袍袖在夜空中如同形成了一對藍色的飛翼，帶著他在空中滑行飛翔，很快便越過了紅山會館的高牆。滑翔到盡頭，即將落地之時，一個巨大的黑影從樹林中俯衝而下，經過藍衣人的身下，藍衣人輕輕落在黑影之上，那黑影乃是一隻黑色巨鷹，承載著藍衣人高飛而起，振動雙翅，轉瞬之間已經消失在廣闊無際的夜空之中。

雍都萬象山，萬象大佛依山而建，高達百丈，大佛默默守護著這座國都已有百年，從大佛的角度，整個雍都城盡收眼底，彷佛發生的任何事情都瞞不過他的眼睛，可百年來他對所看到的一切卻始終無動於衷，始終保持著這樣的姿態歷經風雨，閱盡滄桑。

大佛的頭頂一個白色身影煢煢孑立，她冷漠的雙眸注視著雍都城的方向，那燃燒的地方應該就是紅山會館。月光被黑鷹的翅膀遮住，一隻巨大的黑影從高空中俯衝下來，在大佛的面前搧動著翅膀，藍衣男子騰空越過黑鷹和大佛之間兩丈的空隙，來到白衣女子面前，單膝跪了下去：「參見教主！」

原來這白衣女子就是五仙教的神秘教主。

教主緩緩點了點頭：「如何？」

「啟稟教主，完顏赤雄已經伏誅！」

「一切都是按照我的計畫施行嗎？」

「是！屬下利用胡小天他們引開黑白雙屍，以尉遲沖的震天弓射殺完顏赤雄，並將所有證據全都指向霍勝男和董天將！」

「很好！你有沒有將胡小天的身分暴露？」

藍衣人道：「謹遵教主吩咐，並未洩露胡小天的任何事！」他說完又不禁道：「只是以聖女的智慧，肯定會料到這件事和我有關。」

教主呵呵冷笑道：「那又如何？她所在乎的只不過是胡小天的性命罷了，只要胡小天無恙，她就不會有什麼其他的想法。」

藍衣人欲言又止，五仙教主卻已從他的眼神中看出了他的意圖，低聲道：「有什麼話，你只管說！」

「教主，為何要留下胡小天的性命？」

五仙教主輕聲歎了口氣道：「夕顏是我一手帶大，在我心中她和我的親生女兒一樣，她珍愛的東西，我又怎麼忍心毀掉？不然她豈不是要恨我一輩子？」目光倏然轉冷：「你心中想什麼，我都明白，我不管你怎麼想，只要給我好好記住，決不可做讓夕顏傷心的事情，更不要讓她知道這些事情和我有任何關係！」

「是！屬下謹遵教誨！」

胡小天四人殺出紅山會館，開始的時候他們四人還在一起，可後來為了躲避追趕而來的黑胡武士，倉促之間分頭逃亡。

胡小天一路狂奔，他對雍都的道路本來就不熟悉，倉促間更是慌不擇路，兜了個圈子卻發現又繞到了紅山會館附近的道路上。

一群追趕而來的黑胡武士發現了他的蹤跡，大聲呼喝著追趕上來，胡小天大驚失色，發足向前狂奔，後方黑胡武士瞄準他紛紛射箭。

胡小天身形飄忽，左閃右避，飛來的羽箭竟然沒有一支能夠沾到他的衣服，吸取黑屍的內力之後，似乎他的內力又有大幅提升。

就在此時左側樹叢之中，咻！咻！咻！暗箭連發，頃刻間射殺五名向胡小天射箭的黑胡弓手。

胡小天抬頭望去，卻聽到霍勝男的聲音道：「上來！」

胡小天施展金蛛八步，迅速爬到樹上。霍勝男又射殺了兩名黑胡武士，此時箭囊中羽箭已空，她將長弓和箭囊全都扔了下去，從樹上跳到圍牆之上。

胡小天跟著她的腳步，沿著圍牆向前方疾奔，此時遠方又有數支隊伍向紅山會館的方向而來，乃是大雍方面接到消息，派人前來紅山會館查看情況。

霍勝男對這一帶的情況頗為熟悉，帶著胡小天翻牆越戶，如履平地，大約走了五里左右，最終來到一座深宅大院前方，翻牆跳了進去。經過了這番奔波，霍勝男已經是嬌嘘喘喘，可胡小天卻是臉不紅氣不喘，臉不紅是因為臉上塗滿了鍋灰，可氣不喘就要依靠雄厚的內力基礎了。

想起今天在鴻雁樓下的密室內險些被黑屍將自己的內力吸個乾乾淨淨，不禁有些後怕，也是他福大命大，關鍵時刻將內力奪了回來，還附送黑屍的多半功力。

胡小天靠近霍勝男，低聲道：「這是哪裡？」

霍勝男咬了咬櫻唇，沒有回答。快步通過後院向內苑走去。看她輕車熟路的樣子，胡小天隱約猜到，她必然來過這裡。他生怕跟丟，在霍勝男身後如影相隨。

進入內宅，看到臨水的房間仍然亮著燈，霍勝男伸手示意胡小天停下腳步。

兩人藏身在花叢之中，胡小天心中暗自好奇，霍勝男來這裡做什麼？就在此時忽然聽到外面傳來急促的馬蹄聲，胡小天心中一怔，壓低聲音向霍勝男道：「壞了，應該是追到這裡來了。」

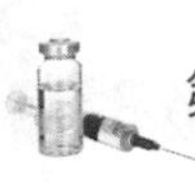

霍勝男沒說話，目光卻顯得有些緊張了。

此時聽到一陣咳嗽聲，亮燈的房間內出來了一位老者，胡小天目力極強，雖然隔著這麼遠的距離仍然一眼認出那位老者正是大雍兵馬大元帥尉遲冲，原來霍勝男帶他逃到了大帥府。

尉遲冲走出書齋，他的家將秦橫快步走入內苑。

尉遲冲沉聲道：「秦橫！外面馬蹄陣陣，究竟發生了什麼？」

秦橫抱拳道：「啟稟老爺，禁軍統領王志興求見！」

尉遲冲道：「深夜來訪，必有急事，你讓他進來就是。」

「是！」

胡小天和霍勝男兩人目光對望了一眼，心中都明白，這位禁軍統領前來十有八九是跟今晚的事情有關。

霍勝男此時心中內疚到了極點，她並不後悔前往紅山會館冒險，只是她不想連累義父，現在完顏赤雄被殺，還不知道會對義父造成怎樣的影響。想起今晚的事情全都是胡小天一手策劃，心中不由得對胡小天惱怒起來，狠狠瞪了他一眼。

胡小天以傳音入密道：「也許情況並不像你想像的那樣壞。」

霍勝男將俏臉扭到一邊，甚至都不想再多看他一眼。

過了一會兒，看到秦橫引著禁軍統領王志興前來。

大帥尉遲沖在大雍軍中擁有極高的聲望，大雍將領有不少都是他的門生，王志興也是其中之一，王志興來到尉遲沖面前，慌忙躬身抱拳道：「學生甲冑在身，不能行全禮，還望恩師勿怪！」

尉遲沖撫鬚道：「你既然是公務在身，就不用拘泥禮節，說吧，有什麼急事，非要在深更半夜興師動眾？」

王志興道：「大帥，您可知道霍勝男的下落？」

尉遲沖道：「她不是在大理寺嗎？」

王志興道：「大帥可能不知道，今日早些時候，虎標營統領董天將奉了七皇子的命令將她從大理寺帶走，據說是要調查起宸宮安平公主遇刺的事情。」

尉遲沖皺了皺眉頭道：「你既然知道她的下落，就應該去找七皇子要人，而不是找我。」

王志興道：「大帥誤會了，學生此來是要通報大帥一些事情，今晚紅山會館剛剛發生了一件大事……」他停頓了一下，方才道：「黑胡四王子完顏赤雄被人刺殺身亡。」

「什麼？」尉遲沖也是大吃一驚。

王志興道：「射殺完顏赤雄的乃是震天弓！」

尉遲沖怒道：「混帳！你在誣陷本帥嗎？」

王志興恭敬道：「大帥息怒，學生剛才已經親眼見證過射殺完顏赤雄的箭鏃，的確是震天弓所發。」

尉遲冲倒吸了一口冷氣，他向秦横道：「秦横，你去白虎堂查看一下，我的震天弓還在不在，箭筒中的箭鏃有沒有少。」

「是！」家將秦橫慌忙轉身去了。

霍勝男聽到這個消息更是如同晴天霹靂，雖然她身陷麻煩之中，可是她心中仍有一絲僥倖，希望這件事不會牽連到義父，如今聽到完顏赤雄竟然是死在震天弓之下，整個人已經完全明白這起陰謀不但針對自己，還針對義父，她心中又是憤怒又是自責，滿腔恨意全都瞄準了胡小天。

胡小天看到霍勝男充滿仇恨的目光已經知道不妙，可是現在這種狀況下偏偏又不方便解釋。

霍勝男忽然張開櫻唇，露出白森森的牙齒，一口就咬在胡小天的手臂之上，胡小天痛得差點沒叫出聲來，這丫頭下口也太狠了點吧。本想掙脫開來，卻見霍勝男的美眸之中留下兩行淚水，淚水洗刷掉她臉上的鍋灰，露出晶瑩如玉的肌膚顏色，胡小天咬了咬嘴唇，想起畢竟是自己帶給了她這場巨大的麻煩，就算是被她咬也是應該，於是強忍著痛撐了下去。

王志興繼續道：「不瞞大帥，黑胡人指認現場有兩人參與刺殺，一是霍勝男，還有一位是董天將。」

尉遲沖道：「胡人狡詐，他們的話不足為憑！」在沒有確實的證據之前，尉遲沖護定了這個乾女兒。

王志興道：「大帥，學生也希望這件事和霍勝男無關，可是黑胡四王子被殺絕非小事，如今正處於黑胡和大雍結盟的關鍵時刻，出了這種事情，非但結盟之事成為泡影，或許還會引起黑胡人的瘋狂報復，兩國之間戰火再起。」

尉遲沖冷冷道：「勝男絕不是不識大體之人，她對大雍忠心耿耿，日月可鑒，怎會做出這種危害國家利益之事，一定是有人刻意污蔑。」

王志興道：「學生此來並非為了搜查，只是先跟大帥說一聲，讓大帥有所準備，如果黑胡四王子的死訊傳到宮裡，還不知道陛下會有何反應，大帥還需早些想出應對的方法。」

尉遲沖點了點頭，低聲道：「志興，老夫明白了。」

王志興抱拳道：「奉上頭的命令，要封鎖通往帥府的各個路口，以防嫌犯進入，還望大帥理解。」

尉遲沖道：「老夫能夠體諒你的難處。」

「告辭！」王志興深深一躬，向後退了幾步，方才轉身離去。

王志興剛剛離去，秦横就匆匆趕了回來，他來到尉遲沖身邊，附在他耳邊低聲道：「大帥，壞事了，震天弓和箭囊全都不見了！」

尉遲沖臉上的表情並沒有流露出任何的錯愕，其實在王志興剛剛說起完顏赤雄被震天弓射殺的時候，他心中就已經猜測到會是這樣，緩緩點了點頭道：「秦横，你去備車，我要入宮。」

「大帥，現在還是深夜！」

尉遲沖抬起頭，望著空中的那闕明月，低聲道：「發生了這麼大的事情，皇上也不會安寢。」

霍勝男不知何時已鬆開了口，螓首埋在手背之上，香肩不停顫抖，顯然在無聲啜泣，胡小天看到她如此，心中更是內疚，他的本意是幫助霍勝男將功贖罪，誰想到居然幫了倒忙，讓霍勝男捲入了這場天大的麻煩之中，一時間不知如何安慰她。

霍勝男忽然抬起臉來，臉上的鍋灰大半都已被淚水沖刷乾淨，她咬了咬櫻唇，毅然決然地站起身，向那亮燈的書齋走去。胡小天擔心她做傻事，慌忙上前拉住她的手臂，壓低聲音道：「不能去，去了就完了……」

霍勝男怒視胡小天道：「你放開我，不然我現在就一刀殺了你。」

胡小天無奈只能放開她的手臂，眼睜睜看著霍勝男向書齋走去。

尉遲冲已經換好了朝服，拿起那頂烏紗正準備戴上的時候，忽然停頓了一下，低聲道：「勝男？」

身後響起雙膝跪地的聲音，尉遲冲轉過臉去，卻見霍勝男一身黑衣滿臉淚痕跪在他的面前。

尉遲冲道：「勝男，趕快起來，這是幹什麼？」

霍勝男泣聲道：「義父大人，勝男對不起您！」

尉遲冲大步來到她的面前，伸手將她從地上扶起道：「乖女兒，老夫縱橫沙場數十年，有誰看到老夫怕過什麼事情？老夫雖然不喜惹事，可也從不怕事，若是誰敢欺負我的乖女兒，老夫第一個不會答應。」

霍勝男含淚道：「義父，千錯萬錯都是我的錯，您將我交給朝廷就是！」

尉遲冲道：「勝男，你先冷靜一下，到底是怎麼回事？你說給我聽聽，為何黑胡人說你殺了完顏赤雄？為什麼完顏赤雄會死在震天弓之下？」

霍勝男其實也說不清楚，最初制訂這個計畫的人其實是胡小天，她從頭到尾都是被動參與，卻想不到現在成了眾矢之的，聽到義父詢問，心中又是委屈又是著急，眼淚止不住地流了下來。

此時門外忽然傳來一聲歎息聲：「大帥，您別問她了，這件事還是我來為您解釋！」卻是胡小天主動現身來到書齋裡面。

霍勝男看到胡小天現身，鏘的一聲將腰刀抽了出來。

尉遲冲喝住霍勝男，也是聽到胡小天的聲音方才認出他的身分，輕聲道：「現在，老夫有些明白到底是怎麼回事了。」

胡小天當然不可能將此前的事情全都和盤托出，他避重就輕，改頭換面，將這件事的前因後果說了一遍，一口咬定自己情報失誤，本以為紅山會館鴻雁樓地下密室乃是黑胡人設立在那裡的秘密情報機構，卻想不到自己的情報發生了偏差，所以才落入了別人的圈套之中，至於為何黑胡人會知道董天將和霍勝男參與其中，他也不知道，關於冰魄定神珠的事情也是隻字未提。

尉遲冲聽胡小天說完，心中將信將疑，胡小天雖然舌燦蓮花，但是仍然擺脫不了設計陷害的嫌疑，完顏赤雄被殺，直接的受益方應該是大康，如果黑胡和大雍因此而陷入戰亂之中，大雍就不得不暫時放棄南進的計畫，全力抵抗北方黑胡的大兵壓境。

胡小天道：「大帥，小天以人格擔保，霍將軍和這件事並無關係，之所以被牽扯到這次的麻煩之中完全是因為我的緣故，我本以為可以借著這次的機會找出黑胡人在大雍搜集情報的秘密，粉碎他們的陰謀，霍將軍也可以將功贖罪，卻沒有想到這件事從頭到尾都是胡人的陰謀。殺死完顏赤雄的另有其人，有人趁著我們在鴻雁樓製造混亂的時候，趁機刺殺完顏赤雄，將所有事情都栽贓在我們的身上。」

尉遲冲道：「只怕策劃這件事的另有其人。」深邃的雙目盯住胡小天道：「胡小天，除了你們兩人之外，還有什麼人參與其中？」

胡小天道：「大帥，請恕小天不能明言，這件事已經鬧到這種田地，就算有責任，也應該由我來承擔，而不是牽連到其他人。」

尉遲冲道：「你來承擔？只怕你承擔不起！」

霍勝男道：「義父，請義父將我交給朝廷發落，就算是死，勝男也不會有半句怨言，只希望這件事不會牽連到義父。」

尉遲冲歎了口氣道：「這種話休要再提。」他向前走了一步道：「我馬上就入宮面聖，至於事情最終會如何發展，還要看皇上的意思。」

胡小天心中暗自忐忑，卻不知尉遲冲會不會將他們控制起來。

尉遲冲靜靜望著霍勝男，好一會兒方才道：「勝男，無論這件事的結果如何，你都不可能脫罪，唯一脫困的辦法就是離開大雍。」

霍勝男跪倒在尉遲冲面前，含淚道：「勝男不會離開大雍，勝男若是走了，這輩子都要帶著罪名而活，義父曾經告訴勝男，做人就要光明磊落，對得起天地日月，對得起父母良心，勝男寧願站著死，絕不跪著生。」

尉遲冲緩緩搖了搖頭，將她從地上拉了起來，低聲道：「離開才有證明自己清白的機會，若是死了，那麼這個罪名你就會永遠背負下去。」

「義父！」

尉遲冲道：「你們兩人藏身在我的馬車下，他們不敢對我的車馬進行搜查，前往皇宮的路上，尋找機會離開。」

「我不走！」

尉遲冲道：「你必須走！事情的關鍵並不在於你有沒有做過這件事，而是陛下怎麼想？如果他需要一個交代，那麼你無疑是最好的人選。」尉遲冲不僅是久經沙場的老將，也在宦海沉浮多年，他對當今皇上薛勝康的心思揣摩得很透。

胡小天一旁勸道：「霍將軍，大帥說得對……」

「你閉嘴！」霍勝男怒叱道，她之所以落到如此窘迫的境地，全都是拜胡小天所賜，心中對這廝惱到了極點。

尉遲冲道：「胡小天，無論你承認與否，勝男的事情全都因為你而起。」

胡小天連連點頭。

尉遲冲道：「根據目前的情況來看，你的身分尚未暴露，這件事或許不會涉及到你，如果你能僥倖置身事外，務必要幫助勝男脫身。」

胡小天道：「大帥放心，小天必竭力而為！」

霍勝男怒道：「我才不要他幫我！」

尉遲冲歎了口氣道：「胡小天，你先出去，我和勝男單獨說兩句話。」

胡小天向尉遲冲深深一揖，退出門外躲藏起來。

等到胡小天離去之後，霍勝男道：「義父，胡小天為人詭計多端，今晚的事情很難說不是他在暗中策劃，為了分裂黑胡和大雍的聯盟，不排除他可以鋌而走險。」

尉遲冲搖了搖頭道：「當局者迷旁觀者清，老夫卻認為他不會傻到要親身涉險，這件事很可能是他也被別人利用了。」

霍勝男咬了咬櫻唇，其實她也想到了這一點。

尉遲冲道：「勝男，有件事我始終沒有告訴你，安平公主遇刺之事，我已經知道了皇上的意思，即便是他可以不殺你，但是你也免不了一場牢獄之災。」

霍勝男美眸圓睜。

尉遲冲道：「陛下不可能讓你隨同我去北疆，太后在這件事上也不會為你說情，看來他們對我已經產生了疑心。」

「他們怎麼可以這樣。」

尉遲冲淡然道：「鳥盡弓藏，兔死狗烹，自古以來都逃脫不了這個道理，今晚完顏赤雄之死或許並非是壞事。」

霍勝男眨了眨美眸。

尉遲冲道：「如果大雍和黑胡達成聯盟協定，陛下北方防線短期無憂，他可以集中力量南下攻打大康，陛下雖然曾經倚重過我，可是在他心中我始終都是大康的舊臣，必然會剝奪我的兵權，甚至將我完全架空，我在朝中也曾經得罪過不少的小人，他們肯定不會放過這個落井下石的機會。你在起宸宮的事情上的確有錯，可是以老夫為大雍所做的一切，以我和太后的關係，他們也不應該對我如此絕情，仍然堅持要將你下獄嚴辦，這件事本身就說明，我對朝廷已經變得無足輕重。」

霍勝男漸漸明白了這件事背後的博奕。

尉遲冲道：「完顏赤雄被殺，北疆的形勢陡然變得嚴峻，就算這件事是你做的，陛下也不會牽連到我，因為北疆的防線還要靠我這把老骨頭去為他鎮守。」他的目光充滿了悲憤和無奈，伸出手去輕輕拍了拍霍勝男的肩頭道：「勝男，你本不是大雍之人，我從未對你提過自己的身世，你的父親本是康人，是隨同我出生入死的兄弟，你的娘親卻是契丹族人，他們都是被黑胡人所殺，大雍不是你的故國，你更無須為了證明自己的清白而枉死在大雍！更何況根據傳言，涉及這件事的還有董天將在內，我看董家為了保住董天將的性命，必然會將所有的事情全都栽贓在你的身上。」

霍勝男含淚道：「義父……」

尉遲冲道：「留得青山在不愁沒柴燒，用不了多久，陛下就會將我派往北疆，等風聲過後，你再來北疆找我，相信那時候，我已經有了解決的辦法。」

「是！」

尉遲沖又道：「胡小天的身分如果沒有暴露，你可以隨同他一起護送安平公主的遺骸前往大康，這一路應該會平安無事。此子雖然狡猾，但是我能夠看出，他對你應該沒有歹意。」

霍勝男忽然想起今晚在鴻雁樓下，自己手誤摸到胡小天雙腿之間的情景，俏臉不由得發起燒來，義父恐怕並不知道，那混帳小子根本就是個假太監吧。

尉遲沖哪知道她此時想到了什麼，充滿感觸道：「若是你有機會去康都，別忘去我家的老宅看看，順便幫我去尉遲家的祖墳之上替我添一把土，燒一炷香，補償一下為父這許多年對祖宗的虧欠……」說到這裡尉遲沖竟然老淚縱橫。

尉遲沖的馬車離開了將軍府，一路駛向皇城的方向，途經景合街的時候，兩道身影借著周圍房屋的掩護從車底落下，悄然滾到牆角處，這兩人正是隱藏在車底逃出大帥府的胡小天和霍勝男。

此地距離起宸宮已經不遠，望著遠去的馬車霍勝男不禁熱淚盈眶，她明白此次分離，再想和義父相見不知何年何月。

胡小天道：「我這裡有一張人皮面具，你先戴上，跟隨我返回起宸宮再說。」

已是三更時分，大雍天福宮內仍然燈火通明，大雍皇帝薛勝康已經起床，站在窗前，似乎等待著什麼。

此時一名小太監匆匆走了過來，稟報道：「啟奏陛下，淑妃娘娘求見！」

薛勝康有些不耐煩地皺了皺眉頭道：「她來幹什麼？不見！」

「是！」

那小太監轉身出去通報，過了沒多久再次回到薛勝康身邊，低聲道：「陛下，尉遲將軍來了。」

薛勝康的唇角露出一絲冷淡的笑意：「今晚還真是不太平！」他緩緩踱了兩步，冷冷道：「讓他在外面候著！」

那小太監轉身準備出去，薛勝景又道：「過半個時辰再讓他進來！」

尉遲冲在天福宮外足足等了半個時辰，方才獲准入內覲見。他緩步來到薛勝康身後，屈膝跪倒在地：「罪臣尉遲冲參見陛下！吾皇萬歲萬萬歲！」

薛勝康並沒有轉身，仍然背身對著尉遲冲，淡然道：「老愛卿為何深夜入宮？是不是發生了什麼要緊的事情？」沒有第一時間讓這位戰功顯赫的老元帥站起身來，已經委婉表達了自己的不滿。

第十章

白衣人

燕王薛勝景睡夢中驚醒，額頭上滿是冷汗，
周身也是大汗淋漓，再抬起袖子擦了擦額頭的冷汗，
起身想要去喝水，卻發現室內已經多了一個白色的身影，
站在那裡，雙目一動不動地看著自己。

尉遲沖道：「老臣乃是為了紅山會館發生的事情而來。」

薛勝康點了點頭，這才緩緩轉過身來，犀利的目光如同刀鋒一般盯住尉遲沖，王者的威儀壓迫得尉遲沖感到呼吸為之一窒。薛勝康冷冷道：「你可知罪？」

尉遲沖平靜道：「臣不知犯下何罪？」

薛勝康呵呵笑了一聲，他向尉遲沖走了一步：「黑胡四王子完顏赤雄被殺，整個紅山會館的人都能證明，這件事是霍勝男做的！你到底知不知情？」

尉遲沖道：「老臣並不知情！」

薛勝康道：「完顏赤雄被殺之事鬧得沸沸揚揚，你竟然說自己並不知情？剛剛又說為了紅山會館的事情而來，你是不是老糊塗了？」

尉遲沖道：「完顏赤雄被殺之事老臣知道，可陛下說霍勝男殺了完顏赤雄，老臣並未聽說，也未親眼見到。」言外之意就是眼見為實耳聽為虛，你雖然是皇帝，但是說話也不能這麼不負責任，平白無故將完顏赤雄的死因歸咎到霍勝男的身上。

薛勝康道：「整個紅山會館的人都能證明，還會有錯？」

尉遲沖道：「黑胡人生性狡詐，未達目的不擇手段，這些年來勝男隨我爭戰北疆，不知殺死了多少黑胡將士，他們對勝男早已恨之入骨，黑胡人的話不足為憑，以老臣之見，他們之所以這樣說，根本就是離間之計！」

薛勝康點了點頭道：「好！果然是霍勝男的義父，對她還真是愛護！」

尉遲冲道：「老臣向來尊重事實，絕不會因為親情而影響了判斷。」

薛勝康道：「我且問你，霍勝男因何不在大理寺？」

尉遲冲道：「老臣也糊塗得很，勝男本應該在大理寺才對，為何會突然離開？為何又被人誣陷成為謀害完顏赤雄的真凶？這其中到底有什麼原因？」他心中其實已經明白了個中緣由，乃是因為七皇子薛道銘發話，董淑妃的親侄子董天將親往大理寺找霍勝男調查起宸宮的事情，所以大理寺才會放人，但是當著薛勝康的面並不能道出實情，以薛勝康的能耐應該早已瞭解了這些情況，如果牽涉越多的人進來，恐怕事情就會變得越麻煩。牽連到皇族，只會觸怒皇上。

薛勝康望著面無懼色的尉遲冲，突然歎了口氣道：「你起來吧！」

尉遲冲謝過皇上之後站起身來。

薛勝康道：「你應該知道完顏赤雄被殺的後果。」

尉遲冲恭敬道：「陛下也應該知道，勝男沒理由做這種事情。」

薛勝康道：「大雍和黑胡好不容易才走到了結盟的這一步，完顏赤雄一死，此前的所有努力全都白費，朕又怎能不生氣？」

「事情已經發生，皇上就算再生氣也於事無補，還需儘早面對現實，定下對策。」尉遲冲此時已經猜到了皇上的心思，至少在目前他不會對自己有什麼過份的舉動，正如剛才自己對霍勝男所說，大雍的北疆防線離不開自己，對付黑胡人離不開自己。只要自己還有利用的價值，暫時就會是安全的。

薛勝康道：「說說你的想法。」

尉遲冲道：「老臣願即刻率軍前往北疆駐防，確保北方七城萬無一失。」

薛勝康歎了口氣道：「萬一開戰也是迫不得已的事情，完顏赤雄被殺乃是意外，朕會派使臣前往黑胡說明詳情，希望能夠將誤會解釋清楚。雖然朕不怕打仗，可是戰火能免則免。」

尉遲冲道：「陛下打算怎樣談？」完顏赤雄被殺，黑胡人絕不會善罷甘休，除非大雍給出極其豐厚的補償，不然這場戰爭無可避免。

薛勝康道：「交出兇手，給予補償！」

尉遲冲道：「陛下認定了勝男就是兇手嗎？」

薛勝康沒有說話，目光卻已經做出了最好的回答。

尉遲冲道：「陛下有沒有想過，先是起宸宮出事，大康安平公主遇刺，然後是紅山會館出事，黑胡四王子完顏赤雄被殺，這些事，其中到底有沒有關聯？為什麼每件事都指向勝男？背後到底是誰在做文章？」

薛勝康道：「你問朕，朕還想問你，到底你的這個乾女兒為何會和兩件事都有所牽連？」他緩了一口氣又道：「事情已經發生，當務之急是消除危機，而非找出答案。」

尉遲沖道：「老臣卻認為這些事乃是衝著我而來，陛下不如將我交出去，想必這些事才能夠徹底平息下去。」

薛勝康心中頓時有些不悅，尉遲沖的這句話分明是在以老賣老，居功自傲，老傢伙是算準了自己不敢輕易動他，所以才拋出這樣的話，薛勝康道：「兩件事都和霍勝男有關，看來她早就開始策劃，真是狼子野心！」

尉遲沖早已料到薛勝康很可能會將所有的責任都推到霍勝男的身上，現在看來果然如此，他低聲道：「老臣教誨無方，懇請陛下治罪。」

薛勝康道：「朕相信你不會做出背叛朕，危害大雍的事情，可霍勝男畢竟是你的義女，養不教父之過，她做出這樣的事情，你也有不可推卸的責任，朕若是不罰你，豈可服眾？」

尉遲沖深深一躬道：「微臣但憑皇上處置！」

燕王薛勝景霍然從睡夢中驚醒，從身邊兩名侍妾的腿股交纏中坐起身來，額頭上滿是冷汗，周身也是大汗淋漓，再看兩名侍妾卻仍然沉睡，並沒有被他的動作驚醒，薛勝景抬起袖子擦了擦額頭的冷汗，起身想要去喝水，卻發現室內已經多了一個白色的身影，站在那裡，雙目一動不動地看著自己。

薛勝景沒來由顫抖了一下，然後迅速鎮定了下來，低聲道：「你什麼時候來的？」

白衣人一雙深邃眼眸漫不經心地掃了他一眼：「區區燕王府攔得住我嗎？」

薛勝景打心底生出一股寒意，幸虧她不是自己的敵人，如果和她處在敵對的立場上，恐怕自己性命堪憂。他轉身向床上望去，此時方才意識到兩名侍妾並不是睡得太沉，而是已經被人動了手腳。

白衣人道：「你不用擔心，我沒殺她們！」

他低聲道：「你讓我做的事情我已經做了。」

白衣人點了點頭道：「胡小天潛入紅山會館盜取定神珠，完顏赤雄已死了！」

「什麼？」薛勝景驚聲道，因為緊張，他的雙拳緊緊攥在了一起。

白衣人道：「你是不是害怕了？擔心被人查出是你讓胡小天前往紅山會館盜取那顆冰魄定神珠？」

薛勝景搖了搖頭道：「此事和我無關，我根本不知道那顆定神珠就在紅山會館。」他似乎明白了什麼，緩緩點了點頭道：「原來，你故意讓我提出這個條件，從而讓胡小天等人潛入紅山會館，轉移黑胡人的視線？除掉完顏赤雄，再將這件事推到胡小天的身上。」

白衣人呵呵冷笑道：「當真是什麼事情都瞞不過你。」

薛勝景道：「你這麼做豈不是將我推到萬劫不復之地？」想起這件事可能引來

的後果，他的衣衫頓時被冷汗濕透。

白衣人淡然道：「胡小天全身而退，其實就算他被抓住，於你也沒有任何的損失，你這個人什麼都好，就是太自私。」

薛勝景聽說胡小天全身而退這才鬆了口氣，其實白衣人說得不錯，自己只是討要冰魄定神珠，又沒讓他去行刺，就算他被抓住，也和自己沒有任何關係。他暗吸了一口冷氣，提醒自己鎮定下來，輕聲道：「完顏赤雄一死，大雍和黑胡之間的聯盟再無可能，搞不好黑胡人還會打著興師問罪的旗號入侵我北方邊境。」

白衣人道：「你害怕了？」

薛勝景長歎了一口氣道：「事情都已經到了這種地步，我害怕又有何用？」

白衣人扔給他一袋東西。

薛勝景愕然道：「什麼？」

「你需要的東西，裡面有一些大雍臣子勾結黑胡的證據。」

薛勝景聞言心中一喜。

白衣人道：「我早就說過，你跟我合作不會吃虧。」

薛勝景點了點頭道：「多謝！」

白衣人冷冷看了他一眼道：「別忘了你答應我的事情。」

完顏赤雄被殺之事搞得整個雍都城風聲鶴唳，人人自危。根據目前掌握的情況，矛頭全都指向了霍勝男，雖然黑胡人聲稱董天將也牽涉其中，可是董家已經對此作出公開聲明，董天將昨晚根本未曾離開過尚書府，此事府上多人都可以作證，認為黑胡人的所謂指控純屬子虛烏有。同時大帥府也明確了一件事，大帥尉遲沖所用的震天弓被人竊走，正是射殺完顏赤雄的那把弓箭無疑。所有一切都證明霍勝男和完顏赤雄的死有著脫不開的干係。

短短幾日之間，先是大康安平公主遇刺身亡，然後又輪到黑胡四王子，這一系列的刺殺背後究竟存在著怎樣的陰謀和博奕？這讓雍都不少人的心頭都蒙上濃重的疑雲。

幾家歡樂幾家愁，完顏赤雄的死讓黑胡人悲痛欲絕，也讓多數大雍人因為可能招致的報復而感到心情低落，卻讓許多大康人為之欣喜若狂。向濟民就是其中的一個，當他將這個消息告訴胡小天的時候，甚至掩藏不住內心的喜悅。

胡小天雖然平安返回了起宸宮，可是直到現在內心仍然處於忐忑不安之中，雖然昨晚做足了防備措施，可並不知道董天將和宗唐是否順利脫困？即便是兩人順利逃離，宗唐還好說，董天將會不會因為惱羞成怒而將自己給捅出來，這種可能性微乎其微，畢竟董天將也不是傻子，如果將自己捅出來，等於承認昨晚潛入紅山會館的就是他們幾個。

向濟民向胡小天通報了完顏赤雄的死訊後，發現胡小天居然對這個天大的好消息沒有任何的反應，不由得有些奇怪：「胡大人，您已經聽說了？」

胡小天道：「聽說什麼？」他精神恍惚，向濟民剛才的那番話他是一句都沒有聽進去。

向濟民真是有些哭笑不得了，壓低聲音道：「完顏赤雄死了。」

「那又如何？」

向濟民被胡小天冷淡的反應弄得有些無趣：「他死了就意味著黑胡和大雍此次無法順利結盟了。」

胡小天唇角現出一絲苦笑：「公主死了，大雍和大康之間的聯姻失敗，可這件事未必會影響到兩國關係，黑胡和大雍也是這樣。向大人為官多年，難道還不明白，國與國之間的利益都是從大處出發，絕不會因為個人的事情而改變嗎？」

向濟民聽他這樣說，心中暗暗有些慚愧，的確自己為官多年，還不如胡小天對這些事看得透徹。

胡小天道：「你都這樣想，別人也會這樣想，如果別人都認為咱們才是這件事情的得益者，那麼搞不好就會有人懷疑到咱們頭上。」

向濟民倒吸了一口冷氣道：「不錯，不錯！胡大人說得是。」

胡小天道：「還有兩天就是公主的頭七，咱家現在不想別的，只想平安無事地離開。」此時他的目光忽然一亮，卻是看到董天將走入了自己的院子裡。

看到董天將安然無恙地出現在自己的面前，胡小天的內心還是感到欣慰的，不過同時也有些忐忑，畢竟昨晚的事情上自己坑了董天將，在被困鴻雁樓的時候，他就要找自己理論，只是迫於形勢，不得不按捺下心中的憤怒，今天前來，十有八九是興師問罪來了。

董天將看到胡小天，虎目之中迸射出陰冷的光芒，一雙拳頭也不由自主地握緊。連向濟民都感覺到董天將來者不善，禁不住打了個冷顫。

胡小天淡然一笑，安之若素道：「向大人您先出去，我和董將軍有些話說。」向濟民慌忙離開了院子，董天將一步步走向胡小天，怒視他的雙目，咬牙切齒道：「胡小天，你幹的好事！」

胡小天輕聲歎了口氣道：「董將軍若是不想將事情鬧得人盡皆知，咱們還是去屋裡說話。」

董天將恨恨點了點頭道：「我看你還能有什麼話說。」

兩人來到房間內，不等董天將說話，胡小天抱拳向他深深一揖道：「董將軍，昨晚之事實屬意外，小天也沒有想到會被人設計，我也是受害之人，董將軍若是覺得小天對不住你，要殺要剮悉聽尊便。」他說完從腰間抽出匕首，倒轉過來，將手柄遞給董天將。

胡小天這麼一來，董天將反倒被他弄得愣在了那裡，咬了咬嘴唇，一把將匕首接了過去，低聲道：「你不要以為這樣做，我就會放過你。」

胡小天昂頭引頸，雙目閉上道：「小天自知大錯已成，董將軍只管動手，我絕無半句怨言。」

董天將咬了咬牙，揚起匕首，猛然向一旁的茶几插了過去，奪的一聲，匕首穿透茶几的面板，直至沒柄。董天將在椅子上坐下，餘怒未消道：「就算現在殺了你，也於事無補，你知不知道，現在黑胡人認定我和紅山會館的事情有關呢。」

胡小天睜開雙目，其實他已經料定董天將只是一時氣憤，並沒有殺他的意思，不然也不會大膽將匕首交給對方。胡小天笑了笑道：「他們想怎麼說都行，可是他們根本就沒有證據，沒證據證明將軍和這件事情有關，只要將軍不承認，別人也沒有辦法。」

董天將的手指在茶几上叩了兩下，歎了口氣道：「你當我傻嗎？這種事我當然不會承認。」

胡小天聽到他的語氣有所緩和，在他身邊坐了下來，拿起茶壺倒了一杯茶遞給董天將，壓低聲音道：「你和宗唐都逃出來了？」

董天將點了點頭道：「他沒事，我找人打聽過，已經在鐵器廠打鐵了，胡小天，為什麼完顏赤雄說出了我和霍勝男的名字，卻對你們兩個隻字未提呢？」

胡小天道：「我也不清楚，可能是有人想要故意栽贓陷害兩位將軍吧，也許我和宗唐在他眼中並沒有太大的價值。」

董天將端起茶盞喝了口茶道：「霍勝男現在何處？」

胡小天搖了搖頭道：「昨晚逃出來之後，大家就各自走散了，我也不知她去了哪裡，只是聽說今晨皇上已經發出了通緝令，按說她應該沒事。」

董天將道：「她只怕麻煩了，昨晚射殺完顏赤雄的那把弓箭乃是大帥尉遲冲所用，一直收藏在帥府白虎堂。」

胡小天道：「有沒有人知道你從大理寺帶走她的事情？」

董天將道：「豈會不知，只是我一口咬定，在帶走她的途中，她藉口去如廁，趁我不備逃了，至於以後發生的事情，我一無所知。」

胡小天此時已經完全放下心來，董天將不是傻子，他當然知道應該如何應對這件事，事到如今，董天將是無論如何都不敢說出真相的，能夠將他自己摘清就已經很不容易。

董天將向胡小天湊近了一些：「你有沒有向其他人提起過昨晚的事情？」

胡小天反問道：「你以為我會嗎？」

董天將道：「到底是何人向你提供了那些消息？」

胡小天道：「董將軍，現在再說這些事情已經毫無意義，咱們唯一要做的就是只當昨晚的事情沒有發生過。」

董天將道：「我們可以，但是霍勝男很難保證。」

胡小天道：「她不是已經逃走了嗎？」

董天將道：「如果她順利逃過追捕還好，如果她落在了朝廷的手裡，恐怕就會將咱們全都供出來。」

胡小天道：「董將軍大可不必擔心，霍將軍應該不是出賣朋友的人。」

董天將憂心忡忡地歎了口氣道：「希望她不是。」

胡小天壓低聲音道：「其實就算她真被抓住了，單憑她的一面之詞也證明不了什麼，董將軍大可否認，指證她有意拉你墊背。」胡小天倒不是想坑害霍勝男，而是目前的形勢下，霍勝男已經深陷麻煩之中，就算再多一些麻煩也算不上什麼。

董天將點了點頭道：「我會向陛下請命，親自負責追捕霍勝男，絕不可以讓她落在別人的手中。」

胡小天心中一沉，已經明白董天將對霍勝男生出殺心，唯有剷除霍勝男，方才能夠徹底將隱患清除，胡小天卻因為董天將的這句話而警覺，他既然能夠對霍勝男產生這樣的心思，就不排除對自己和宗唐生出歹意，以後還是要多多提防，需要儘

早提醒宗唐一聲。

當天下午，大雍金鱗衛統領石寬來到起宸宮，胡小天本以為他是為了調查昨晚紅山會館的事，卻想不到石寬是為了通知他關於安平公主遇刺一事的調查情況，根據石寬的說法，目前已經調查清楚，刺殺安平公主的事情乃是霍勝男一手策劃，她利用負責起宸宮的警戒機會，勾結外敵殺死安平公主，皆因她一直暗戀七皇子薛道銘，所以因嫉生恨，不惜殺死安平公主來達到破壞她嫁給七皇子的目的。

胡小天聽到這個調查結論頓時感到荒唐透頂，這位昔日曾經為大雍立下赫赫戰功的女將軍，如今不幸成為大雍的棄卒，大雍決定捨掉這枚棋子，從而對大康和黑胡雙方做出交代，這交代看似合理，可根本禁不起推敲。

胡小天為霍勝男感到不平的同時，又感到一絲小小的安慰，畢竟大雍將所有的責任都推到了霍勝男的身上，也就意味著短時間內事情已經算是告一段落，不會再波及到他人，大雍朝廷這種果斷的做法雖然會讓尉遲冲寒心，但是不失為一種將影響控制在最小範圍內的辦法。

霍勝男的命運其實是多種原因造成的，大雍皇帝薛勝康不但要給大康和黑胡一個合理的交代，更是要借著這次的機會敲打一下尉遲冲，伴君如伴虎，即便是立下不世之功的尉遲冲也不得不面對皇上的猜忌。

經歷此事之後，尉遲冲已經心灰意冷，他主動向皇上請辭兵馬大元帥之職，提出前往北疆戍邊，薛勝康並沒有做任何的挽留，就同意了尉遲冲的請求。眼前的形勢迫使他不得不做出兩手準備，一方面讓尉遲冲即前往北疆鞏固北方防線，另一方面在完顏赤雄遇刺後的第二天，就派出禮部尚書孫維轅親自出使黑胡，護送完顏赤雄的靈柩返回黑胡國都鳴沙城，並親往黑胡向可汗完顏律堅解釋。

大皇子薛道洪隨同前往，一直將完顏赤雄的靈柩護送到北疆，再行返回，大雍皇帝薛勝康也是親自護送靈柩出了雍都。單從事情的處理上就已經能夠看出大雍的慎重，雖然大康安平公主遇刺之後給予了相當隆重的對待，可是比之黑胡方面仍然要差上一籌。

因為完顏赤雄的遇刺身亡，燕王薛勝景在王府中遇刺的事情頓時失去了應有的關注度，更何況薛勝景在事後刻意封鎖消息，如今焦點全都放在黑胡四王子的身上，他剛好求之不得，最好所有人都將霍小如刺殺他的事情忘了才好，只有這樣他才能夠順順利利地將女兒送出去。

得悉紅山會館的行刺案和胡小天有關之後，薛勝景也有些不安，事發後的第二天黃昏，他再次來到起宸宮，打著為胡小天送行的旗號，實則想要探聽虛實。

胡小天這一整天都忙於安平公主的身後事，那具不知來源於何處的骸骨已經火化，裝入了骨灰罈中，七皇子薛道銘在人前又表現出至情至聖的一面，抱著骨灰罈眼睛都哭腫了。

胡小天僥倖躲過了這場風波，心中只盼著明天頭七的到來，到時候就可以光明正大地拍屁股走人，行裝已經開始準備，小灰這陣子也吃得膘肥體壯，自從上次遭遇毒蟲的襲擊之後，胡小天就不再將牠栓住，而是放任牠在馬廄之中蹓躂。

陽光正好，剛剛招募的馬夫正牽著小灰圍著院子溜走，胡小天的目光落在馬夫的身上，目光不由自主遊移到他的胸脯上，馬夫似乎覺察到了他的目光，轉過臉來，報以惡狠狠的目光相對。

胡小天的唇角露出一絲會心的笑意，這馬夫正是霍勝男所扮，他對霍勝男的胸部充滿了好奇，這得用多少綳帶才能壓成這種效果，霍將軍對待自己身體的這部分也太殘忍了一些，長期壓迫該不會讓她的這對白兔產生不良的反應吧？想想那晚在紅山會館曼妙的手感，胡小天不禁心曳神搖，彈性十足，若是能夠有緣把玩，不知又是怎樣的一種享受。

想著想著這廝感覺自己的雙腿間又在蠢蠢欲動了，自己還不是一樣，為了避免穿幫，裡三層外三層地裹了幾條內褲，要說還真是哪裡有壓迫，哪裡就有反抗，感覺似乎非但沒有縮小，反而還大了許多呢，霍勝男應該也是這個道理。

霍勝男放開馬韁向胡小天走了過來，實在是受不了這廝色瞇瞇的眼光，感覺他的這對賊眼始終不離自己的胸前，霍勝男低聲道：「看什麼看？」

胡小天咧開嘴，露出一口整齊而潔白的牙齒：「還別說，你裝起男人還有模有樣的。」

霍勝男其實臉皮都開始發燒，好在戴著人皮面具的緣故看不出顏色的變化。她本來就是個堅強的人，紅山會館出事的那一夜，她幾乎將這輩子的眼淚都流光了，不是因為軟弱，而是因為負疚。等她接受了現實，就明白了義父的苦心和無奈，也就知道保住義父平安的最好辦法，就是逃離大雍，永遠也不要被朝廷抓住，只有自己將這個罪名永遠背負下去，才不會牽累到更多的人。

事發當晚霍勝男的確恨過胡小天，可在見過義父之後，她就改變了想法，自己之所以陷入困境和胡小天的關係並不大，無論她有沒有參與紅山會館的行動，朝廷都不會輕易放過她，安平公主遇刺的事情必須要有個交代，皇上和太后的態度已經表明他們要利用自己的事情趁機打壓義父。胡小天應該也是被人欺騙，讓霍勝男著惱的是，這小子始終都不肯說出幕後的策劃者究竟是哪一個。

霍勝男道：「董天將那邊有什麼反應？」

胡小天道：「他主動請纓負責緝拿你歸案，皇上特許他戴罪立功，如今已經官復原職，帶著虎標營滿世界搜索，看來是不把你找出來誓不甘休。」

霍勝男皺了皺眉頭，董天將看來已經脫開了干係，雖然當時完顏赤雄也提到了他的名字，可董家畢竟背景深厚，仗著皇親國戚的關係輕易就撇清了這件事。

胡小天道：「他看來不是虛張聲勢，應該是想除掉你。」

霍勝男淡然一笑，殺人滅口？董天將肯定是害怕自己如果落在別人手中，會將事情全都交代出來，到時候他可能會有麻煩，不過當晚涉事的人並非是自己一個，還有胡小天和宗唐，她低聲道：「你還是多擔心擔心自己。」

胡小天道：「他若是敢對我不利，老子就將他的事情全都抖落出來。」

霍勝男嗤之以鼻道：「只怕沒有誰會相信。」

「眾口鑠金，謠言傳一百遍都會變成真的，更何況本來就是真事。」胡小天雖然表現得無所謂，可是心中卻明白霍勝男所說的可能性很大，保不齊董天將已經對自己產生了殺心。

「明天就可以離開雍都了？」霍勝男的目光顯得有些迷惘。

胡小天點了點頭道：「是時候該整理行裝了，你去我房間內收拾準備一下，明天等皇帝老子過來把戲演完，咱們就出發。」

霍勝男冷冷道：「我是你傭人嗎？」

胡小天搖了搖頭道：「馬夫！」

燕王薛勝景再次來到起宸宮，還讓人特地送來了不少酒菜，一是為了表示一下對七皇子薛道銘的關懷，二是慰問一下自己的義弟，順便為他餞行，在別人看來，他對自己的這個結拜兄弟還真是關心。

胡小天將燕王薛勝景請到了房間內，薛勝景讓人將自己帶來的酒菜擺上，微笑道：「兄弟，今日為兄特地過來為你餞行，明日一別，不知他日相聚會在何時？」

胡小天發現薛勝景今天的情緒似乎好了許多，不再像此前那樣冷漠，不知遇到了什麼喜事，看來已經從遇刺的陰影中解脫了出來。薛勝景此人絕不是好鳥，胡小天遣散他人之後，從懷裡將那顆冰魄定神珠拿了出來，放在了薛勝景的面前，他甚至懷疑薛勝景從一開始就知道定神珠的下落，如果薛勝景知道定神珠就在紅山會館，那麼他很可能和五仙教有所勾結，可這件事又有不合理之處，如果他們有勾結，為何夕顏還要盜取他的黑冥冰蛤？

薛勝景伸手將裝有定神珠的布袋拿了過來，從中倒出定神珠，仔細看了看，唇角露出一絲笑意，小心將定神珠收好了，心中暗讚，這小子倒是有些本事，居然能夠從紅山會館中將定神珠偷出，還能全身而退，只是霍勝男倒楣，所有事情都被推到了她的身上。他故意問道：「兄弟是從哪裡找到的？」

胡小天當然不會向他說實話，呵呵笑道：「其實這顆定神珠本來就沒有遺失，我本想趁著公主屍體被劫的機會，將之據為己有，卻想不到大哥也看上了這件東西，所以只能忍痛割愛了。」

薛勝景暗罵他狡猾，居然連一句真話都沒有，這個舌燦蓮花的小賊騙自己的閨女還不是小菜一碟，其實如果他不是太監，倒也勉強配得上女兒，可惜他現在這個樣子，根本不能人道，連男人都算不上，又如何配得上自己的寶貝女兒？

胡小天又拿出了一包無敵金剛套，基本上所有的存貨都在這裡了，想要從奸詐似鬼的薛勝景手中救回霍小如的性命，不下點血本是不行的。

薛勝景朝那包東西上掃了一眼，喜形於色，貪婪的本性一覽無遺，輕聲道：「好像還差點東西。」他所說的自然是皇上發話放人，胡小天雖然完成了兩個條件，可是還差最關鍵的一環，只有皇上開口，才能理所當然地放人，不然自己放過霍小如必然會引起外人的猜疑。

胡小天道：「兄弟我想來想去，如果皇上發話放人，這前兩個條件似乎沒什麼必要了，不然咱們兄弟之間的交情豈不是一點作用都沒有？」他的言外之意就是，如果皇上開口讓你放人，你燕王也不敢不從，老子費那麼大的勁幫你將定神珠找來作甚。

薛勝景眼皮都不翻一下，低聲道：「其實就算皇上發話，我也可以不聽的。」

胡小天心中暗罵，你還真是囂張，端起面前的酒杯抿了一口道：「這定神珠究竟有什麼用處？」

薛勝景聽到他突然岔開了話題，微笑道：「沒什麼用處，據說可以保證屍體百年不腐，只是誰也沒親眼見證過，還有安心定神的作用，不至於受到外人的迷惑。」

胡小天想起那晚在紅山會館再次聽到胡笳聲的時候，自己並沒有任何異常的反應，甚至連周圍同伴也沒有被胡笳聲干擾，難道就是定神珠的作用？如此說來倒是一個寶貝，白白便宜了薛勝景。

薛勝景道：「最近雍都發生了不少的事情，黑胡四王子完顏赤雄被人刺殺，皇上最近的心情可不太好。」

胡小天道：「明日皇上會來起宸宮祭奠安平公主的亡靈，想要求皇上開恩，也只有這個機會了。」

薛勝景道：「他發話，我放人！」

「如果皇上不肯答應呢？」

薛勝景笑得如沐春風：「那我就將霍小如的屍體送給你。」

機會總是在不知不覺中到來，當日下午，金鱗衛統領石寬前來傳召，說皇上要見他。胡小天心中暗喜，正愁明天才能見到皇上，想不到機會這就來了，跟隨石寬來到了勤政殿，大雍天子薛勝康正在那裡審閱奏章。

胡小天心中暗讚，單從這一點來看，薛勝康要比大康皇帝英明得多，龍燁霖早已將這種事情都交給了姬飛花，想想龍燁霖的皇帝做得也可憐，整一個傀儡，所有事情都被姬飛花操控，現在更是已經被從皇位上趕了下去，下場比他老爹還要慘。

薛勝康將手中的奏摺放下，目光在胡小天的臉上掃了一眼道：「來了！」

胡小天雙膝跪地道：「小天參見陛下！」

薛勝康和顏悅色道：「起來吧！」

胡小天站起身來，恭敬道：「不知皇上召小天過來有何吩咐？」

薛勝康道：「如果朕沒有記錯，明天就是安平公主的頭七了吧？」

胡小天道：「是！皇上費心了！」

薛勝康道：「朕本來準備親自前往祭奠安平公主，可是顧真人為朕算了一卦，朕並不適合前往那裡，否則會驚擾到公主的亡靈。」

胡小天心中暗罵，老滑頭，你不想去就明說，何必胡謅出一個什麼顧真人，早不信命，晚不信命，偏偏這會兒功夫開始信命了，如果害怕驚擾亡靈，你又為何親自護送完顏赤雄的屍首離開雍都？根本就是厚此薄彼，覺得我們大康國力衰弱，看不起我們。

薛勝康道：「不過明日淑妃和長公主都會親臨起宸宮為安平公主送行。」

胡小天道：「多謝皇上皇恩浩蕩，小天不勝感激，誠惶誠恐。」

薛勝康道：「安平公主在大雍遭遇刺殺，朕的心中深感過意不去，所以特地準備了一些陪葬之物，」

胡小天道：「公主的事情誰也不想發生，小天只求皇上能夠徹查此事，讓公主九泉之下可以瞑目，至於陪葬之物無足輕重。」

薛勝康道：「已經查清了，乃是霍勝男因嫉生恨，所以才設計謀害了安平公主，朕已下令徹查和此案相關的一切人員，一旦落實，必然會嚴懲不貸。」

胡小天心中暗歎，霍勝男這個黑鍋是背定了，不但承擔了謀害安平公主和黑胡四王子的罪名，而且還被誣衊成暗戀七皇子薛道銘，霍勝男若是得知這一切，恐怕要被氣瘋了，倒楣的還有她娘子軍的那幫姐妹，薛勝康應該不會輕易放過那幫可憐的女兵了。

胡小天道：「多謝皇上明察秋毫。」

薛勝康道：「朕想來想去，在安平公主的事上對大康始終虧欠太多，打算將東梁郡的土地作為補償割讓給大康，也算是朕對安平公主遇害一事的補償吧。」

胡小天簡直以為自己聽錯了，薛勝康居然送了一座城池給他們，過去東梁郡乃是屬於大康的城池，十年前被大雍搶走，自此以後，大雍等於將大康所有的勢力徹底清除出江北，當時為了爭奪這座城池，雙方都是損失慘重，想不到薛勝康居然會將付出巨大犧牲方才搶來的城池還給他們，天下間哪有這種便宜事情？他腦子裡究竟是什麼打算？

胡小天當然要懷疑薛勝康的動機，大白天不可能有掉餡餅的好事。

薛勝康道：「朕打算讓李沉舟再走一趟，親自護送你返回大康。」

胡小天聽到李沉舟的名字不由得頭大，李沉舟為人何其精明，若是他負責護送自己，肯定多有不便。想到這裡胡小天慌忙道：「還請陛下收回成命。」

薛勝康微微一怔：「為何？」

胡小天道：「啟奏陛下，小天此次護送安平公主的骨灰返回大康，心中想著的是輕車簡行，越是低調越好，陛下賞賜禮物，又要派人護送，雖然用心良苦，可是難免不會引人注目，萬一有人生出覬覦之心，豈不是麻煩？」

薛勝康明白了他的意思：「你是說要悄悄離開雍都，儘量不引起外人關注？」

胡小天點了點頭。

薛勝康道：「你想得也不無道理，既然這樣，就按照你說的去辦。」

「多謝皇上。」

薛勝康道：「其實護送安平公主骨灰回去的事情，朕可以交給其他人去做。胡小天，你有沒有想過這次返回大康，或許還要面臨一場罪責呢？」

胡小天當然想過，雖然安平公主的死跟他無關，可是也無法保證此番返回康都，朝廷不會懲罰自己，一切還得看姬飛花的態度。胡小天道：「無論回去遭到怎樣的懲罰，小天都可以接受。」

薛勝康道：「若是不想走，你可以留下，朕可以讓你在太醫院任職，還可以為你開設醫館，廣納門徒，將你的醫術發揚光大。」

胡小天道：「多謝陛下看重，可小天父母家人全都在康都，實在是無法離開。」此前薛勝康也曾經提出過讓他留下，胡小天這次依然謝絕。

薛勝康見他仍然不願留下，也沒有繼續挽留，輕聲道：「你既然心繫大康，朕也不留難你，不管你以後什麼時候改變了主意，朕的太醫院中都會有你的位置。」

胡小天深深一揖：「多謝陛下。」

薛勝康微笑道：「不用謝，應該說謝的是朕，對了，朕還欠你一個人情呢。」

胡小天正要提起這件事，現在剛好有了一個絕佳的開口機會，他恭敬道：「陛下，小天現在就想將這個人情用了。」

薛勝康頗為詫異，哦了一聲，心中不免有些疑慮，胡小天終於肯用這個人情了，卻不知他要提出什麼樣的條件來為難自己？自己畢竟是一國之君，說過的話不可能反悔，點了點頭道：「你有什麼條件說來聽聽？」

胡小天道：「小天想請陛下放一個人！」他這才將霍小如的事情說了。

薛勝康聽完雙眉緊鎖，實在想不到胡小天居然提出了這樣一個要求，雖然那霍小如只不過是一個舞姬，可她曾經行刺自己的二弟，讓自己放了她，對二弟未免有些不夠公平，薛勝康道：「你難道不知道霍小如犯了什麼罪？」

胡小天點了點頭道：「知道，為此小天還專門去了燕王府，王爺也已經查清了這件事的原由，那霍小如乃是被人用迷魂術之類的方法控制了心智，所以才做出此等大逆不道的事情。」

薛勝康道：「如果真的如你所言，霍小如倒是情有可原了。」他緩緩踱了兩步道：「朕賜你一面蟠龍金牌，你拿去給燕王，看看他肯不肯給你這個情面。」

胡小天驚喜萬分，雙膝跪地道：「多謝陛下！」

薛勝康拿了一塊蟠龍金牌給他，意味深長道：「朕雖然不知這霍小如跟你什麼關係，可為了一個女人就浪費了朕的一個人情，真是有些划不來呢。」其實也就是這種無足輕重的要求薛勝康才會答應，如果胡小天提出了什麼過分的要求，薛勝康肯定不會搭理他。

胡小天離開皇宮之後第一時間去了燕王府，薛勝景本以為皇上未必肯給胡小天這個人情，卻想不到胡小天居然真的說動了皇上，接過那面蟠龍金牌，薛勝景翻來覆去地看了兩眼，確信無誤，方才點了點頭道：「皇上對你還真是不錯。」

胡小天笑瞇瞇拱了拱手道：「大哥，您提出的三個條件我都做到了。」

薛勝景呵呵笑了起來：「不錯，的確做到了。」

胡小天道：「現在是大哥兌現承諾的時候了。」

薛勝景砸了砸嘴唇道：「你不說我都險些忘了。」

胡小天內心一凜，這廝莫不是要反悔吧？

薛勝景道：「不如這樣，還請兄弟先回去，這件事容我好好考慮考慮。」

胡小天聞言暗叫不妙，薛勝景擺明了是要賴帳的節奏，他望著薛勝景道：「大哥該不會反悔吧？」

「反悔？」薛勝景哈哈大笑：「君子一言快馬一鞭，我薛勝景答應過的事情什麼時候反悔過，不過，這種事總得要先徵求一下霍小如本人的意見，要不我過去問問她再說？」

胡小天道：「我和大哥一起去問。」

薛勝景微笑道：「兄弟還真是心急，這麼多天你都能等，又豈在一時。」

薛勝景來到倚雲樓，他當然不會委屈了自己的親生女兒，這兩日好吃好喝地招待，霍小如雖然未曾叫過他一聲父親，可是在心中卻已經接受了這個現實。

薛勝景將蟠龍金牌放在她面前的桌上，低聲道：「胡小天果然找皇上求來了這個人情，我準備放你離開。」

霍小如聞言心中一喜，抬起頭看到薛勝景難捨難離的眼神，心中不由得生出不忍來，看來他捨不得自己離去，這些年來她一直都認為薛勝景是自己不共戴天的仇人，卻想不到自己竟是他的親生骨肉。咬了咬櫻唇，小聲道：「你真肯放我走？」

薛勝景歎了口氣道：「我雖然捨不得你離開，但是你留在雍都只會置身險境，若是讓他人得悉了你我之間的關係，麻煩就大了。」

霍小如不知道他所謂的麻煩大了是什麼意思，他不是大雍燕王嗎？皇上的親弟弟誰敢惹他？莫非……霍小如不敢繼續想下去。

薛勝景道：「我讓你跟隨胡小天離開，但是你要記住，千萬不可與他同行，他自己的麻煩也不少，你跟他在一起，只怕會受到他的牽累。」

霍小如咬了咬櫻唇道：「怎樣選擇是我自己的事情。」

「兒行千里父擔憂！」薛勝景從懷中取出一個小冊子：「你可以取道海上，向東一直前往渤海國，那裡有我秘密佈置的物業，渤海國是大雍的附屬國，可是本身卻擁有高度的自治，你到了那裡可以暫時安身，這冊子之中記錄著你以後的每一步，記住，只要按照這上面的去做，你就可以順利離開大雍，逃出險境。記住，若是想胡小天平安無事，你最好不要和他同行。」薛勝景最後這句補充，更像是一種威脅。

霍小如道：「我為何一定要聽你的安排？」

薛勝景道：「你不用騙我了，在你熟睡之時，我找穩婆為你驗身，你根本還是雲英未嫁之身，生子之事更是無從談起。」

霍小如俏臉羞得通紅，想不到這件事已經穿幫了，難怪薛勝景打消了念頭，不讓她和胡小天一路離開。聽他剛才的意思，如果自己選擇和胡小天同行，他可能會對胡小天不利。

薛勝景道：「你不用擔心，胡小天這麼幫你，為父對他也感激得很，自然不會恩將仇報，胡小天護送安平公主的骨灰返回大康，這一路上肯定不會太平，你跟著他，只會給他增添麻煩，而且為父也不想這麼輕易地放過你，一路之上，需要做做樣子。」他給外人的印象既然是睚眥必報，如果就此放走了霍小如，肯定會有人懷疑，薛勝景還會派人裝模作樣地追殺霍小如，以掩人耳目。

霍小如道：「胡小天會不會有危險？」

薛勝景道：「只要你們分開走，應該就不會，如心，你千萬不要忘了他的身分，和這種人最多也就是做個朋友。」

霍小如聞言，俏臉不由得又是一紅，薛勝景顯然看出她對胡小天頗不尋常，生怕自己對胡小天真產生了感情。她輕聲道：「我樂舞團的那些姐妹，你準備如何處置她們？」

薛勝景道：「一併放了，你可以帶著她們一起離開，記住，最好今天就走，前往海陵郡，按照這上面所寫的辦法找到商船，他們會負責將你們安全送到渤海國。安全方面，你不用擔心，這途中就算有些追殺，絕對不會傷了你們的性命，而且我已經安排了一位高手沿途護送你們，絕不會有任何的問題。」

看到薛勝景關懷備至的表情，霍小如心中不免有些感動，可是在她心底始終都無法說服自己接受這樣一位陌生的父親。

薛勝景道：「我向你保證，這樣東躲西藏的日子絕不會太久，用不了多長時間，我就會讓你堂堂正正地出現在人前，讓你得到應有的一切。」

霍小如知道他所說的那一切乃是皇族的身分，可薛勝景並不明白，自己想要的根本不是那些，她搖了搖頭道：「你不必為我做任何事，以後也許我們也沒有見面的機會。」

薛勝景抿了抿嘴唇，充滿感傷道：「難道你還在怪我？」

霍小如道：「自從知道了真相，我忽然感覺失去了目標，再也找不到自己的方向了。」

薛勝景真情流露道：「你還年輕，你還未嫁人，為父還想親眼看到你披上嫁衣，找個如意的郎君嫁了。」

霍小如道：「暫時不會想這些事情。」

薛勝景道：「也許時間可以沖淡一切，你去渤海國散散心吧，過些時日，就會想通這些事情。」

請續看《醫統江山》卷十七　射日真經

醫統江山 卷16 猝然行刺

作者：石章魚
發行人：陳曉林
出版所：風雲時代出版股份有限公司
地址：10576台北市民生東路五段178號7樓之3
電話：(02) 2756-0949
傳真：(02) 2765-3799
執行主編：劉宇青
美術設計：許惠芳
行銷企劃：林安莉
業務總監：張瑋鳳

初版日期：2020年7月
版權授權：閱文集團
ISBN：978-986-352-839-5
風雲書網：http://www.eastbooks.com.tw
官方部落格：http://eastbooks.pixnet.net/blog
Facebook：http://www.facebook.com/h7560949
E-mail：h7560949@ms15.hinet.net
劃撥帳號：12043291
戶名：風雲時代出版股份有限公司

風雲發行所：33373桃園市龜山區公西村2鄰復興街304巷96號
電話：(03) 318-1378
傳真：(03) 318-1378
法律顧問：永然法律事務所 李永然律師
　　　　　北辰著作權事務所 蕭雄淋律師

行政院新聞局局版台業字第3595號 營利事業統一編號22759935

定價：270元

國家圖書館出版品預行編目資料

醫統江山／石章魚 著. -- 初版 -- 臺北市：風雲時代，2020.03- 冊；公分

ISBN 978-986-352-839-5（第16冊；平裝）

857.7　　108022924